「あらあら、体が震えているわ？
無才無能な私に
そんなにも体を震わせて恐怖しな
まだわからない？
本当に、矮小な子達ね」
あるときは、すべての:

「ああ！　キャスちゃん!?
もう少し余韻にひたらせて！
この燃えたぎる、いえ、
萌えが滾りっ放しの情熱が、
不眠不休で書けとお尻ペンペンして
机に向かわせたのよぉ！」
は、妄想を具現化して
了する売れっ子恋愛小説家!?

「書き上げハイがウザいよぅラビー！
あと上から見てると、
あっちの世界のゾンビ映画だよー！
自粛してー！」
またあるとき
人々を魅

生物を圧倒する最強魔法師。
から、
稀代の悪女、
二度目の人生で
{無才無能}を楽しむ

稀代の悪女、二度目の人生で【無才無能】を楽しむ

嵐華子
illustration
八美☆わん

口絵・本文イラスト
八美☆わん

装丁
AFTERGLOW

CONTENTS

プロローグ　命に感謝を！

「チームＡＤ９」

淡く白光を放つ転移魔法陣。それを等間隔に囲んで立つ教師に呼ばれ、私達八人はその中央に立つ。

「用意はいいかしら」

教師の一人が声をかけると私達二年生と、四年生の各チームリーダーが頷《うなず》いた。すると白光が一段と輝いて、瞬《まばた》きする間に景色が変わった。

「ふん、今回は森か。随分薄暗いな」

「そうだね。魔獣討伐訓練は何年かに一度趣向が変更されるから、当たり年かもしれない」

四年生のリーダーにサブリーダーが頷き、慣れた様子で肩を並べて周囲を見回す。そのすぐ後ろには、金髪碧眼《へきがん》の男女もいる。

「ローレン」

「はい」

対して灰色短髪の厳《いか》つい二年生《うちの》リーダー、ラルフ君はベルトの腰側部分に引っ掛けてある、飾りのような中指サイズの小さな剣に手を触れ、薄茶癖毛の草食系男子なサブリーダーの名前を呼ぶだけで、指示を与える。

私と黒髪おさげの眼鏡女子、カルティカちゃんを背中合わせで互いの背後に挟み、鋭い暗緑色と柔和な焦げ茶の瞳《ひとみ》がそれぞれの方向を目視しながら、索敵魔法を使う。微々たる魔力を地面に沿って網状に広げたエコ索敵だから、余程臆病《おくびょう》で敏感な魔獣でないと、気づかれないでしょうね。

私達女子は左右の目視が担当。うちのチームで食料調達する時のフォーメーションよ。

「ふん、まだ入学して一年経《た》っただけの、未熟な学生がいる合同討伐訓練だろう。びびって全員で警戒するとは、低能だな。さすがは無才無能な公女と、平民もどきのD組《クラス》チームだ。同じく四大公爵家の公子たる俺には、こんな情けない公女が身内である、君の兄や義妹《いもうと》が気の毒に思えて仕方ない」

クジ引きチーム決めの時から、何かと家柄や身分を引き合いに出しつつ、不機嫌オーラ全開で私へ話しかけてくる四年生リーダー。愛称は家格君にしましょう。話のチョイスが下手っぴなのはともかく、プリプリ怒りやすいのは思春期だからかしら？

「でも何だか、これまでと様変わりし過ぎではありませんこと？」

訝《いぶか》しげな金髪女子は警戒したのか、金髪男子といつでも防御魔法を出せるよう、身構える。ある意味正解ね。

あら、騎士科のサブリーダーは、無言で索敵魔法を使ったわ。さすが！　愛称はお孫ちゃんよ！

「公子！」

心で大絶賛していたら、突然お孫ちゃんが家格君を蹴《け》り飛ばす。瞬間、彼女の着地した地面がボコッと陥没して、そのまま穴に落ちていく。

——ギィンッ。

と思ったのも束《つか》の間、穴から鈍くぶつかる金属音がして、何かが上へ一気に突き上がった。間近にいた金髪組が驚いて、家格君同様尻餅《しりもち》をつき……あらあら、まさかの自分達二人の周りにだけ防御魔法を展開。色々と残念な子達ね。

でも確かに気持ち悪い。穴から長い胴体を立ち上がらせているのは、巨大ムカデ。こうして腹側から見ると、無数の脚がウゴウゴしてグロテスクだもの。

「くっ」

上からお孫ちゃんの声がして見上げれば、節の部分に足を引っかけて抜剣し、毒のある顎肢《がくし》の左側を斬りつけている。

ラルフ君は無言だけれど、勇ましい顔で反対側の顎肢を、あの小さな剣と形が全く同じ大剣で斬りつけていた。ベルトにあった方は消えている。

彼はムカデが突き上がるタイミングで飛びこんだの。既に冒険者としても活動しているだけあって、鍛えた筋肉の躍動が素敵。

「公女！」

ラルフ君が、料理時々後方支援担当の私を呼ぶ声に、すぐさま意図を汲《く》んで声を張る。

「焼くと美味《おい》しいわ！」

「「「はぁ⁉」」」

四年生達の間の抜けた声は無視！

「下処理方法！」

「ラルフ君は、顎肢の一つ下の節を切断！　毒が顎肢にあるから、気をつけて穴の外に落として！

ローレン君、穴に火球！　カルティカちゃん、手分けして魔獣避《よ》け（改）《かっこかい》！」

「「「了解！」」」

「「「「えぇぇぇぇ!?」」」」

四年生達は叫ぶ余裕があるのに、動く気はないのね。もちろん、お孫ちゃん以外の話よ。

「命に感謝を！」

「「「美味しくいただきます！」」」

いつものリーダーのかけ声と、いつもの合言葉を下級生全員で声に出し、それぞれ行動に移る。

こうして今世の私、ラビアンジェ＝ロブール公爵令嬢は、この合同討伐訓練を単なる青春キャンプだと勘違いしたまま、楽しみ始めるの。

上級生達は阿鼻叫喚《あびきようかん》、死人も出る学園始まって以来の一大事件になるなんて、この時は予想だにもせずに。

1　【事件勃発《ぼっぱつ》前】始まりは、月に一度の夕食会から

「我がロブール家の恥晒《さら》し！　落第点すれすれの無教養に加えて、魔法もまともに使えないなんて！　お前など産まなければと、何度思ってきたことか！」

バン、と両手のナイフとフォークをテーブルに叩《たた》きつけ、癇癪《かんしゃく》を炸裂《さくれつ》させたのは今世の実母、ルシアナ。きつめな顔立ちだけれど、前世で懐かしの黒髪に菫色《すみれいろ》の瞳が似合う美人さん。なのに怒りのままに私を睨《にら》みつけるお顔が、何だかもったいない。

なんて思いつつ、私はいつも通り淑女らしく微笑《ほほえ》みながら、一口大に切ったステーキをパクリ。ほぅ、と至福の吐息を漏らせば、お肉とスパイスの薫りが鼻から抜けてなお良し。本日の焼き加減はまともね。仲の良い方の料理長が当番だったみたい。

「母上、食事中です。だがお前がいつも教育から逃げ、学園の成績が悪いD組《クラス》なのも確かだ。自分が誰の婚約者か自覚しろ。魔力が低いのはともかく、自ら進んで無教養を選ぶような、恥を恥とも思わない者が私の妹であるという事実が恨めしい」

対面の母を注意し、左隣の私に冷たい低音ボイスを発したのは、今世の実兄、ミハイル。もちろん声量はマナーの範囲内。冷たいけれど、心地良い声質だからね。内容が全く頭に残らなかったわ。

父の金髪と母の瞳を継いだ顔立ちは、まるで前世で流行《はや》っていた乙女ゲームの攻略対象者。切れ

長の目元が涼やかなクール系美男子、もうじき十九歳。私の二つ年上で、来年の春に貴族と一定の税を納める富豪が義務として通う、四年制の王立学園を卒業予定よ。

ちなみに富裕層以外の平民向けに、十歳から入学可能な学園もあるわ。そこでは基礎的な読み書きの他に仕事の実務も学べるから、前世でお世話になった職業訓練学校みたいなの。

「……ふぅ」

あちらからため息が。妻と息子の間、コの字に座るテーブルの上座で、手にしたナイフとフォークを置いたのは、金髪に藍色《あいいろ》の瞳をした今世の実父、ライェビスト。

父と兄はDNAを疑うべくもない顔立ちで、違いは父の左の目元の泣き黒子《ぼくろ》。そのせいかセクシーさ増し増しね。お疲れなのか不機嫌そうに眉《まゆ》を顰《ひそ》めているから、淑女らしい微笑みをお見舞いしたわ。いつも通り癒し効果は不発。残念。

ロブール家当主にして、このロベニア国魔法師団のトップに立つ団長だけあって、実力もさることながら、家族への関心すらも魔法へチェンジ&全振りする魔法馬鹿。天職に就いている事に加え、政略結婚だからか夫婦関係は底冷え状態。お祖父《じい》様の厳命で開かれる、月に一度の家族揃《かぞくそろ》っての夕食会が無ければ、父と一生お目にかからない気さえするわ。

「お父様、どうかお母様とお兄様を止めて下さいませ」

オロオロと対面の私を擁護しようと振る舞うのは、今世の実の従妹《いとこ》で義妹でもあるシエナ。

実の両親である伯父夫婦の色を掛け合わせたピンクブラウンの髪と、実母譲りな緑の瞳を潤ませている。

今は亡き伯父は母――私にとっては祖母から継いだ優しげな顔立ちと、ピンクブロンドの髪に藍色の瞳よ。伯父の肖像画を見る限り、髪と瞳の色も含めて祖母似と定評のある私の方が、伯父の娘で通りそう。

私と一つ違いで、先月王立学園に入学した、活魚のようにビッチビチに元気なこの新入生は、猫目が可愛《かわい》らしい快活そうな顔立ちよ。瞳同様、実母に似たんじゃないかしら。

「本当の事だったとしても、お義姉《ねえ》様だって努力しているはずですもの。お可哀想《かわいそう》です」

姉じゃなくて義姉って念じながら発言してそうね。

伯父が平民女性と駆け落ちして、十一歳まで市井で育った義妹は一家で事故に遭い、両親は他界。遺体となった伯父から出てきたロブール家の紋章入りカフスと、既に魔法の適性があった事が縁でこの家の養女に。

初対面の時はまだ腕に包帯を巻いていて、とても痛がっていたわ。腕の魔力は循環していたから、完治していたはずなのに不思議ね。怪我《けが》や病気があると、体を巡る魔力の循環が乱れるの。魔法で診ればすぐにわかるわ。

でも体に触れずに人体を鑑定するのは、かなり難度が高いの。父や今の兄ならともかく、当時の兄には難しかったようね。できたばかりの義妹の腕を、心から心配していた。

とはいえ突然両親を亡くして、その上貴族の養女になったんですもの。色々痛くもなるわ、とごく自然に微笑みかけたら、怖いって泣かれちゃった。感性は人それぞれね。

以来義妹は主に私に対して捻《ねじ》れた感情をぶつけてくるけれど、きっと思春期特有の反抗期にツンデレが加わって、尖《とが》った方向に甘えているのよ。

「まあまあ、ありがとう。でも口元を三度右へ傾けないと、私以外にも今のお顔が見えてしまうわ？」

「お義姉様⁉」

義妹が大きな声を出して立ち上がれば、ガタンと椅子を後ろに倒し、父の眉間《みけん》の谷を深める。うっかりさんね。

「ひどい……」

涙がいつでも出し入れ自在って、ある種の才能よ。口元がニヤついているのが毎回私にだけ見える絶妙な角度なら、なお才能を感じられるのに。今日みたく時折失敗してしまうから、心を鬼にして教えるようにしているの。日々精進よ。

激励の意味もこめた微笑みを向けたのだけれど、私にだけ見える角度からは、相変わらず悪鬼のようなお顔が。想《おも》いは伝わらなかったみたいで寂しいわ。さすがに猫目が吊《つ》り上がり過ぎて、可愛らしいお顔が残念だから戻しましょう？

「はぁ、部屋から出て行け」

父の言葉に母はそうよ、と同調し、義妹はそんな、とあざとく驚きつつ口元はニヤニヤ。義妹は三度左に行き過ぎね。首の曲がりが不自然でびっくり。でも反発しつつ、私の注意に素直なところが可愛らしいの。兄は私を軽く睨むだけで、同調まではしていないのかしら？

「お食事が終わっておりませんのに？」

メイン料理を食べ始めてすぐに起こった母発の断罪劇だから、皆ほとんど食べていない。今日は仲良し料理長の至極の料理ばかりなのに。

そもそも私の成績を気にするなんて、無関心を方向転換するのは良くないわ。進級落第点ぎりぎりセーフを毎回死守する事が、どれだけ難しいか知らないのね。

「食事中に騒ぐからだ」

「その通りよ！　何も貢献しないお前に食事をする権利はないの！」

「お義姉様、お可哀想！　せめて食べかけのパンくらいは、お持ちになって！」

「騒がしいのは私も否定しない。父上、申し訳ありません」

父の言葉に賛同して追い出そうとする二人と、謝罪する一人。対面の二人は言葉の意味を履き違えている。

「お前達だ」

冷ややかに放たれた言葉をすぐには理解できなかったのか、女子二人が仲良くポカンなお顔に。

「出て行くのはお前達二人だ」

「「そんな⁉」」

二人仲良く声をそろえたところで、対面の見晴らしが突如クリアに。扉の外から二つの気配を感じても音は聞こえないから、父が転移、防音、施錠の魔法を一瞬で使ったみたい。

「食事を続けたいなら好きにしろ」

ため息を一つ吐《つ》いて食事を再開した父に、はいとだけ答えて私達も倣《なら》う。

美味《おい》しいフルコースをゆっくりと静かに、最後まで美味しくいただけるなんて初めて。全員が黙々と食べ進める。

でもまだ扉の外に気配がするわ。先月同じ事が起きた時、父は宣言していたはずよ？

『子供達も全員が入学して成人の年を迎えたのだから、いい加減食事は静かにさせろ。次は誰であっても追い出す』

あの時出て行ったのは父。そこを線引きしていたのは、正直意外過ぎて驚いちゃった。月に一度の夕食で、全員が静かに食べた事が一度もないのも異常だけれど。

私は丸パンにハンバーグとお野菜を、ささっと挟んで後に続いた。母と義妹はそれを侮蔑《ぶべつ》の眼差《まなざ》しで見ていたけれど、兄はお顔をハッとさせた。

後日、仲良し料理長が兄の夜食にハンバーガーを作ったと聞いて、勝ちを確信。何に勝ったのかはわからないけれど。貴族の世界ではマナー違反でも、美味しくお手軽に食べられるものね、ハンバーガー。

料理長におすそ分けしている私の手作り酵母を使ったバンズは、とっても美味しくてお肉とも相性抜群。表面こんがり、焼き加減ばっちり、自室で再調理不要の臭みがない、家畜肉一〇〇％使用のハンバーガーを私にも差し入れしてくれたの。

けれどあの時持ち帰った、野生獣肉一〇〇％使用、ほぼ生肉ハンバーグも、お手製ハーブソルトを混ぜ、焼き直して美味しくいただいたのよ。ほぼ生だったから混ぜ易《やす》かったのは秘密。せっかくの悪意に、実は毎回感謝しているなんて知ったら可哀想でしょう？

なんて母が贔屓《ひいき》する、もう一人の料理長が当番だった、先月の夕食会を回想していたら、デザートの濃厚で滑らか、優しい味わいのプリンまでたいらげていた。いつの間に？

お土産にお部屋へ持って帰りたいと思いつつ、本日の夕食会は終了よ。

※※※※

「お義姉様酷《ひど》いわ！」

一つしかないドアをバン、と開けてからの、けたたましい咆哮《ほうこう》はもちろん義妹。毎回だから驚かない。

私室が離れという名のログハウスで、人間は私一人しか使っていないから、ご近所迷惑にはならない。ただ建物は古くて、壊れるとさすがに同居中のあの子達が怒りそうだから、静かに扱って欲しいわ。

「まあまあ、どうしたの？　座る？」

ちょうど出入り口の見える小さなテーブルセットの椅子に腰かけていたから、対面の椅子を指差して微笑んでみる。

「誤魔化さないで！　お義姉様が私とお父様のお食事会を邪魔したんじゃない！」

第三者がいる時とは全く正反対。切羽詰まった悪役令嬢のような、高音金切り声にお耳がキーンとしそう。未《いま》だに座らないのは、立ってお腹《なか》から力の入った声を出す為《ため》？　何だか食堂での母とよく似ているけれど、もしかして実の娘はこの子だったとか？

「何よ、気持ち悪い」

微笑ましくなって、ふふふと笑いを漏らせば、義妹は薄気味悪そうに後ろへ一歩後退。

「共通点を見つけて、有り得ない想像をしたら楽しくなってしまったの。それで、お父様がどうかなさったの？」

「そうよ！　お義姉様のせいでお父様に追い出されて、お母様もカンカンなんだから！」

「そうなの？　そんな事あったかしら？」

どうしましょう。あなた達が騒がしくて追い出された記憶しかない。全く思い当たらなくて、コテリと首を傾《かし》げてしまう。

「とぼけないで！　明日学園で、シュア様に言いつけてやるから！」

「まあまあ、それじゃあ明日、第二王子殿下が教えて下さるのね」

良かった、これで解決ね、と淑女らしく微笑めば、義妹のお顔が赤くなる。風邪かしら？

「何よ！　お義姉様なんて婚約者なのに、愛称すら呼ばせていただけないくせに！　教養も大してない、淑女とほど遠い無才無能が、いつまでも王子様の婚約者にしがみつかないで！　今のお義姉様は、まるであの稀代《きたい》の悪女と同じね！　無才無能で魔法もまともに使えない！　婚約者の真実の愛を邪魔するベルジャンヌ！」

あらあら、前世で見慣れた笛吹きヤカンのよう。ピーッと鳴る勢いで捲《まく》し立《た》てて、踵《きびす》を返してバタン！　とけたたましくドアを閉める。そのままドカドカ足音をさせながら、行ってしまったわ。

よくそんなに早口で舌を噛《か》まないわね。お義姉様びっくりよ。

――ギィ……。

ドアがひとりでに開いたわ。壊れちゃった。

「淑女とは、これいかに？」

つい呆然《ぼうぜん》としてしまったけれど、きっと私達の淑女の定義が違うのね。

「婚約者、ねえ」

思わず前々世と今世の新旧婚約者に想いを馳《は》せれば、クスクス笑っちゃう。

今世の私、ラビアンジェ＝ロブールはこのロベニア国の四大公爵家、略して四公の第二子で長女。今年十七歳になるの。

先程名前が上がったジョシュア＝ロベニア第二王子は、お兄様と同学年。彼が十二歳、私が十歳になる年に婚約したわ。

義妹の叫んだ稀代の悪女というのは、ベルジャンヌ＝イェビナ＝ロベニア第一王女。基本的に王族のみ、祝福名であるセカンドネームが存在するのだけれど、昔これを呪いに使った愚か者がいたとかで、今は公開されていない。彼女は先代国王の異母妹で、母親は王女を妊娠した事で側室となった、出自不明の平民とされていて、この国ではとっても有名人。無才無能、魔法も碌《ろく》に使えない性悪でね。何だか親近感が湧く評判。

そんな王女の婚約者が、ソビエッシュ＝ロブール。今世の実の祖父。

けれど王女と祖父は結ばれていない。

彼は学園在学中、没落しかけの伯爵令嬢シャローナと出会い、恋に落ち、想い合うようになったらしいわ。

二人の仲を知った王女は嫉妬《しっと》から恋敵を生贄《いけにえ》にして悪魔を呼び出し、国すらも滅ぼそうとした恐ろしい子。婚約者の浮気に怒るのはともかく、それが本当なら稀代の悪女呼ばわりも仕方ないわね。

そんな悪女を止めたのは、当時王太子だった王女の異母兄。彼の母親は四公の一つ、アッシェ家出身の王妃で、王女と違って自他共に認める由緒正しき血筋よ。

彼は強い正義の心で立ち向かい、己の心と強大な魔力を引き換えに世紀の大魔法を駆使し、悪魔にとり憑《つ》かれた王女ごと討ち滅ぼしたのですって。

ここまでは正義のヒーローが稀代の悪女を倒す、今なお演劇にも吟遊詩人達にも好んで使われる有名なお話。

そしてここからは決して演劇には使われない、けれど周知の事実としてこの国の誰もが知るお話。

稀代の悪女ごと悪魔を倒した正義のヒーローは、その後弱く卑屈な心根となり、生活魔法しか使えなくなった。王女と王太子の父であった当時の国王は、責任を取るという名目ですぐに王太子へ王位を譲り、形だけの蟄居《ちっきょ》をした。

後継者が一人だけとなった上、己を犠牲にして国を救ったとする王太子の名声を汚すわけにもいかず、使えなくなった王太子でも名ばかりの王に据えるしかなかった。すぐに四公の内ベリード家、ニルティ家から妃《きさき》を娶《めと》らせて、早々に世継ぎを数名作らせている。

そしてロブール家は公子ソビエッシュと、生贄にされかけた悲劇の令嬢、シャローナとの身分違いの愛を認めて婚姻させ、当主は早々に代を譲った。

真実の愛を実らせ夫婦となった運命の恋人達は、王太子に恩を返す為、二人の王妃、そしてその生家である二公と共に王家を支え、次代の国王へと繋《つな》げた。この二公も王女の死後に次代が育ち次第、一度代替わりしていたはず。

王太子の犠牲に敬意を払い、平民も貴族も等しく、堕《お》ちたヒーローの話は黙して受け入れた。稀代の悪女を常に貶《おと》しめる事で。立場が下になるほど、その傾向は顕著よ。

「そうそう、アッシェ家」

王太子の母親である、当時の王妃の生家とは血が近いからとの理由で、その直系に近い血筋と王家が縁を持つ事は今もなく、当時の当主も王女の死後、すぐに代替わりしている。

王妃は側室の娘とはいえ、王女を育んだ者の一人としての責任と、唯一の世継ぎだった王太子《息子》の惨状に心痛が重なり、早々に蟄居した。自らを咎《とが》人として、城の奥にあった王女と側室《その母》が過ごした離宮で一生を終えた。

そうして四公の次世代、つまり今世の私の祖父母世代ね。彼らは現在の王と私の両親世代が育って当主を代替わりするまで、王家へそれは献身的に尽くしたの。

現王は王立学園在学中の十九歳という若さで即位し、父王と祖父王は名実共に蟄居。その数年後、執政が上手《うま》く機能するのを見届けたかのように二人は没した。

「何て素晴らしいお話かしら。ふふふ、事実は小説より奇なりね」

真実は違う。私こそがその証人。今なお悪の権化のように語り継がれる稀代の悪女、ベルジャンヌこそが前々世の私だもの。

でももう良いの。だって前世で私の心は完全に癒えたから。

そう、私にはベルジャンヌ《前々世》とラビアンジェ《今世》の間にもう一つ生きた人生《享年八十六歳の前世》がある。

ハードモードな一生で、刺激が過ぎた王女人生の最期に願ったのは、穏やかな来世。

死ぬ直前、それまでに契約していた聖獣ちゃんの内の一体に魂を抜き取らせ、運に任せて輪廻《りんね》の輪に滑りこんで、自分を転生させたわ。

次の私が産まれたのは異世界。全くの予想外。地球と呼ばれる星の、日本という国。

前世を思い出したのは物心つく頃だったけれど、魔法の無い世界なのに科学や技術が発達して、不便どころか便利過ぎて愕然《がくぜん》としたのが懐かしい。

両親からは人並みの愛情を注がれて、ぬくぬく育った私は、そのままＪＳ、ＪＣ、ＪＫ、ＪＤと学生生活をエンジョイ。もちろん女子小・中・高・大学生の略よ。久々に使いたくなっちゃった。

ＪＤ卒業後は普通に就職。独身貴族を謳歌《おうか》した後、マッチングアプリで性格の合いそうな男性を適当に見つけて、三十二歳で結婚。前世では政略結婚なんて当たり前の世界で過ごしていたからか、惚《ほ》れた腫《は》れたは特に感じる事もなく、あくまで性格の相性を重視したセルフ政略結婚。

少し味気ない？　でも大きな波風もない新婚生活を経て、三十七歳までに女児一人と双子男児を出産したから、悪くない選択よ。

その後なんやかんやありつつも、振り返れば思いの外《ほか》穏やかに過ごし、夫と数年の差で最期は孫やひ孫に囲まれて、人並みの一生を終えたわ。享年八十六歳。概《おおむ》ね平均寿命くらい。

今思えば来世、つまり今世へのインターバル期間だったのかと思うほどに、ただ愛を受け、怯《おび》える事なく心からの愛を誰かに与える事ができる、穏やかで平凡、けれど幸せな一生。

色々と傷つきまくって、ギッスギスのトゲトゲ王女として短い一生を終えた魂は、すっかり癒やされてしまった。

「けれど元お婆《ばあ》ちゃんは思うのよ？　何も前々世の自分を稀代の悪女呼ばわりするこの世界に、再び戻るだけならまだしも、あれこれ押しつけた人達の身近な場所で、それも自分の元婚約者の孫として転生しなくても良かったじゃないって。あら、うっかり独り言」

年を取るってやあね。ついお口が弛《ゆる》んでしまったわ。今世はまだ十六歳だけれど。

でも公女となった挙げ句、最期はそれまでの腹いせ含めてボロク、ごほん。完膚無きまでに叩《たた》きのめした、前々世の異母兄の孫が婚約者だなんてついてない。

しかも王子は魔力が低くて頭の悪い、無才無能で嫌な事から平気で逃走する、義妹を虐《いじ》めているらしい婚約者を心から毛嫌いしているわ。

でも義妹を虐める云々《うんぬん》はさておき、それ以外は彼の立場上、当然といえば当然ね。

義妹も本来は庶子なのだけれど、伯父様の血を引いているからかしら。外見と学力はなかなか、魔力と魔法はそこそこ、中身は悲劇のヒドイン、合わせて割ればレベルは四公令嬢未満、高位貴族令嬢並みの実力を持つロブール公爵家の養女だもの。私との婚約者差し替えを申し出ているのも頷《うなず》ける。

それはそうと、勢力的にも過去の背景からも、ロブール家直系の血を王家に招きたい気持ちはわかるのよ。そういう意味でも私と差し替えるなら義妹が最適。

なのに何がどうなったのか、特に学園を中心とした若者達は、私が婚約者の立場にしがみついていると勘違いしているよう。もちろん婚約に関する事で、これまで何かを望んだ事も邪魔した事も一度としてないわ。婚約前も、その後も。王女だった前々世も、公女の今世も。

ただね、まだ婚約を解消してもいないのに、王子は婚約者である私の義妹を侍《はべ》らす節操なしだし、その義妹と浮気相手《いちやつ》が一緒になって周りを煽《あお》るように、婚約者への悪意をダイレクトアタックするのは、いかがなものかしら。特にこの世界の貴族は、前世の日本とは比べられないくらい貞操観念がカッチリしているもの。事実はどうでも、既にお手つきになっていると思わせる事が問題よ。

でも三十六計逃げるに如《し》かずがバイブルな私も悪いわね。

だって現実問題として実は魔力も十分、魔法も好きに使えて、世間で大魔法師と呼ばれる父よりも多分強いのよ、私。何より前々世では王女教育も早々に終えていたし、異世界の知識も併せ持ってしまったら、無才無能なはずがないじゃない？

あ、優秀とまでは言わないわ。元日本人だから、そこは謙虚に慎《つつ》ましく、それなりに経験があるとでも言おうかしら。王女経験、社会人経験、出産育児経験、老後経験……多彩なラインナップね。しかも今世の私も、実は聖獣ちゃん達やその眷族《けんぞく》達と仲良くしているから、バレたらまた使い倒される人生が決定しそうでしょう？　そんな人生は前々世の一度で十分。

私の前世が享年八十六歳のお婆ちゃんで、本当に良かったわ。王女の時と同じく、悪意まみれの環境でも気にならない。合う人もいれば、合わない人もいるって知っているし、そこに血の繋がりなんて関係ない。特に他人の悪意は小鳥のさえずり。お婆ちゃんのお耳は、時に都合よく聞こえなくなるもの。

それに生きていれば環境が変わっていくでしょう。時間を置いたら合うようになったなんて事も、もちろんその逆もあるわ。ほら、仲の良いママ友だったのに、子供が巣立って改めて見回したら、お互い連絡先も知らないなんてよくある話よ。

慌てて無理して取り繕う人間関係なんて、今世の私には不要ね。だってあの穏やかな人生を終えた前世が忘れられない。思い返すだけで、涙が出る程に幸せで。

だからごめんなさいね。今世は今度こそ自分の為だけに、前々世と同じく無才無能として生きるわ。公女の責任からも全力逃走よ。

「あいつ、殺す？」

あらあら、不穏な声がしたと思ったら、突然何かがポン、と私の頭にダイブ。

もちろん驚かない。だってこの子が人間じゃない同居人、聖獣キャスケットだもの。もふもふの純白毛皮を纏《まと》った九尾のお狐《きつね》様。左前脚に装着する紺色基調で一部ピンク生地やレースを使用したパッチワークシュシュは、今やトレードマーク。作った甲斐《かい》があったわ。大きさは手の平から大岩くらいまで、サイズ変更可よ。大岩サイズは本人談。私は見た事ないの。

「あらあら、キャスちゃん？　いきなり何の殺害予告？」

「あいつ、また僕の愛《いと》し子に難癖つけてさ。馬鹿王子も取り巻きも、浮気相手引き連れて毎回騒がしいし、一々ラビにいちゃもんつけてきて嫌いだ！」

ぷんすかキャスちゃんは、今日もなんて可愛らしいの！　頭に感じる腹肉の感触も相まって夢見

心地……ハッ、頭頂部から殺気⁉　お狐様のヤる気が本気ね⁉

「駄目よ。あんなポンコツでも一応王族よ」

「昔もそう言ってたら殺されたじゃない」

王女だった頃の話ね。九つのフワフワ尻尾《しっぽ》が不服そうに後頭部へファサ、ファサ、と打ちつけられて猫みたい。でも狐って犬科じゃなかった？

「失礼な事を考えてない？」

テーブルにトン、と降りてそのまま座ってからの、見上げてくるこのアングル！　可愛らしいほっぺが不服そうにぷーって膨らんで……つつきたい！　でも怒られちゃうから我慢。うちの子愛《あい》嬌《きょう》あるし、頻繁に可愛らしいが暴徒化するから、耐え忍ぶ身としては常に必死。

「気のせいよ。それよりそのシュシュ、いつも着けてくれているから嬉《うれ》しいわ」

話題を変えて、ヤる気と不機嫌モードからの脱却を目指す。

「丹精こめて一針ずつ縫って、キャスちゃんに合う強い守護魔法をこめた特別製だもの。肌身離さず、これからも持っていてくれると嬉しいわ」

「えへへ、もちろん！」

あん、機嫌よく照れ笑いするうちの子、神か。いいえ、聖なる獣様だった。思わずテーブルにちょこんと座った白いお狐様をよしよししちゃう。

くぅ！　愛《う》いやつめ、愛いやつめ！　ふわふわでやわらかな白い毛並みが、たまらぬではないか！

ふぉーっふぉっふぉっふぉっ！

「ラビ、変態爺《じじい》みたいな顔に……」

……まあまあまあまあ。興奮してつい心の中が前世でお馴染《なじ》みのお代官様のように。

「うふふふふふ。キャスちゃんがあまりに可愛いからよ」

「ラビ、今すぐ顔を戻してくれないと、今日は寝室を別にするからね」

まあ、九つの尻尾が膨らんで、より一層のふわふわに……。

「その変態っぽいワキワキした両手と、残念な顔を今すぐやめて。貞操の危機感で尻尾が戻らない」

「それはもふもふの素敵相乗効果……いえ、冗談よ。今すぐやめるから、家庭内別居は諦《あきら》めて？」

ビクッとして姿をくらまそうとしたお狐様を、咄嗟《とっさ》に引き止める。

「悪ノリしてしまったわ。ごめんなさいね」

「はあ、もういいよ。先に寝るからラビも早く来てよ」

「もちろんすぐ行くわ」

きっと明日はあの……あらあら？　王女だった自分からすると、かの浮気王子は何と呼ぶの？

まあ孫でいいわ。孫が噛《か》みついてくるはずだもの。うふふ、孫だと思うとちょっと可愛らしいわね。

前世でも甘やかしちゃったのよ。あの子達元気にやってるのかしら？　どうか穏やかで実りある人生を生きてちょうだい。

家系図1

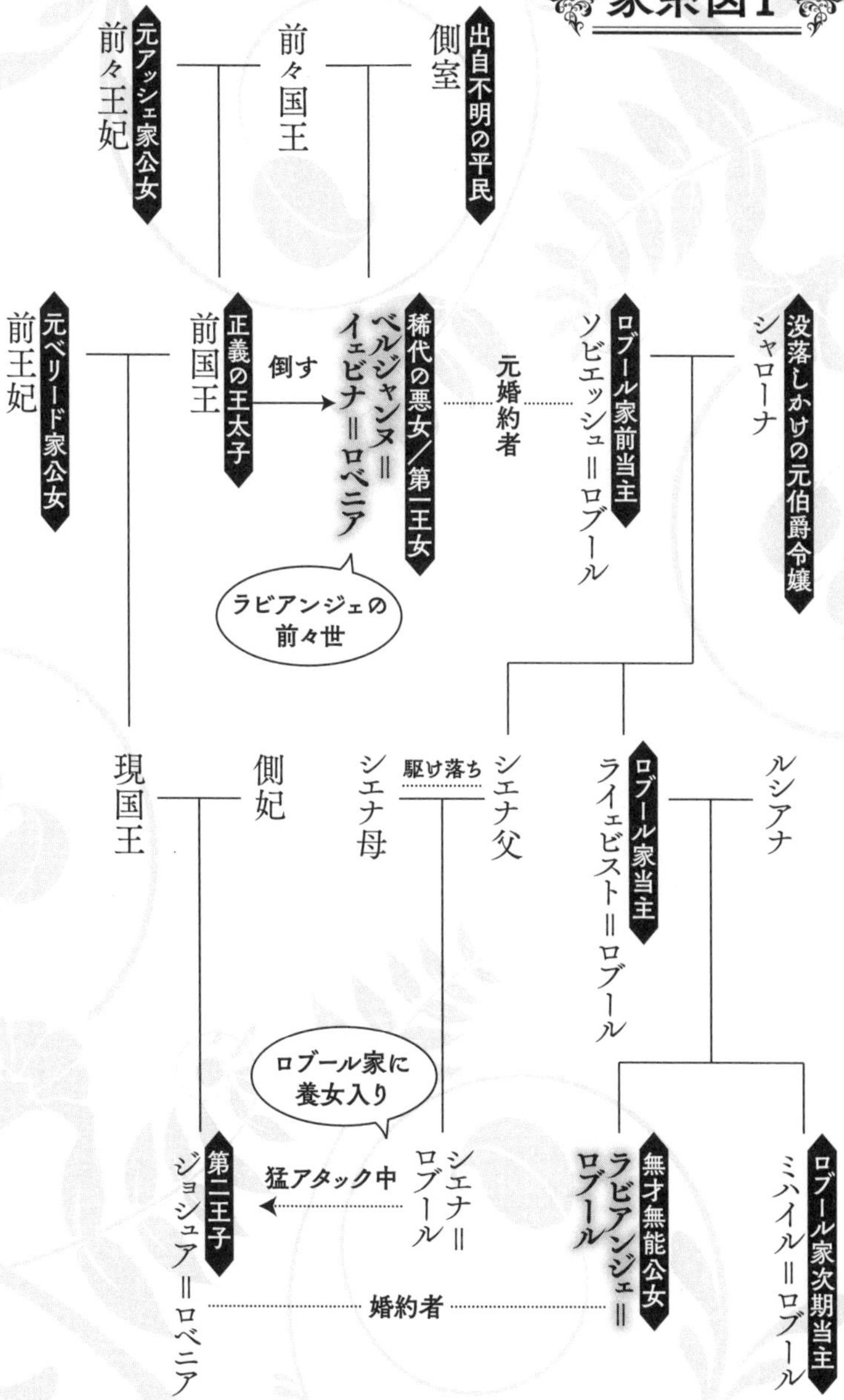

出自不明の平民
側室
前々国王
元アッシェ家公女
前々王妃
没落しかけの元伯爵令嬢
シャローナ
ロブール家前当主
ソビエッシュ＝ロブール
元婚約者
稀代の悪女／第一王女
ベルジャンヌ＝イェビナ＝ロベニア
倒す
正義の王太子
前国王
元ベリード家公女
前王妃
ラビアンジェの前々世
ルシアナ
ロブール家当主
ライェビスト＝ロブール
シエナ父
駆け落ち
シエナ母
側妃
現国王
ロブール家次期当主
ミハイル＝ロブール
無才無能公女
ラビアンジェ＝ロブール
ロブール家に養女入り
シエナ＝ロブール
猛アタック中
第二王子
ジョシュア＝ロベニア
婚約者

※※※※

　昨日の噛みつかれ予想に反し、朝から義妹すら訪れず、学園での一日は平和に終わり、帰宅しようと立ち上がる。通学時間は徒歩三十分。健脚なの、私。兄と義妹は馬車通学だけれど、足腰の弱った老後を送らないか、元お婆ちゃんはこっそり心配よ。

　平和な一日に感謝して、教室を出た。まさにその時。

「ラビアンジェ＝ロブール！」

　目の前には銀髪碧眼《へきがん》の王子然とした、あ、王子だった。背後に赤髪のお供君を引き連れた麗しき王子様が立ち塞《たふさ》がる。空色の瞳《ひとみ》で睨《にら》みを利かせるお供君の更に後ろには、見慣れたピンクブラウンの髪の毛がチラ見えね。

　授業を終えた最後に廊下で大声なんて、疲れない……ハッ、これは若さね。孫のテンションが高いわ。お祖母《ばあ》ちゃん、ついていけない。それよりも……。

「お顔が残念でしてよ？」

「何だと‼　無才無能なお前が王族である私に暴言か‼」

　うっかり火に油を注いだ模様。でも聴力は一般的十六歳並みだから、更に声を張り上げなくても聞こえるのよ。もちろん多少お耳がキーンとするくらいでは、淑女の微笑みは崩れない。

「いいえ？　ただ怖いお顔で睨む騎士科の男性と、婚約者以外の女性を連れて廊下中に響く怒声を

撒《ま》き散《ち》らすのは、王族としていかがなものかと。ほら、周りの皆様へのイメージも大切でしょう？」

その言葉にうっ、と詰まる男子達。

「お義姉様！　昨日の夕食会でもそうでしたけれど、王子様に対してもそのように仰《おっしゃ》るなんて！」

お供君の後ろから義妹がひょっこりさんね。今日も甲高い声で、活魚的ビッチビチ感。漲《みなぎ》る若さと勘違いさせる端折《はしょ》り話の腕前が光っているわ。

「そうよね、殿下のご尊顔に失礼よね？」

「何言って……」

「だって、微笑めば麗しいはずのご尊顔をそのように歪《ゆが》めて残念と思うのは、一《いち》女性として当然。同じ意見で嬉しいわ。世の中の損失ですもの。それよりこんなに殿下のご尊顔を敬愛する私の言葉の何が暴言なの？　淑女と噂《うわさ》される優しい義妹なら、教えてくれるわよね？」

更に笑みを深め、話を遮った義妹の緊張感を解きほぐすよう努める。なのに顔を余計に強張《こわば》らせたのは解せない。

「そ、れは……だから、怒ったお顔も……」

「まあまあ、駄目よ？　殿下は王族なのに未来を担う学生の、非公式とはいえ社交の場たる学園の廊下で、大きなお声でお話しされるだけでも、何事かと眉《まゆ》を顰《ひそ》める者もいるかもしれないわ。その上怒りを表情に出したなんて、ね？　それもここは成績だけなら最下位のD組《クラス》の前。学年違いとはいえ、成績最上位のA組である貴女《あなた》達が、ここでD組の私に大声以外にも何かしたなんて事になれば、紳士淑女性を疑問視される事にもなりかねないのでは？」

そう言いながら、まずは孫の横を通り抜けようとしたのだけれど、腕を掴《つか》まれる。

「残念ね。シチュエーションにトキメキがないわ」

「何の話だ。やはり貴様は、無才無能な上に性悪だな。そのように義妹を虐《いじ》めて楽しいか。今日という今日は、はぐらかされんぞ」

声は抑えたようだけれど、怒りは抑えきれていない。掴まれた腕が痛むから、青少年特有の力まかせってやつで、少しずつ力を入れるの止《や》めてくれない？　乱暴な孫ね。いくら思春期とはいえ、お年寄りには優しくなさい。でも今世はまだ十六歳だったわ。

「私の言葉をここまで軽んじ、出来の悪さを棚に上げて虐め続けるとはな。何様だ、この無能が」

「何様……今のところは殿下の婚約者でしてよ。それに見当違いなお話ばかりね？」

「何だと⁉　無能が愚弄《ぐろう》するか⁉」

結局声が大きくなって他の生徒がチラチラ見始めたけれど、いいのかしら？

あらあら、関節を捻《ひね》り始めたわ。怒っていい？

「腕を逆手方向に捻り過ぎでしてよ。暴力と見なしてしまいそう」

「貴様！」

ギリリ、と更に力を込める。

「おい、シュア。流石《さすが》にそれは……」

かなりの力で捻り上げようとしたのが見て取れたのか、お供君が止めに入ろうとした。その時よ。

「何をしているの‼」

うちの組の女性担任教師が割って入る。声を聞いたのか男性教師も二名駆けつけ、そのまま孫を引き離した。教師達は全員が茶色系統の髪色ね。統一感があるわ。

なんて思っている間にも、腕が見るからに赤青く腫《は》れ上《あ》がっていく。けれど……。

「あ……私は……」

残念ね。我に返って孫が見るのは周りの人達。これじゃあ、さすがのお祖母ちゃんも怒っていいわよね。

「ふぅ。さすがに痛いですわよ。まあまあ、随分と腫れてきてしまったわ？」

この言葉に、ギクリと顔を強張らせる男子二人。義妹はそれとなく後ろに下がって、友人らしき女の子の隣に。危機察知能力が高い証拠ね。

「先生、保健室へ行ってもよろしいかしら？　利き腕ですので、明日の合同訓練に差し障っては困りますもの」

「待て、私が……」

孫も治癒魔法は使えるのよね？　でもさせない。

「お断りでしてよ。稀代《きたい》の悪女のように、無能なら何をしても良い、治癒させれば問題ない、王族なのだからこれくらいは許される、などと思われたくありませんもの」

「な、そんなつもり……」

はっきりと声に出した稀代の悪女と拒絶の言葉に大きく動揺しているけれど、孫と思えばこそ続けてきてあげた甘いお顔もここまで。お祖母ちゃんは怒りましてよ。

「ジョシュア＝ロベニア第二王子殿下。貴方《あなた》の言動にそう思わされるのは、私。そう思わせるのが、貴方。間違えないで下さいな。立場と力のある加害者が、被害者のような顔をして済ませようとするのは卑怯《ひきよう》というものでしてよ」

微笑みを元祖稀代の悪女時代に寄せた氷の微笑へ切り替え、きっぱり告げる。中身があなたのお祖母ちゃんでも、あなたが思春期男子でも、ＤＶは許しません！

恐らく初めての圧を乗せた氷の微笑に、息を飲む孫。反論するのも忘れているみたい。これでも昔は激動の王女だったの。人生経験豊富なお婆ちゃんに、青臭い子供が勝てると思わないで。

なんて、お口が悪くなってしまったわ。だからかしら？　教師も含めて周囲の雰囲気が凍りついたようにシンとする。

「何を望む？」

ややあって、ざわつき始めた気配を察した孫がポツリと漏らす。

「公女、場所を変えよう」

お供君、ふざけた提案を受け入れると思っているの？

「その必要はございません。そうですわね。今回は流石に危害を加えられましたもの。この国の第二王子殿下の婚約者に相応《ふさわ》しいだけの慰謝料を、殿下の個人資産より支払っていただく事で、手打ちに致しましょう。それでこの件は仕舞いです」

はっきりと終わりのラインを口にして、表立っての責任は問わないと、周囲にもわかるように宣言する。

「お義姉様⁉　お金を王子様に請求するなんて！」

「おい、調子に……」

けれどそれを理解できない愚か者達。

「シエナは黙りなさい。そしてヘインズ＝アッシェ第三公子。私《わたくし》は誰です？」

愚か者に冷たく命令すれば、一歩前に出ていた義妹は珍しく心からの怯《おび》えに体を震わせた後、それに小さなプライドが傷ついたのか、羞恥《しゅうち》に顔を歪ませる。

「答えられませんか、ヘインズ＝アッシェ第三公子」

「何が……言いたい」

「私はロブール公爵家第一公女にして、二人しかいない嫡子が内の一人ですの」

息を飲む周囲とお供君。更に顔を歪ませる義妹。

「そして当事者が婚約解消を求めても、未だに王家の判断により婚約を継続している、この国の第二王子殿下の婚約者。それがラビアンジェ＝ロブールですのよ。騎士を目指しているのなら将来ご自分が誰に仕えるのか、もう一度考えてみるべきでは。騎士の本分がいかなるものかを心に刻み、私情を挟まず、つまらない自身の横恋慕への人身御供《ひとみごくう》に他人を選ばず、将来主《あるじ》となるかもしれない者に騎士見習いとしても、側近候補としても、真の義をもって襟を正させるよう努めるくらいはなさいませ」

「なに、を……」

「それでは王子殿下。早々の対処を望みますわ。皆様も此度《こたび》の件は、これにて仕舞いです。それではご機嫌よう」

口ごもるお供君と顔色の悪そうな孫は無視し、負傷した腕以外はきちんとしたカーテシーを取ってその場を後にする。もちろん振り返った時には、デフォルトの微笑みよ。

※※※※

「初めてだな。どうした？」

入学以来、初潜入した保健室。入って早々話しかけるのは、黒髪のミステリアス系保健医さん。長い前髪と分厚い細工物の眼鏡で、顔や瞳の色が印象に残らない仕様なの。

お弁当を食べに行くと時々廊下の曲がり角で出くわすけれど、いつも不遜《ふそん》というほどでもない違和感があって、落ち着かない。

「腕を捻挫《ねんざ》したようですの」

デフォルトの微笑みを浮かべて腕を差し出せば、眉を顰めて鑑定魔法で診てくれる。

「これ……捻挫ではないな。何があった？」

「痴情のもつれの果ての、巻き込み事故かしら」

「何だその、どうしようもなくくだらなそうな理由は。すぐに治癒魔法を……」

「その前に診断書を書いていただけまして？　今後の保険に良いと、親切な方にお聞きしましたの」

遮って診断書を優先してもらう。だって相手は仮にも王族。証拠がなければ、もみ消される事もある。

「……良いだろう。無能と噂される割に抜け目がないな」

特に言葉に反応せず微笑むに留《とど》めれば、慣れた様子で診断書を書き上げ、今度は待った無しに腕を取られた。

「無能と言われて平気なのか？」

「特に困りませんもの。無能だからと軽く扱うなら、その方と疎遠になれば良いだけでしてよ」

「大抵ぼっちだな」

「気心知れない方といるより、ぼっちの方が心穏やかでしてよ」

「……そうか」

気の毒な何かを見るようなお顔ね。前髪と眼鏡のせいで、雰囲気しかわからないけれど。

腕が温かく感じて痺《しび》れと痛みが消えていく。良かったわ。腕の腫れも引いてくれた。

「急に動かしたり、重い物を持てばぶり返す。今日一日は安静にしておけ」

「ふふ、ありがとうございます」

ちゃんと治してもらえた事にほっとする。無才無能だからと、偏見を行動に移す人でなくてよかったわ。いつもより自然な笑みを向けてから席を立つ。

「そんな顔もできるのか」

保健室を出る時に小さく呟《つぶや》く声が聞こえたけれど、気にせず帰路についた。

※※舞台裏※※　義妹の泣きつき（ミハイル）

「お兄様！　お義姉《ねえ》様を止めて下さい！　王子殿下に少し腕を掴まれただけで、恐れ多くも公衆の面前で慰謝料を請求されましたの！」

生徒会室で役員ファイルを棚に戻していれば、ノックとほぼ同時に義妹が駆けこんできた。

「落ち着け。そのように走るものではない。どういう事だ？　お前はその場にいたのか？」

「はい！　私、暴言を吐くお義姉様がもう恐ろしくて。シュア様の婚約者であり続けたいからと、わざと大袈裟《おおげさ》に振る舞って気を引こうとされて。きっとシュア様は気分を害されましたわ！」

どこか興奮した様子の義妹は、平民生活が長かった故か、時折こうして淑女らしからぬ振る舞いをする。その上、いつからか第二王子との距離が縮まった事で、実妹が絡むと特に大袈裟に伝える事が増えてきた。

「……本当か？」

尋ねたのは後から追いかけてきた、義妹と同じ組の女生徒にだ。俺達三人は生徒会役員として顔を合わせる事も多く、彼女は義妹と仲が良い。義妹の事を頼んでいるものの、いつもそちらに同調し、実妹を悪《あ》し様に貶《けな》す様子に、適任とは言い難いと考えを改めつつある。

しかし今日の彼女は普段とどこか違い、目が泳ぎ、戸惑いが感じられる。

「……はい。ですがあれは……」

「お兄様！　お義姉様はもう帰宅されました！　離れにいらっしゃいます！　早く発言を撤回して、謝罪するようお叱りになって！」

友人の言葉を遮り、ぐいぐいと俺の背中を押して部屋から追い出そうとする。その様子には焦りが窺《うかが》えた。

「お、おい仕事が……はあ、わかった。ラビアンジェに話を聞いてみよう。だがシエナ。私がいつまでも、何も気づかずにいると思うな。入学前の中庭での一件については、聞き及んでいる。お前の言動も改めるべき所はある」

このように面と向かっての注意は、初めてかもしれない。義妹がいつもと違う俺に、面食らったように呆《ほう》ける。

「何にしても先にラビアンジェと話してみよう」

「お、お兄様⁉」

今度は明らかに慌てた義妹を残し、その場を後にした。

※※※※

――コンコン。

ログハウスに戻り、孫から回収する慰謝料の使い道を妄想しつつ、明日の準備をしていれば、ドアがノックされる。珍しい現象に、一応どなたと聞いてみる。

「私だ」

……あちらの世界のオレオレ詐欺みたい。気配を読めない普通の令嬢なら、声ですぐわからないはずよね？

「どちらの私様？」

「チッ。お前の兄のミハイル＝ロブールだ」

まあまあ、舌打ち。兄と呼ぶなと言ったり、自分は兄と言ったり、忙しい人ね。

「開いておりましてよ」

私の返事にドアを開けたのは、不機嫌そうな様子の兄。

「何故《なぜ》、鍵《かぎ》をかけていない？」

「壊されてしまいましたもの。どうぞ、お掛けになって？」

ログハウス唯一のテーブルにご案内するも、座るつもりはないみたい。ただ切れ長の目が僅《わず》かに大きくなる。

「誰にだ。まさか我がロブール家の敷地に、強盗が押し入ったわけではあるまい」

「うふふ、そうではありませんわ。先日どなたかがけたたましくドアを開けて、けたたましくドアを閉めてくれたら、壊れてしまいましたの」

とはいえ貴重品は亜空間収納しているし、お風呂《ふろ》や着替えの時の戸締りに魔法は使うけれど、普段は誰も近づかない。鍵なんて大した問題でもないわ。

それに念の為《ため》、ここにある物は持ち出された時の自動返却魔法や、ドアや一部の食器以外、大体の物に壊れた時の再生魔法がかけてある。魔法をかけていない物は、後が色々面倒になる誰かさんが絡む物ばかりよ。

けれど最近は魔法の発動頻度が減ったかもしれない。どうしてかしら？

「シエナだと言いたいのか？」

そうね、いくら使用人でも公女の私室でそんな事はしないし、両親はここに来た事もない。その名を口にした時点で、わかっているのでは？

「経年劣化もあるのでしょうね。何度もけたたましく開け閉めされていますもの。壊れるのが少しばかり早まっただけでしてよ。本邸の使用人にお願いしましたから、お母様にはそのうち伝わるのではなくて？」

なんて、伝わっても修繕しそうにないけれど。

「まあいい。そもそも何故ここに？」

「あらあら？　お兄様とお母様が、義妹を虐《いじ》めて泣かせた罰と称して、離れで過ごせと仰《おつしや》いましたのよ？　義妹ができてすぐの頃でしたわ」

「待て。まさか、あの時の罰をそのままずっと⁉」

やあねえ。どうしてご自分が言い出した事に今更驚くの？

「お二人が許すと仰るまでここで過ごせ、でしたわね。あの後シエナも元あった私の私室をお母様に許可されて、物置として使っていると聞いておりますわ」

「チッ。何故夕食会でそれを言わない。お前が意地を張らずに嫌だと言えば……」

「あらあら？　私のせいと？」

「俺のせいだとでも？」

やあね。兄を大して気にもしていないのに、そこまで思ったりしないわ。いつもの私呼びから、元々の俺呼びに変わるほどの事かしら？

「いいえ？　お兄様のお話を一度でもしまして？」

「お前はまたそうやって……」

向かい合っていつもの微笑《ほほえ》みを向けたのだけれど、忌々しそうに睨《にら》み返されちゃう。これはきっと……そう、きっと反抗期！

「お兄様は悪くありませんわ。それはホルモンバランスと、本能のせいでしてよ」

「突然何の話だ⁉　ホルモンとは何だ⁉」

そういえばホルモンという知識は、この世界に無かったわ。突然知らない言葉を使ったから、驚かせてしまったかしら。

正確には、子供の二次性徴時に分泌されるホルモンのせいで攻撃的になったり、性に目覚める時期に、血縁者をその対象として見るのを忌避する、人間の動物的本能よ。

どこまで正しいかは、今となってはわからないけれど。

「ふふふ、何でもありませんわ。お兄様が健やかに成長されてらっしゃるのを、喜ばしく感じただけですのよ」

「何故、孫の成長を楽しむ祖母のような生温かい目を……」

何てこと。不覚を取ったわ。正体に勘づかれたかしら。前世は享年八十六歳のお婆《ばあ》ちゃんだもの。

「薄気味悪そうな目をされると傷ついてしまいますわ。それよりも、ご用件をお伺いしてもよろしくて？」

「お前が意味のわからん目をするからだ。第二王子に慰謝料を請求したというのは本当か？」

一々反抗的。やはり少し遅めの反抗期に違いないわ。大丈夫よ、それは抗《あらが》いきれない本能が支配する反応だもの。

「おい、その目を止《や》めろ」

「あら、ついうっかり」

だって前世の息子達の反抗期時代を思い出してしまったもの。

初めてのクソババア発言は衝撃的よ。しかも一卵性双生児だったからか、二人仲良く突然の反抗期。泣きそう、というか泣いたわ。夫と娘に慰められながら堪えたの。今では良い思い出ね。

それよりも、慰謝料？

「本当で……」

「何故だ」

え？　何故？　思わず目をパチパチ。むしろこちらが何故？　しかも最後まで言わせない勢い。

「もう治癒しましたけれど、腕を捻《ひね》ってしまいましたから」

「はぁ。それくらいでか。それをして、今度こそ婚約を解消させられたらどうするつもりだ」

「特にどうも？」

兄のお顔の険しさが増していく。もしやこれは、前世でどんどん表現が進化していったという、おことか激おこぷんぷん丸とかいうやつ!? ネタ元は平成と令和のギャル語にハマった、当時ＪＣの孫。反抗期とおこの、まさかのコラボ!?

「ふざけるな！ 何故お前はもう少し自分の立場を考えない！」

あら、とうとうカム着火なんちゃらにおこ進化!?

「ふふふ、問題ありませんわよ？」

「何だと！ それをお前が判断するな！」

けれど困ったわ。ヒートアップし過ぎて、微笑みかけても、おこが鎮火できない。

「不満があるなら王子に直接言わず、俺に言え！ 何故もっと考えて行動しない！ このままでは本当に婚約を解消されてしまうんだぞ！」

「左様ですわね？ でもお兄様とそうした事を話し合う仲でも、ございませんでしょう？」

「……っ、くそっ」

まあまあ、公子がそんな言葉を使うのはいただけないわ。

いつからか教養を強要されるようになって、それとなく疎遠になっていたところに義妹ができた。私達兄妹《きょうだい》の心の距離は、一気に開いたわ。私を見て苛々《いらいら》する事も増えたし、貴族だからそういうものだと思って受け入れたのよ？

思わず出そうになったため息を、淑女の微笑みで押し留《とど》めれば、何故か兄のお顔が一層、険しくなる。

婚約継続が危ういなんて、今更よ。わざと怪我《けが》をさせられれば、慰謝料くらい請求しても問題ない。何よりあそこで明確な手打ちを示さない方が、更なる問題に発展していたわ。それにもう話はついたのに。

にしても、兄の仕入れた情報が中途半端ね。初めてこのログハウスに訪ねてきた理由が、そんな事なのも不自然。あらあら、もしかして……。

「どなたかからお聞きになって、私の現状にロブール家としての面子《メンツ》を傷つけられまして？」

まあまあ、ギロリと睨みつけられちゃった。

「シエナから王子に少し腕を掴《つか》まれただけで、公衆の面前でお前が慰謝料を請求したと聞かされた」

「そう、シエナから。納得しましたわ」

偏りを感じた原因は義妹が間に入ったからね。よくある事よ。

「もちろん近くにいた他の者にも真偽は確かめた。何故一人で判断して先走った」

今度は静かに、低く尋ねる。というよりも責めているのね。

「何かしら不愉快だったなら、当主である父上か、次期当主である俺へ先に話を通すべきだった。公女として自覚ある言動をしろと、いつも言ってあったはずだ。教育から逃げ続けた結果、こうして判断を誤り、無才無能と周囲に侮られるのだ！」

結局怒声となっているけれど、狭い室内でずっと立ち話状態もどうなのかしら。

「ふふふ、左様ですわね。それより……」

「何故そこで笑う！　お前は俺を馬鹿にしているのか！」

「まあまあ、被害妄想でしてよ？」

「何だと‼」

「それよりずっと怒り続けて喉《のど》が渇きません？」

ハッ、思い出したわ。きっとこれぞ孫が当時口にした、おこ最上級のユニバァ――――ス激激とかいう……。

「ふざけるな‼」

――バシンッ。

怒声と共に突然頬を叩《たた》かれ、床に倒れてしまう。

「あ……」

兄も咄嗟《とっさ》の行動に叩いた自分の手を凝視して、呆然《ぼうぜん》と声を漏らした。正気に戻ったみたいで何よりね。

それより思わず突いた腕の痺《しび》れと痛みがえげつない。一気に指の方まで腫《は》れてきた。これ、折れた？

ふう、と息を吐けば、立ち竦《すく》む兄がビクリと体を強張らせる。その様子がクソババア発言をした直後の、前世の息子達のよう。思わずくすりと笑ってしまう。

「何故、笑う」

あらあら、泣きそうなお顔をしちゃって。お馬鹿さんね。

不思議と孫の時に感じたような怒りはない。

呆《あき》れはするけれど、可愛《かわい》らしい人。素直でないところも、そのせいで私を気にかけるのがいつも中途半端なところも。手を上げておきながら、頬に当たる直前に力を抜いて、与える痛みを最小限にしようとしたところも。大の男が怒りに任せて叩いた割には、痛くない。

私も自分から倒れて、頬への衝撃を和らげたの。お陰で腕がえらいこっちゃな事態よ。頬への痛みを選べば良かった。

なんて考えていたら、くすくすと笑いが漏れてくる。もちろん淑女の微笑みじゃない。腕の激痛に苛《さいな》まれてはいるから、苦笑したように見えるでしょうね。

そんな私に、どう声をかけるべきかわからないからか、相変わらずの表情のまま、仁王立ちで固まる兄に声をかける。

「起こして下さいな」

「これ、え……腕を⁉ すまない！ すまない、ラビアンジェ！」

兄は赤く腫れてきた腕にやっと気づいて、愕然《がくぜん》としながらも床にしゃがみこみ、さっとお姫様抱っこをしてまた固まる。

ああ、そうね。ここにはソファや来客用の椅子なんてないから。

辺りを見回してそのまま奥に大股《おおまた》で進み、ベッドに下ろしてくれた。

「勝手に寝室へ立ち入ってすまない。腕を見せてくれ」

許可を与える間もなく、腰掛けた私の前に膝《ひざ》をついて、腫れた腕に触れる。

瞬間、鋭い痛みに襲われて体が強張ってしまったわ。

「やはり折れたか。すまなかった」

何度目かの謝罪をして、ゆっくりと治癒魔法をかけ始める。

そうね。いきなり治癒させようとすれば、普通は折れた骨が歪《ゆが》んでしまうかもしれない。

「すまない。痛かったら声を出していい」

ゆっくりと関節を整復するように固定しながら、折れた骨を修復していく。

「んぅっ」

「痛いな。すまない」

もちろん痛いわ。折れた骨をくっつける前に整復するもの。

でももう随分と久しぶりに触れるその手は、温かくて力強くて心地いいわ。それに痛いのを我慢しろとか、痛くないとか言わずに、ちゃんと受け止めてくれる。何だか心の奥が擽《くすぐ》ったい。

しばらくして、やっと痛みと痺れが引く。ほっと息を吐いて、体の緊張を解く。

「頬は痛むか？　すまなかった」

治癒魔法をかけ続けながら、再び謝るその顔を見て、あの孫との違いに気づく。

自由な方の手で、そっと兄の頬に触れてみる。嫌がられるかとも思ったけれど、大丈夫みたい。

「ねえ、お兄様。そんな顔をしないで欲しいわ」

「どんな顔をしている？」

その言葉に思わず苦笑してしまったわ。やあね、このにぶちんめ。

「泣きそうよ」

「そうか」

お顔を戻そうとしたのでしょうけれど、何だか泣き笑いしているように見えてしまう。つい笑ってしまったじゃない。

「素のお前はそうやって笑うんだな」

「いつも微笑んでいるわ」

「何故いつも微笑む？」

「不思議な質問ね。淑女を求めていらっしゃるのは、お兄様達よ？」

「確かに、微笑みだけは淑女らしいと言われていたな」

無才無能をはじめ、幾多の悪評を持つ公女ラビアンジェだけれど、微笑みだけは良きにしろ悪しきにしろ、淑女と認められている。

「何故まともに教養を身につけず、無才無能と呼ばれるのを良しとする？」

「無才無能だからじゃないかしら？」

「それはない。お前は気づいていないだろうが、マナーや作法だけは完璧《かんぺき》だ。誰からも教わっていないのに。それに俺自身がお前を無才無能だと言った事があったか？」

……そういえば教養を身につけろとか、無才無能だと侮られているとは言われても、それは……ない、かも？

「マナー講師はついていましたわ。でもお兄様自身が私を無才無能と揶揄《やゆ》した事はなかったかもしれません」

「お前は講師から学んでいない。大抵聞き流すか、逃亡するかしていただろう。無才無能以前の問題だが、俺はお前に能力や才能が無いとは思っていない。魔力は……まあ魔力測定の時にそう出たのだから、そうなのだろうが」

お茶を濁されてしまったわね。

平民なら早くて十歳で彼らの大半が通う学園入学の際に、貴族なら遅くても王立学園入学前の学力試験の際に、必ず魔力測定を行うの。もちろん聖獣ちゃん達と共謀して細工した私の測定結果は、推して知るべし。平民の生活魔法が何とか使える程度で、公女としてあるまじき結果よ。

「ふふふ、気を使っていただかなくてもよろしいのに」

「その笑みは、今は必要ない」

お兄様は片方の手を叩いた頬にやり、そちらも治癒を施す。痛みはないけれど、赤くなっていたのかしら？

治癒し終わると、自らの頬に触れていた私の手を包みこむようにして下ろさせ、もう片方の手も取って両手で優しく包み直したわ。

どうしたの？　いつもと打って変わった様子に戸惑うじゃない。

「俺は本来のお前と話したい」

クール美男子に跪《ひざまず》かれ、両手を握られて懇願される。あちらの世界の乙女ゲームのスチルみたい。ツンデレのデレが到来？

「まあまあ、それは難しいわ。既に私とこの家との関係は崩れているもの」

けれどお断りね。麗しいお顔が翳《かげ》ったとしても。

「修復は……」

「もう興味がないの。全て今更よ。それでも本当の逃亡はしていないでしょう？」

「公女として育ったお前が逃亡できると？」

私の言葉に傷つきながらも食い下がる。にしても、それは愚問よ。

「公女らしい扱いを受けて育ったと、この部屋を見て本当に思いまして？」

うっ、と言葉に詰まったところにたたみ掛ける。

「私が朝どう登校をして、何をして学園で過ごし、どう帰宅して、就寝まで何をしているのか。貴方は想像できて？」

「……すまない」

私の言葉に項垂《うなだ》れる。でも仕方ないわ。本来の私？　それを知ってもどうにもされなかったら、傷つくのは私よ？　信用できないかとでも尋ねる？　信用させる努力をした事がない人がそれを言うの、としか言えないわ。

口元まで出かかる本心に淑女の微笑みで蓋《ふた》をした。

「次期当主として励む貴方《あなた》が、嫌な事から逃げる私を疎んじるのは当然よ。貴方とこうやってお話しするのが、義妹のできる前なら違っていたかもしれない。けれど今更でしょう？　実妹の話よりも義妹の話を先に聞き続けた。その上でそれを信じた言動を取り続けて、理不尽に曝《さら》されたもの。

もう何年も。少しだけ変わったのは、あの子の入学によって接する機会が増え、言動と現状に違和感を覚えたからかしら？　比較的ここ最近よね。貴方がきっかけを探していたようには、今なら思える。それでも私への態度を変える事は無かった」

「すまない」

「修復は礎となる何かがあって、初めて修復と呼ぶの」

　兄は否定せず、ただ心苦しそうに押し黙る。胸が痛むわね。あの孫と違って彼からは誠意を感じる分、余計に。

　握られた手に硬い剣ダコがあって、日々努力をしてきた事を証明している。この手が思った以上に大きくて、温かくて、心地良い分、余計に。

「それでも私を気にかけているのは感じていたわ。今も謝るだけで、許せとは言わない。そんな不器用で誠実な貴方は、可愛らしい。だからまだ、ここにいるの。公女として、王子と婚約を結んでいる事に、異を唱えず従っている。王子が身勝手で穴だらけの、はき違えた正論と正義を振りかざしてきても、今日怪我をするまでは受け流すだけに止《とど》めてきたでしょう？」

　ベッド脇の棚に仕舞った診断書を見せる。

「これ……故意に……こんな。すまない、本当に」

　怪我の程度が、ここまで酷いと思っていなかったのでしょうね。事実を知って顔を歪ませた。

「王族との婚約や婚姻は、貴族令嬢なら羨《うらや》む者も多いが、少しも望んでいないのか？　お前は婚約を解消したいか？」

ほんの少し顔を上げ、私の真意を確かめるように窺《うかが》う菫色《すみれいろ》の瞳《ひとみ》。

同じ両親を持つのに、私達兄妹《きょうだい》はまるで似ていないのが、何だか今は残念ね。母と私は特に似ていなくて、むしろ私はあの子――祖母に似ているわ。髪や瞳の色も、面立ちも。だから母から余計に嫌われるのかしら？　ただ、あの金切り声の持ち主には何の感情も湧かない。今の兄に感じている類いの情も一切無い。

胎児記憶というやつで、お腹《なか》にいる時から彼女が歪んでいたのは感知していたし、きっと前世で母親として子供を育てた経験があるから、彼女は母親という生き物になれなかったと判断したのね。母を求める子供らしい感情がこれまで一切湧いた事がないのは、ラビアンジェとしてある意味僥《ぎょう》倖《こう》だった。

「ラビアンジェ？」

あらあら、うっかり胎児の頃を思い出して黙りこんでいたわ。

「そうね、敬えるような人間性をあの婚約者に見出《みいだ》すほど、自虐的ではないの。あくまでロブール公女としてなら、積極的な解消を望んでいないだけ。政治背景、他の貴族や他国との勢力関係を考えれば、誰でもわかる事でしょう？」

まあまあ、私の答えにどうしてそんなに驚いちゃうの？　お兄様の中の私ってそんなに……碌《ろく》な事はしてこなかったわね。

「そうか……すまない。これまで公女としてのお前を見誤っていた。いや、教養はもっと……いや、今はまあいい。許されるとして、個人的にはどうしたい？」

何だか私の方がいたたまれなくなるから、公女としての評価を上げるのは止めて欲しいのだけれど、教養にはこだわるのね。教養の強要はもう諦《あきら》めない？

「今すぐあの婚約者を闇に葬って、直接的な解消に持っていきたいわね」

なんて他事《ほかごと》を考えていたら、うっかりガチの本心を喋《しゃべ》っちゃった。

「……大分過激だった」

あんなのでも王族だもの。過激発言ね、ごめんなさい。でも咎《とが》めずに苦笑するのは、色々とわかっているからでしょう？

「私の人生には邪魔でしかないし、情を傾ける程の価値もない。けれどあの婚約者に嫁ぐのが、ロブール家の嫡子である私でなければならない明確な理由もわからないわ。婚約者と、浮気相手である義妹。性格も含めて相思相愛で、とてもお似合いよ。当人達も望んでいるし、浮気相手にも私と同じだけこの家の血が流れている。公女なのも同じ。なのに無才無能で、魔力も低くて魔法もまともに使えない、悪評高い私との婚約が、未《いま》だに解消される気配もない」

「そうだな……」

腕は折れたけれど、今更ながらに婚約について話せたのは良かったわ。

兄の暴力も反抗期男子がはずみでした事だし、心から反省したようだもの。初回特典で許してあげる。もちろん二度も許しはしないけれど。

「だから個人的にも、まだ解消を望んでいないわ。だって無才無能な名ばかり公女でも、この血と立場には利用価値がある。解消した後の私への扱いがわからない間は、このままにしておく方が安全でしょう？」

私の言葉に兄はいくらか逡巡《しゅんじゅん》する。そんなお顔も絵になるのね。

「……お前……もしや無才無能を装っているのか？」

あら嫌だ。思わず吹き出しそう。

「そもそも誰にとっての無才無能でも、私は気にならないわ。それに私は無能とも有能とも主張した事があったかしら？　好きに振る舞って、楽しく生きているだけ。私の見たい所だけを見て、何かしらの色眼鏡をかけて見ているのはどなた？　私にとって都合が良いから、色眼鏡を外す機会を私からは与えない。それだけよ？」

「ふっ……そうか。そうだったな。お前の婚約については俺の……ゴホン、私の方から父上に改めて尋ねてみよう」

あら自嘲《じちょう》気味に笑ったかと思えば、今更一人称を言い直さなくても良いのに。でもその照れたお顔は可愛いわ。

「ええ、そうしていただけると嬉《うれ》しいわ」

私の言葉に頷《うなず》いた兄が立ち上がる。見下ろされると背の高さが際立つのね。

「……すまない。ずっとお前の事も見誤って、辛《つら》く当たっていた。ちゃんと話せば、お前が本心を語らずともわかる事はあっただろう。気づいても、プライドが邪魔をしてすぐに正せなかった。激情に駆られて手を出すなど……」

困った人ね。爪が食いこむくらいに両手をギュッと握って、またそんな顔をしちゃって。

※※舞台裏※※　兄の後悔と離れ（ミハイル）

「お兄様、謝られ過ぎると嘘《うそ》っぽく感じましてよ？」

実妹とはいえ初めて女性に暴力を働き、元より婚約者によって手酷《てひど》く痛めつけられていたとはいえ、その腕を折った事への申し訳無さが止まらない。ほぼ無意識に、何度も何度も謝ってしまっていた。

「う、そうか、すまな、あ、いや……」

また謝りかけて、中途半端に止めれば、呆《あき》れたように藍色《あいいろ》が見つめる。

「それではこうしましょう。お兄様も個人資産から慰謝料を払って下さいませ」

「何だ、そんな事か。いくらでも……」

これは妹の温情だとわかって、当然食いつく。

「現物支給でしてよ？」

淑女らしい口調と微笑《ほほえ》みに戻しながらも、どことなく悪戯《いたずら》を仕掛けるような色が混ざる。

「現物？　何が欲しい？」

「この離れの修繕ですわ」

「修繕……いや、それならお前が邸《やしき》に戻れば……」

「嫌でしてよ。今更ですし、ここは落ち着きますもの」

「そういえば、お祖母《ばあ》様もそう言っていたな。昨年領地経営を学ぶために、お祖父《じい》様達に会いに行ったが、その時二人にとって大恩ある方と、時々こっそり会っていた思い出の場所に似せて作ったと聞いたんだ。お祖父様も一年に一度だけ、ここで過ごしていたらしい。それくらい、落ち着く場所だったようだ」

教えてくれた祖母は、妹と同じだった髪の白味が強くなっていた。それだけ長く会っていなかったと思い至った。けれど幼かったあの頃と変わらず、慈しむように妹と同じ藍色の瞳で微笑みかけてくれた。

祖母の生家は没落しかけた伯爵家だ。あの稀代《きたい》の悪女に悪魔の生贄《いけにえ》にされかけたり、家格が遥《はる》かに上の、四公の公爵夫人となった事で何かと苦労の多い半生だった事は、容易に想像できる。

大恩ある方が誰だったのかは、結局教えてもらえなかったが、口調からは親愛の情を感じた。

「それなら余計、ここでの生活は手放せませんわ。しっかり修繕なさって」

実妹はそう言って花が咲いたように微笑む。その笑みがあまりにも可愛《かわい》らしくて、思考が停止しそうになる。

「あ、ああ。もちろん。家具も入れたい物があれば言ってくれ」

「ふふふ、それではお言葉に甘えて布張りで、三人掛けくらいの真っ白なソファを一つ。それから、保護魔法と盗難防止魔法もかけて下さる？　それを邸の方にも周知して欲しいの」

保護に盗難防止。これまでに必要となる事態があったという事だろう。周知するのは今後の牽制《けんせい》か、それともこれまでの悪事を働いた者への忠告か。

「お前が思うより俺の個人資産はある。それに魔法は俺がかけるから、慰謝料に含まない。他にも欲しい物があれば、遠慮しなくていい」

「まあまあ、雨漏りとドアの鍵《かぎ》以外、特に困っておりませんわよ?」

「雨漏りまで……」

よくも実妹をこんな所に追いやり、住まわせ続けたものだと自分に嫌気がさす。

「ええ。以前から、王家の影のガルフィさんが修繕してくれていますの。先日違う所から漏れてきたのだけれど、定期観察までまだ少しありそうですし……」

「……影?」

今、聞いてはならない言葉を聞いたような……。

「ええ。以前は天井からよく覗《のぞ》いてらした王家の影で、家名は秘密のガルフィさん。御年三十一歳、ちょっぴりオネエで、独身貴族を謳歌《おうか》中でしてよ。ふふふ、絵画と、食べられる草や茸《きのこ》を見分ける能力がピカイチで、隠れるのは苦手ですの。天井は覗くついでに、いつの間にか修繕して下さったのだけれど、他もお願いしているうちに、修繕の腕がプロ並みになりましたわ。時々定期的に覗いてお帰りになります」

「…………そうか」

監視対象者に、名前と個人情報教えていいのか!? オネエ? 何かわからんが、つっこんだら負ける気がする! 絵画と草の選別と修繕!? 専門外の仕事が専門になってないか!? 隠れるのは苦手な奴《やつ》が影でいいのか⁉　影と仲良くしすぎだろう！

しかもその発言だけだと、ガルフィとやらはただの覗き魔だ。年頃の乙女だ、気にしろ‼　まあ一応王子の婚約者だから、影の覗きに抵抗はないのかもしれないが、それにしたって実妹のおおらかが過ぎまくっていないか⁉

「ま、まあいい。邸の管理は今年から私に一任されている。邸のお前の部屋は元に戻す」

「必要ありませんわよ？　それにお母様とシエナがうっと……色々とお思いになるでしょうし」

……その淑女の微笑みは、あからさまに誤魔化してるやつだろう。今うっとうしいって言いかけたな。

「ラビアンジェ、必要ないからといって、ロブール家の邸を母上とシエナの好きに振り回して良いという事ではない。お前はロブール家の第一公女だ。もちろんこの離れは、お前が好きに使えばいい。だが、そうだな。俺も常にこの邸にはいないから……」

一瞬頭を過《よぎ》るのは、幼かった実妹の命を脅かす程の、母の暴力。そして徐々に酷くなる義妹の実妹に対する行き過ぎた言動。

「それなら私の部屋の階に、一つ空き部屋がある。これからそこを使え」

「あらあら？」

困惑する様子も頷ける。俺のいる棟は代々、当主を継ぐ者が使用してきたんだから。

「私の部屋は母上やシエナの部屋とは違う棟にあるし、使用人達も私の専属だ。母上の管理外の者達だから、教育もちゃんとされている」

「左様ですのね。使うかどうかはわかりませんけれど、それでよろしいのでしたら」

「ああ。その部屋にも保護と防犯の魔法はかけておく」

そうして久しぶりにまともに会話をした。といってもほとんど俺が話して、実妹は相槌《あいづち》を打つだけだったが。

「遅くなりましたわね。明日の準備もありますから、そろそろ」

その言葉に、ハタとなる。いつの間にか日が沈んでいた。

「そうだな。明日は私達の学年の合同訓練だ。お前は何を担当する？」

「野営準備と調理ですわ。お兄様は討伐兼治癒担当かしら？」

「ああ。昨年よりはランクの強い魔獣がいる。もし危なかったら、すぐに上級生の側《そば》に避難するんだ」

「わかりましたわ」

二年生の誰と組むかはわからない。当日にそれぞれのチームでクジを引き、班が決まるからだ。

戦力の均一化と、経験に見合う訓練内容にするのに、組むのは一年生と三年生、二年生と四年生となり、成績優良のAと最下のD、真ん中どころのBとCの各学年の組《クラス》と決まっている。

昨年、一年生と三年生だった私達兄妹は、今年と同じ組だったが同じ班になる事は無かった。

「去年の訓練と違って今年は泊まりだ。荷物が多いだろう。私の馬車で共に行こう」

「……わかりましたわ」

いくらか間が空いてから、淑女の笑みを浮かべて返事をしてくれたが、何となく先に行かれてしまう気がしてならない。今更なのはわかっている。家族として振る舞うには、俺自らが作った溝が深い。

2 【事件勃発《ぼっぱつ》当日】始まりは、朝の喧騒《けんそう》から

「……おはようございます？」

「ああ、おはよう。腕の調子はどうだ？　よく眠れたか？」

「……ええ、腕も睡眠も問題ありませんわ。お兄様はいかがです？」

朝のご挨拶《あいさつ》なんて、いつぶり？　早朝突撃訪問なんて、義妹にしかされた事がなかったから戸惑ってしまう。

「そうか、良かった。私も眠れたよ。朝食中だったか。邪魔してしまったな」

もしかして、しれっと先に行こうとしていたのがバレた⁉

「いえ。お兄様はもう朝食は済ませましたの？」

「まだだが……手料理か？」

朝食を並べたテーブルに案内したら、興味津々。修繕を約束しているから、賄賂《わいろ》に食べ物でも贈っておこうかしら。

「左様でしてよ。今日持って行くスパイスを使ったお肉のサンドイッチに、緑豆と卵のスープですの。簡単なものですけれど、ご一緒にいかが？」

「スパイスにサンドイッチ……。いいのか？」

「もちろん……」

「お兄様、お待ちになって！」

朝からビッチビチ元気に突撃訪問したのは義妹。髪も元気にピンピン、クルンとしているけれど、身だしなみに気を使っている子が珍しい。

「シエナ、いつもそのように乱入を？」

「そんな事より、お義姉様《ねえさま》のお話ばかりをお聞きにならずに、私の話も……」

「シエナ」

あらあら？　素敵ボイスが徐々に低くなっていくわ。でも朝からビチビチできないわよね。お茶は喉《のど》にも良い、すっきりするカモミールティーにしましょう。

手際良く茶葉を入れて蒸らせば、清涼な香りに頬が弛《ゆる》む。

「お義姉様、酷《ひど》いわ！」

「まあまあ？　わざとではないのよ？」

「やっぱりお義姉様のせいなのね！」

確かに用意しているカップは二人分だから、怒るのはわかるけれど、冤罪《えんざい》よ？

「カップを割ったのはあなたよ？　お客様用のカップは今一つしかないの。私専用のカップは嫌でしょう？」

「何の話よ！」

「何って、あなたにお茶が出せないお話。わざとではないの。あなたにもお茶を淹《い》れてあげたいけれど、少し前にあなたがお客様用のカップをまた割ってしまったでしょう？　でも飲みたかったら淹れてあげるから、邸《やしき》から持ってらっしゃい」

ティーポットに熱いお湯を注ぎ、香りを感じながら最後の一つになったお客様用カップにお茶を淹れ、兄の前に置く。

このカップに魔法は何もかけていないの。誰かさんがかなり以前から一つ、また一つと割ってしまっていたから、ドアと同じく元に戻すと後々面倒になりそうでしょう？

「何ですって！」

「シエナ！」

活《い》きの良い義妹に、被《かぶ》せるように兄も叫ぶ。二人共、朝から元気で何よりよ。

ちなみに私のは白の手作りマグカップ。青のラインで描いた絵柄は、ニコニコ雲のかかったニコニコ満月。

マグカップと紅茶用カップの二種類を聖獣ちゃん達の数だけ用意して、これには保護魔法をかけているの。割る事すらさせないわ。図柄入りはマグカップだけ。

何故《なぜ》か雲や月は虫や餌扱いされるし、他のもそんな感じで不評だったから、紅茶用カップは既製品にしたわ。解せない。

なんて思いつつ、二人に背中を向けて追加のスープとサンドイッチを用意する。

憎々しげな視線を後頭部に感じるけれど、もちろん振り返らない。今日は登校時間が早いもの。

「シエナ、話は合同訓練から帰って聞く。行きなさい」

「お兄様……わかりました」

――パタン。

ドアが閉まる音が静かですって⁉　初めてでビックリ！

「邸からついて来たんだろう。すまない」

「かまいませんわ。慣れていますもの」

「慣れ……そうか。今度保護魔法をかけたティーセットをこちらに持ってくる」

「ふふふ、お気になさらないで」

「いや。だが虫の柄はないと思うんだ。花柄でいいか？」

「……それ、雲と満月でしてよ……」

「……空色や星をモチーフにしたものを贈ろう」

「……ふ、ふふ。ありがとうございます？」

何故かしら……後頭部にいたたまれない視線を感じるけれど、振り返ると負けな気がする。

※※※※

「それではクジ引きを始める。各リーダーは集まれ」

結局朝食を食べた流れで、兄と馬車登校した私。すぐに兄と別れ、グラウンドに集まっていた合同訓練のメンバーと合流する。校庭では皆それぞれの役割に合った格好と荷物を持って、チーム毎《ごと》に固まっている。

私も役割に合った格好よ。訓練に相応しい、黒っぽい焦げ茶色の外套《がいとう》を羽織り、手には薄手のグローブを装着。作業しやすいよう、親指と人差し指は出しているの。腰にポーチ、肩に大きな鞄《かばん》を引っかけている。

一見地味なこの外套は、魔力を通せば色を好きに変えられるの。動きを妨げない裁断と縫製、見えない所にもポケットあり。中の温度と湿度は、魔法で細工して常に快適。私お手製、ラビ印の非売品。

そんな高スペック外套を身に着ける私は、もちろんその他大勢の一人として、集まるリーダー達に視線を注ぐ。

うちのリーダーは冒険者科を選択する下級貴族の次男。灰色髪に暗緑色の瞳《ひとみ》をした厳《いか》ついお顔のラルフ君。

私の左隣に立つサブリーダーは魔法師科を選択した、薄茶癖毛に焦げ茶色の瞳の草食系男子。商家の長男で平民のローレン君。

この二人が主に討伐の前線に立って、魔獣の素材やお肉を調達する。

右隣に立つ黒髪おさげの眼鏡女子は、お針子としてアルバイト中の下級貴族の三女、カルティカちゃん。眼鏡に薄《う》っすら色がついているから、瞳は緑に見える。彼女も魔法師科。後方支援と治癒担当。

不人気な魔法具科の私は、ちょっとした後方支援と野営準備、そして全面的な食事担当よ。

「一番」

教師が番号を読み上げ始める。同じ番号の二年生と四年生が組むの。

「二番」

王子《まご》はうちの組で実力上位のチームを引き当てたわ。集まったチームにはお供君の他に、公爵家と侯爵家二人のご令嬢。A組は高位貴族ばかりのようね。

「五番」

兄がリーダーなのね。うちの組の中堅チームが行ったわ。

「九番」

あら、あれは……。

「ロブール様、行きましょう」

カルティカちゃんに声をかけられ、皆でラルフ君の元に集まって、同じチームになった四年生にご挨拶よ。

「これはこれは、ロブール公女」

四年生のリーダーが、ニヤリと意地の悪そうな笑みを私に向ける。やっぱり彼は孫の取り巻きの一人。見覚えがあるわ。いかにもな魔法師的恰好《かっこう》の、四公ニルティ家次男。先代王妃の一人と同じミルクティー色の髪はニルティ家に多い。

サブリーダーは現王の末の弟である大公が婿入りした、辺境侯爵家の次女。騎士科の素敵女子。

他に侯爵家の令息と令嬢二人が治癒係兼、後方支援かしら？

うちのリーダーが挨拶しようとしたのだけれど、公子の青灰色の瞳には一番後ろの私しか映らないみたい。

「ご機嫌よう、ニルティ公子。本日は危険を伴う合同訓練の場ですから、まずはうちのリーダーからご挨拶と、メンバー構成をお伝えしてよろしいかしら？」

にっこりと淑女の微笑《ほほえ》みを向ける。無視したいけれど、この中で彼と同格の身分は私しかいない。

「無才無能ぶりは相変わらずご健在のようだ。D組でチームリーダーにすらなれないとは。わが国の第二王子の婚約者として恥ずかしくないのですか」

「あらあら、全く何も感じておりませんことよ。それより本日は危険を伴う合同訓練の場ですから、まずはうちのリーダーからご挨拶と、メンバー構成をお伝えしてよろしいかしら？」

にっこりと淑女の微笑みを向けて再び一言一句変えずに伝える。

「君のような者がニルティ家公子を馬鹿にしているのか」

途端に敬語を取り払って不機嫌になるけれど、孫のお話はどこに行ったの？

「貴方《あなた》には興味の欠片《かけら》も持っておりませんわ。それより本日は危険を伴う合同訓練の場ですから、まずはうちのリーダーからご挨拶と、メンバー構成をお伝えしてよろしいかしら？」

にっこりと淑女の微笑みを向けて三度目も一言一句変えずに伝える。

まあまあ、何故か怒り始めたわ？　お前呼びして睨《にら》みながらこちらに一歩踏み出す。

するとうちのリーダーが無言で私を背中に隠した。お顔や体つきは冒険者を目指すだけあって厳ついけれど、実は心優しい草花愛好家なのよ。お婆《ばあ》ちゃんはこんな若者が大好き。お昼ごはんのお肉はサービス決定ね。

「公子、時間の都合もある。公女の言う通りだよ。訓練とはいえ、魔獣討伐は実戦。不毛な会話はチームの為《ため》にも控えて欲しい」

はっ、素敵女子が止めに入ってくれたわ。ハニーブラウンのサラサラストレートなボブ髪に、ダークブルーの切れ長な瞳がとっても理知的。

チッ、と舌打ちする家柄男子と違って、なんて素敵なの！

顔立ちは中性的で、ファンクラブがあったはず！　国王が伯父だし、どこぞの王子と同じで孫扱い決定よ！　腰に下げた剣が本格的で格好いいわ！

公子とはいえ大公の娘には強く出られないみたいね。彼の命名、家格君にしましょう。

「二年生諸君、失礼した」

「こちらこそ申し訳ありません。自己紹介と、チーム構成の特色を伝えてもよろしいですか？」

ふふふ、ラルフ君はお兄さんもいるし、研究関連で昨年度の卒業生達にもしっかりやり込められているから、受け答えもハッキリしていて素敵ね。

「ああ、頼むよ」

微笑む素敵騎士様は恐らく実戦経験を積んでいる。私達を全く侮っていない。辺境を任される侯爵家のご令嬢だけの事はあるわ。

ラルフ君が私達の名前と専攻科目や特徴を簡単に説明すれば……。

「ふん、やはり使えんな。公女が野営と調理担当とは、情けない」

昨年組んだ当時三年生の上級生リーダーと同じ反応ね、家格君。パクり芸は流行《はや》らないわ。

「エンリケ公子」

そして今度は名前を呼んで咎《とが》める女性騎士様……素敵。

「こちらのリーダーは彼、エンリケ＝ニルティ公子。四大公爵家の一つ、ニルティ公爵家の第二公子だよ。専攻は魔法師科だ」

「ふん、間違ってもＤ組《クラス》が名前で呼ぶなよ」

あらあら、高圧的な高位貴族の名前は、そもそも処世術として下位貴族や平民は誰も呼ばないわよ？　はっ、もしかして……呼ばれないのが寂しくて先に呼ぶなと……可愛《かわい》らしい一面ね。

素直に他の三人と一緒に頷《うなず》いておきましょう。

「私はサブリーダーのミナキュアラ＝ウジーラ。辺境侯爵家の出だけど、同じチームになったんだ。ミナと呼んで欲しい」

はい、喜んで！

なんて内心ではミナ様フィーバーしつつ、もちろん淑女のポーカーフェイスよ。

「後ろの二人はペチュリム＝ルーニャック侯爵令息と、マイティカーナ＝トワイラ侯爵令嬢だ。この訓練の間だけ、リムとマイティと呼んで良いらしい」

それまで黙っていた金髪碧眼《へきがん》の男女が一歩前に。少しずつ髪と瞳の色合いが違うけれど、上位貴族にはよくある色合い。

「この合同訓練では同じチームだから、リムと呼んで構わない。だが終わった後の名前呼びは許さない」

「今はマイティでよろしくてよ。身分も学力も違う以上、私もそうして下さるかしら」

もちろん彼らより家格が高い私も含めて、否とは言わない。

ミナ様は何だか申し訳なさそう。でもこんなのは一年生の時に経験済みだし、卒業生達からも教わっているの。色々とね。

「二人は経営科と淑女科を専攻しているけど、今回は治癒係と後方支援をそれぞれ兼ねている。どちらも魔力は君達より大きいが、君達と違って学園以外での実戦経験はない。互いに良い影響があればと期待している」

そう言って爽《さわ》やかな笑顔を向けるミナ様。

……ああ……帰りたい。……帰ってこの溢《あふ》れんばかりの創作意欲を、紙に向かって書きなぐりたい‼

何の創作意欲って、それはもちろん自作小説！　そろそろ聖獣ちゃん達にも催促されているし、今世で初めて理想の素敵な騎士様に出会えたもの！　しかも女性騎士！　滾《たぎ》る‼

「自己紹介が終わり次第、荷物を持って転移陣まで移動！　番号を呼ばれたらまとまって陣に入れ！」

昨日孫を引き離してくれた学年主任二人と各担任達が、口々に声高く指示を出す。その声で我に返って移動を始めようとすると、背後から声がかかったわ。

「公女、うちのリーダーがつくづく申し訳ない。しかし差し出がましいとは思うけど、公女にもいま少し公女たる自覚は持って欲しい」

まあまあ、まあまあ！　最後の言葉は耳元近くで不意打ち！　軽く振り向けば私より高い目線からの、心苦しそうなお顔が中性的で何とも素敵！　ノーマル、アブノーマル、百合《ゆり》もＢＬも何でもござれな妄想を掻《か》き立てる、罪深きお顔！

前世の現代ミステリーの主人公にだってこの子ならなれそう！　ミステリーを書くのが苦手な己がこれほどに悔やまれる事はなかったわ！

「……公女？　その、すまない。会ったばかりなのに、言うべきでは無かった」

あら、いけない。妄想が暴走《スタンピード》していたわ。

しまった、なんて焦ったお顔はお口よりも物を語っていて、なんて可愛いのかしら！　あの俺様婚約者も孫なのだから、この子もお孫ちゃん呼びでいいわよね！　お祖母《ばあ》ちゃん、可愛がっちゃう！

「うふふ、ごめんなさい。お気になさらないで。仰《おつしや》る事は理解していてよ。特に辺境を守るウジーラ侯爵家の方ですもの。私の素行に何も思わないはずがないわ。家格く、こほん」

沸き立つお孫ちゃんフィーバーで、口を滑らせそうになったわ。淑女の微笑みがデフォルトで良かった。

「公子の言動も気にしておりません。魔獣討伐の実戦で見栄など張ってグループを危険に晒《さら》すより、嘲《あざけ》りを受けても現状をお伝えする方が余程マシですもの」

「……随分と大人な対応だね。そこは感服するよ」

「ちっ、無才無能を無才無能と言っているだけだ」

うふふ、家格君たら、相手にして欲しいの？　追い抜きざまに言い捨てて行ってしまったわ。

でも今は漲《みなぎ》り滾るこの妄想を頭に刻み込むのに必死なの。相手なんてしていられない！

なんて思っていたら、早々に転移陣に到着。

地面の転移陣という名の魔法陣は、直径約五メートルの円陣。陣からは淡く白い光が出ているわ。

魔法陣にはこちらの世界の古語やモチーフが浮かぶ。前世のアニメとかに出てきそうな円陣ね。

「チームＡＤ８」
Ａ、Ｄ組のクジ番号8という意味よ。一つ前の人達が光った魔法陣の中に消えたから、次が私達。
それにしても今年の合同訓練からは難易度が上がるって本当ね。私は魔法陣を見ればどこに転移するのかわかるわ。普通はこんなに早く魔力を通さずに場所を限定なんてできないみたいだから秘密よ。

それよりあの魔法陣、私達チーム限定の仕掛けもあって面白いわね。

そう思っていると、ラルフ君がこちらを見るから、小さく二度頷いておいたわ。油断しちゃ駄目っていう合図よ。

それを見て、私とカルティカちゃんを挟むようにうちの男子二人が立つ。ラルフ君はベルトに引っ掛けてある小さな剣にそっと手を触れた。

「チームＡＤ９」

さあ、私達の番よ。

※※※※

「カルティカちゃん！」

「はい！」

転移して早々に巨大ムカデと対峙《たいじ》した私達二年生は、いつものように命に感謝してから、それぞれ行動する。

私はまず手持ちの鞄《かばん》から、長さ五〇センチほどのペグ二本と、ハンマー一つをカルティカちゃんに手渡し、自分もそれを持って走る。ペグはテントにも使える仕様よ。

――パキィン！

まずはペグの一本を打ちつける。同じタイミングでカルティカちゃんも打つ。

上の円盤に魔力を込めてハンマーで打つと、対になるペグ同士が連動の動きを見せた。澄んだ音が響いたらオッケー。

「切断したら、あっちに蹴《け》り飛ばすぞ！」

「わ、わかった！」

上空ではラルフ君と戸惑い気味のお孫ちゃんが、協力してムカデの背面に回る。あの手の蟲《むし》型魔獣は、背面に回れば攻撃は当たらない。

二人が手にしている剣にラルフ君は風刃効果、お孫ちゃんは水刃効果を魔法付与させ、切れ味の増した刃でまずは節と節の間の真ん中にそれぞれの剣を突き立て、同時に外側に向かって切断した。

『ギャアアア‼』

耳にキンとくる、つんざくような奇声を上げたムカデは、暴れながら穴から這《は》い出ようとする。けれど私とカルティカちゃんが、穴の周りに四つのペグを突き刺し、打ちつける方が早かった。

四本全てに魔力が通れば、全てのペグが連動と共鳴を起こし、ある波動を内に向かって放出し合う。

閉じ込め結界みたいな状態になったのだけれど、そのせいでムカデは穴から出られず、見えない壁に当たるのを嫌がるように暴れる範囲も狭まった。

本来の魔獣避《よ》けで囲われるのは人間で、魔獣が嫌がる波動を外に向かって放出して追い払う。けれどこれは発想の逆転で、魔獣を囲って閉じ込める。

各ペグを少し斜め上向きに刺して波動が共鳴、反響し合って上空まで効果を及ぼし、ペグそのものも手を加えているから、本来の魔獣避けよりも放出する波動の力も大きい。

そのせいでこの使い方だと長くはもたないから、メンテナンスが都度必要になる事が難点ね。でも魔法具科の私がいるから、無問題《モーマンタイ》。魔力も価格も最低限で設置できちゃう。

「はあ！」

魔獣避け（改）の設置完了を待ったかのように、気合い一発、ローレン君が魔法で作った火球を穴にこれでもかと投げ込む。この魔法具の良い所は魔獣を閉じ込めつつ、外からの攻撃もできる所よ。

「蹴るぞ！」

「任せろ！」

上空では頭部の切断が完了し、動きがピタリと止まったムカデの頭を二人が蹴り飛ばした。

身体強化魔法を使って蹴ったからか、家格君の足元に落ちて勢い良く跳ねる。

「うわ！」

ピシャッとムカデの体液がお高そうなブーツにかかって驚きの声を上げているけれど、討伐中にぼうっと見てるだなんて危ないわ。

念の為一つ下の節から切断するよう指示しておいて良かった。一つ上の節から切断すると先に毒が飛び散って、硫酸がかかったみたいに溶けちゃうから。

まだ頭はウゴウゴ動いててちょっと気持ち悪いけれど、美味《おい》しくいただく為の試練ね！

「ラルフ君、風魔法でそのまま穴に体を沈められるかしら？」

「任せろ」

「私も手伝おう」

あら、お孫ちゃんも風属性の魔法が使えるのね。使える魔法の属性は人によって偏りが出るの。

沢山の脚の一つに足を引っかけて待機していた二人は、今度は直立不動に固まるムカデの背を蹴って飛び上がり、左右に揺れ始めた胴体に上から魔法で風圧をかけ、まだ燃えている穴に沈めてくれた。

ローレン君の火加減もバッチリね。

上空にいた二人はちゃんと穴の外に着地する。怪我《けが》がなくて何よりよ。

ラルフ君が手にしていた大剣はふっと揺らぎ消え、ベルトには再び小さな剣が引っかかっている。

腰のポーチから使い捨ての燃焼用の魔石を取り出し、ポイポイッと燃えている穴に放り込めば、ゴウッと火の勢いが増す。これ、酸素が無くても燃焼してくれるから、蒸し焼きにちょうどいいの。

「カルティカちゃん、土魔法で穴の上に蓋《ふた》をしてくれるかしら？」

「蒸し焼きですね。喜んで。どれくらいで出来上がりますか？」

ふふふ、薄く緑がかったレンズの奥の瞳《ひとみ》が輝いたわ。

「そうね、小一時間放置していれば出来上がるはずよ」

「小一時間……待ち遠しい」

「早速公女の手料理が食べられるんですね！」

ジュルッと唾《つば》を飲みこむカルティカちゃんと、素直に喜ぶローレン君。素直な若者は可愛らしくて好きよ。

「公女、魔獣避けは回収した。すぐにメンテナンスだ」

「助かるわ。これ、少しブーストをかけた正規の魔獣避けよ。ムカデは番《つがい》でいる場合が多いから、先に設置してもらえるかしら？　範囲はいつも通りで」

三人に二本ずつ、計六本の魔獣避けを手渡す。これは同じ長さの杭《くい》みたいな形。中に魔石が入っているタイプで、魔石の魔力は既に満たしてある。

「「「……了解」」」

硬い表情になって返事にもタメがあったのは、いつもなら計四本だからかしら。そうね、ここではブーストをかけた魔獣避けでも、六本はないと魔獣の危険度が高くて危ないわ。ちゃんと現状を認識できているうちの子達は素敵か。

三人、いえ、お孫ちゃんも合流した四人は、少し広範囲の索敵魔法で地面や周囲を念入りに調べつつ、魔獣避けを突き刺し始めた。

「ふん、少しは役に立つじゃないか。しかし俺の靴を汚したのはいただけない」

「あらあら？　手伝っていただけますの？」

高圧的な物言いは家格君。洗浄魔法でも使ったのでしょうね。靴は自分で綺麗《きれい》にしたみたいだし、討伐訓練で汚れる事に何か問題があるの？

もちろん私はリーダーの指示通り、魔法具のメンテナンスを始めている。

鞄から敷布を取り出して広げて座ったら、工具箱と受け取ったペグを並べる。作業をするから胡座《あぐら》をかいて座ったけれど、行儀が悪いと思わないでね。

「何様だ。それは魔法師となる俺がすべき事ではない。魔力の低い、魔法もまともに使えない公女にこそ、相応《ふさわ》しい作業だろう。それよりこちらは靴を汚された。謝罪の一つも欲しいんだが？」

まあまあ。これが若者達に時折流行るという、いちゃもんというやつかしら？

「そんな魔法具より先程の討伐は何です？　貴女《あなた》達チームは随分手慣れているようですが、リーダーでもないあなたが何故指示を出していたんです？」

「あらあら？」

金髪君の言葉にうっかり声が漏れる。そんな魔法具より？　討伐に使用したのを直接見たはずなのに？　男性陣二人は危機感が無さすぎない？

「公女とはいえ合同討伐訓練中は、上級生やリーダーに指示を仰ぐべきでしょう。今回はたまたま上手《うま》くいったからいいようなものの、何かがあってからでは遅い。勝手な言動は慎んでいただきたい」

「まあまあ？」

家格君の靴汚れ話はもういいの、金髪君？

それに私はうちのリーダーに従って指示を出したのだけれど、もしかして視力と聴力が弱くて状況把握ができていなかったの？　尻餅《しりもち》をついてから自分達の周りにだけ防御魔法を展開した以外、何もしていなかったから、てっきり状況の観察に徹していると思いこんでいたわ。

だとすると……あらあら、何という事でしょう！

ハッとして工具箱を開けた手を止めてしまう。

金髪君の身体的な問題に加えて、そもそもこの子達の実力が四年A組《クラス》の平均的な実力なら、この森に留《とど》まるのはまずいのではないかしら⁉　だってこの森は……。

思わず口を開こうとして、けれど考え直す。

そうね、やめておきましょう。そもそも今日は訓練だもの。何かがあるのが普通よ。お婆ちゃん、若者の芽を潰《つぶ》すところだったのね。危ない、危ない。

なんて思っていたら、今度は金髪ちゃんが胡座をかいた私の正面に仁王立ち。腰に手を当てて胸を張ったわ。

「リム、このチームは私達と違って、手慣れているのは当然ではなくて。D組は討伐や食料調達をするしか能のない底辺だもの。公女も私達が劣っているわけじゃないと、わかっているはずよ」

そうね、劣っているなんて思っていないわ。実力不足なだけよね、とにっこり微笑んで意思表示。

「ニルティ様もリムもわかっているでしょう？　結局討伐したのはミナ様よ。ねえ、公女。おわかりでしょうけれど、生活魔法くらいしか使えない、魔法具頼みの貴女が、私達上級生の助け無しで無事には過ごせないわ。もちろん実力不足な他の二年生達もね。だから貴方達が活躍したように思っても、全ては私達の手柄になる。そうでしょう？」

あらあら？　金髪ちゃんの雰囲気が必死に絡もうとする、毒の無い赤ちゃん蛇みたい。どうしてか、精神作用系に特化した闇属性の魔法を使っているわ。これは精神感応魔法ね。

自分と同調させる時に使うような、相手の精神を攻撃していくタイプの魔法よ。突き詰めれば、隷属魔法にもなるわね。使い方にもよるけれど、魅了魔法のような好意を持たせた相手が自主的に従い、そこに快楽を生じさせる魔法ではないの。

魔力量が多ければ魔法の使用者は有利だし、対象者の方が多ければ不利ね。不利な状況を埋めるのが使用者の熟練度なのだけれど、この子の魔法は雑すぎて、そもそも誰に使っているのかすらちょっとわからない。自信満々得意顔なのだけれど、発言もトンチンカンだし、若者の主張が理解不能。これが噂《うわさ》のジェネレーションギャップ？

それにどうして手柄の話になるの？　今は全員が怪我を最小限にして、この森を出る事に重きを置いた方が良いのではない？

「そうだな。俺達は下級生の訓練に付き合ってやっている。無才無能がつまらない見栄やプライドで目立とうとするのも迷惑だし、活躍しているなどと勘違いをされても困る。わかったか、義妹虐《いじ》めが趣味の性悪公女」

まあまあ、家格君たら、どちらの公女のお話をしているのかしら？　従妹《いとこ》で義妹のあの子に義妹はいないし、私にそんな暇人がやりそうな趣味はない。人違いか言い間違いね、きっと。オチもついたからそろそろ作業に集中しましょう。

胡座をかいた膝《ひざ》の上にペグの一つを置き、工具の入った箱から針を二本取る。ペグの本体は前後のパーツで構成してあるから、まずはそれを止める爪部分に隙間から一本、浮いた反対側の隙間にもう一本を差し込む。そのまま二つを押しこみながら、テコの原理で上に力を加えれば、パカリと二つに分離した。中に組み込んだ魔導回路に微量の魔力を注いで確認すれば、やっぱり一部がショートしていた。

家格君が何か話しかけてくるけれど、今は無視。

「もしかして、魔力が低すぎて効きすぎたんじゃないか？」

「やだ、リム。仮にも公女なのに」

「はっ、情けない」

金髪組はクスクスと、家格君は鼻で笑う。何か面白い事でもあったのね。楽しいのは良い事だから、若者達は遊んでいてちょうだいな。

お婆ちゃんはメンテナンスに勤《いそ》しむわ。魔導回路はあちらの世界の電気回路に似ているの。前世で電気工事士の資格を取っていた経験が、今世で役に立ったわ。夫と自宅DIYにハマった時に、コンセントを増設したくなった自分を褒めてあげたい。夫婦で資格を取って、手分けして増設したのが懐かしい。

といっても魔導回路は魔法原理との組み合わせが必要だから、こちらの世界特有の回路なの。魔法陣ともどこか似ているのよ。

ショートした部分を削るのに、工具箱から削り器を取り出す。見た目はそうね、あちらのペンシルタイプの電動消しゴム。消しゴム部分は小さな屑《くず》魔石。乾電池式や充電式じゃなくて、かなり微量の魔力を注ぎながら動かすの。ウィーンと小さな音がするわ。

力加減を間違うと回路を駄目にするから、慎重にね。

「聞いているのか、おい、公女」

「聞いていなかったわ。ふふふ、こちらに集中しているから、お相手できなくてごめんなさいね。貴方達は貴方達で楽しんでらして」

なんて断りを入れ、家格君の苛々《いらいら》した声を聞き流しつつ、少しずつ削る。

「何だと⁉　この悪女が！」

「どういうことかしら？」

家格君は、どうしてそんなに私の反応が気になるの？

金髪ちゃんは怪訝《けげん》そう？

金髪君はもしかしなくても、こういうの好きね？　彼らの背後から、無言で私の手元に興味津々。何なら今からでも魔法具について学んでみてはいかが？

でも三人は他にやる事はないの？　一応、合同の討伐訓練よね？

「いい加減にしないか！」

と困惑しつつも作業をしていれば、彼らの背後からの凛々《りり》しく麗しいお声。ああ、早く帰ってこの滾々《こんこん》と滾《たぎ》る妄想を形にしたい。もちろん声の主はお孫ちゃんよ。

「マイティ！　今すぐ魔法を解除しろ！」

「は、はい‼」

猛々《たけだけ》しい足音と共に、まずは振り向いた金髪君を押し退《の》け、金髪ちゃんの前に進んで一喝。お孫ちゃんたら、そんなに苛々してどうしたの？　チラリと見た他の四年生達のお顔が蒼白《そうはく》よ？

お孫ちゃんは大きくため息を吐《つ》いて、頭が痛そうに右手を顔に当てる。大丈夫かしら？　偏頭痛？

「どういうつもりだ。状況がわかっていないのか」

激高したような声のトーンではなくなったけれど、苛々は継続中みたい。

「状況？　いつもの訓練だろう」

「どう考えても何かが起こっている。気づいていないのか。彼らは貴重な戦力だ。それなのに君達は……」

反発する家格君。そんな彼に、苛立《いらだ》ちを募らせるお孫ちゃん。そしてそんな二人の口論を前に、オロオロしている金髪組。

何だかカオス臭がするけれど、今は私、絶賛メンテナンス中。他の三本のペグも針でオープン、魔導回路に魔力を流してショートの確認、からの不具合な一本を除き、再びカチリと合わせ閉じてお片づけ。仕事は手早く、正確にがポリシーよ。

今やギスギスチームに進化したけれど、作業が終わるまではそっとしておきましょう。喧嘩《けんか》して深まる仲もあるわ。青春ね。

「くっ、公女は何であんな目で俺達を……」

「何だか私が幼かった頃に向けられたお母様、いえ、お祖母様の眼差《まなざ》し……」

金髪組が私を見ながらひそひそ話。

「どうせならあの二人を止めて欲しい」

最後は息ピッタリに声がそろう。

何がどうせなのかわからないけれど、確かに公女の私ならリーダー格の二人に割って入れる。けれど駄目よ。あなた達だって侯爵家の子供。気後れせず、仲間にぶつかって青春なさい。ファイト！

「自分達のした事を棚に上げて公女に助けを求めるな。恥を知れ」

「も、申し訳ありません！」

金髪組の救助信号に気づかないふりをしていれば、お孫ちゃんが冷たく口撃。

「チッ、サブリーダーが偉そうに。二人はリーダーで公子でもある、俺の指示に従っただけだ」

「公子！」

と思ったら家格君が舌打ちして反論。口では何だかんだ言っても、目下の二人を庇《かば》ったのはプラスポイントね。お孫ちゃんの更なる怒りは煽《あお》ったようだけれど。

私はそんな喧騒《けんそう》をバックミュージックに、今度は書き込み用のペンを手に取って作業中。

ペンの見た目はあちらの世界のシャープペンシル。カチ、と上の部分を押すと、先からはシャープ芯《しん》ならぬ、魔法針《しん》が出てくるの。針の素材や太さはその時々で違うし、稀《まれ》にペン本体を特殊な物に変える事もあるけれど、今回の針は裁縫に使うような針と、ベーシックな本体。

針に魔力を通しながら素材に魔導回路という名の傷を刻みつつ、必要な魔力や属性なんかを付与する。

「公女、変わりないか？」

俯《うつむ》いて作業する私の視界に、突然冒険者らしい筋肉が窺《うかが》える、ガッシリしたラルフ君の足が映った。身体強化して瞬足でも使ったの？　平時のはずなのに、慌てたみたい。

「何も変わらないわよ？」

顔を軽く上げると、心配顔とこんにちは。この森の危険度と、あの四年生達の戦力と精神力の不釣り合いさに不安を持ったのかしら。向こうから、更にうちの子二人も駆けてくる。皆そんなに慌てて、どうしたの？

「大公殿下の息女とはいえ、君は侯爵令嬢だ！　公子の俺に指図しないでもらおう！」

「いい加減、状況を理解しないか！」

けれど確かに、上位貴族でもある上級生が激しく口論しているのは異常よね。きっとお腹《なか》が空《す》いて、イライラがヒートアップしているのよ。

「ふふふ、仕方ないわね」

うちの子達が不安になっているのなら、話は別。ペグの予備はまだ何本かあるから、修理は後でもいいわ。

「公女」

鞄《かばん》を持って立ち上がれば、珍しくラルフ君が私を止めるように声をかけ、二の腕まで掴《つか》まれてしまう。

「大丈夫よ」

きっともう出来上がっているから。

微笑みかけ、彼の手を安心させるようにポンポンと優しく叩《たた》けば、放してくれる。それでも心配なのね。私のすぐ後ろをついてくる。

「何だ、魔力の低い無才無能が俺に意見か。それとも鞄の中の魔法具で、攻撃でもするか。公女の情けない魔力では、魔法で勝てないからな」

「公子！」

あらあら、随分好戦的。いつでも魔法を放てるように体内の魔力を循環させ始めた。心配しなくても魔法具の方がお高いから、殺《や》るなら無料の自前魔法で瞬殺よ。

息を飲むだけで何もしない金髪組と違って、お孫ちゃんは警告するように声を出し、腰に下げた剣の柄《つか》に手をかけてしまう。きっとこれが一触即発的状況なのね。青春真っ盛りの仲良しチームがもったいない。

ハッ、そういえば家格君もお孫ちゃんもお兄様と同い年。という事は……そう、これは反抗期！

「まあまあ、貴方達もそうですのね。それは貴方達のせいではありませんわ。ホルモンの為《な》せる業でしてよ」

「何のこと……何故そんな生温かい目を向ける」

「こ、公女？」

ふふふ、舌戦が止《や》んで雰囲気が和らいだわ。やっぱりこういうのって言われないと、本人達にもわからない事だもの。教えてあげられて良かったわ。

お孫ちゃんなんてあからさまに雰囲気が変わって、柄から手を離す。凛々しさが和らぐと可愛らしさがアップね！

ああ……本当に、本っ当に早く帰りたい！　せめて一人でこの滾る妄想を胸に、ノートへ立ち向かう時間が欲しい！　いっそ全員引き連れて転移魔法で帰宅しようかしら⁉

いいえ、駄目。約一世紀ぶりに学生らしく、去年はできなかった青春お泊まりキャンプを今夜はするんだもの！　キャンプは青春よ！

そうしてラルフ君達を後ろに引き連れて四年生達に近づけば、緊張が高まった彼らを横目にそのまま通過する。

鳩《はと》が豆鉄砲って、こんなお顔かしら。四年生達が皆ほぼ同時なんて、喧嘩してても仲の良さが窺えて素敵よ！

でもそんな彼らより大事なのは、未《いま》だ心配顔のうちの子達。あと少し待っていて！　満腹は反抗期のイライラを和らげるマストアイテム！

「カルティカちゃん、蓋《ふた》の真ん中に穴を空けてくれる？」

「はいっ！　時短ですか!?」

「ふふふ、香ばしさをプラスしましょう。ラルフ君、ローレン君」

「仕上げの焼きですね。お任せを」

「風魔法で火の調節だな」

優しい声音を心掛けつつ、ムカデに意識を向けさせれば、途端に目が輝いたわ。可愛い子達。

無言なのに空気をざわつかせる高等テクニックを披露する四年生達は無視して、仲良く皆で穴に近寄る。

カルティカちゃんが土で固めていた蓋の真ん中に、人一人分の穴を空ける。途端にふわりと香る、甲殻類を焼いた時の香ばしい香り！

「ラルフ君は、風で火を穴全体に広げるイメージで。ローレン君は、高火力でやっちゃって」

「「了解」」

私の意図を完璧《かんぺき》に汲《く》んだ、いつものメンバーは心強い。

穴を挟んで片膝《かたひざ》をついた男子達は、仲良く穴に向かって手をかざす。魔力が二人の手に集中したから、きっと穴の中では風と火の魔法がシンクロした炎が、ムカデの殻を焼いているはずよ。

あの殻、かなり硬いし分厚いの。最初からこんな風に殻を焦がして炭化させるくらいの高火力で焼いていたら、中は生煮えになっていたわ。

「公女、燻《いぶ》すか？」

「そうね。食べきれない物は燻製《くんせい》で日持ちさせて、寄付に回しましょう」

全学年のＤ組《クラス》所属の学生達は、学費の減額や免除の為にほぼ全員が孤児院や、時には教会へ食糧等の寄付をするの。

「私、土棚作ります」

「それじゃあ、出来上がったら僕の収納魔鞄《マジックバッグ》に入れましょう」

いつも通り、手際良く役割を決めていく。私達だけなら、この森も憂いなく楽しめるでしょうね。

「待て、何を勝手に下級生の、それもＤ組が動いている」

「問題ない」

ホルモンに翻弄《ほんろう》される家格君に、ラルフ君が答える。そうね、せめて家格君が大人しくしてくれれば、実力不足の四年生達がいても何とかなるのだけれど。

「問題だろう。お前達の身勝手な行動で危険に晒《さら》されては、俺達が困る。面倒を見ているのは上級生にして、上位貴族である俺達だ」

「なるほど。ならばお前達は、この魔獣避けから出て行けばいい」

「おい、口の利き方には気をつけろ」

ギリリと歯噛《はが》みする家格君は、自分達が切り捨てられるなんて予想もしていなかったのね。

確かにこの魔法具は私の――私達二年生の物。リーダーがそう言うなら、虫除《よ》けでも渡して出て行ってもらう？

この森の魔獣にどこまで効くかは謎だけれど、ないよりはある方が良いわ。でもこの森で他人の面倒を見る余裕があるらしい上級生達なら必要ないかしら？

もちろんお孫ちゃんは特別待遇！　陰ながら守るわ！

「俺は仲間をこけにされるだけでも、腹立たしい。昨年度卒業したD組の兄達からも、色々と聞いている」

途端に金髪組の顔色が変わったわ。目がザバザバ泳ぐ。

「だがそれだけではない。こんな危険な場所で、俺の仲間に個人の判断能力を鈍らせ、チーム全員の死を招きかねない魔法を使うよう指図し、それに何の疑問も持たず、止めようとすらしない愚か者ばかりだ。リーダーとして、お前達は必要ないと判断する」

金髪組がこちらをチラッと見るから、微笑んでみる。途端、怯《おび》えた顔……何故？

それよりもラルフ君は敬語を使うのを止めたのね。いつの間に仲良くなったの？

お孫ちゃんは心苦しそうに私を見て頭を下げるし、うちの他の子達は苦々しそうなお顔を彼女以外の四年生達へ向ける。

こんな鬱蒼《うっそう》とした場所だからか、皆の雰囲気が悪過ぎない？

「危険な場所？　はっ、これだから経験値も頭も足りないD組との合同訓練は嫌なんだ！　愚か者はお前だ。そもそも学生の訓練場所に、死に繋《つな》がるような危険があるわけが……」

「蠱毒《こどく》の箱庭」

鼻で嗤《わら》う家格君の言葉を再び遮って、ラルフ君がこの森の名称を伝える。途端、家格君も金髪組もポカンとしたわ。さっきからお顔が七変化ね。

お孫ちゃんとうちの子達は神妙な面持ちだから、ちゃんと状況判断ができているみたい。優秀な子達にお婆ちゃん、鼻高々よ。

「ここは蠱毒の箱庭だ。来たのは初めてだが、間違いない」

「何、言って……学園の合同訓練だぞ？　大体、中に入れるはずが……」

途中で言葉を詰まらせる家格君。将来魔法師を目指すだけに、この森へ入ってしまえる可能性に気づいたのね。

「索敵すれば、この付近だけでもあのムカデ級の蟲型魔獣が何体もいる。この国でそんな蟲がゴロゴロ転がっているのは、危険度Ａ認定の蠱毒の箱庭くらいだ」

あらあら、ラルフ君？　蟲は転がっていないわよ？

もちろんリーダーの発言だから、いつもの微笑みを浮かべて指摘はしない。

「知っているだろうが蟲は群れる。それにここは最低でも危険度Ｂ以上の個体に加え、大半は毒を持つ魔獣ばかりの生息地だ。この森で家格や上級生などという面子《メンツ》は、何一つ役に立たない。むしろ邪魔だ。そんなくだらない主張をして、俺達の命を脅かすような者は不要。そう判断して何が悪い」

ラルフ君の言葉に、金髪組が顔を蒼白《そうはく》にして震え始める。救いを求めるように自分達のサブリーダーを見やったけれど、嘘《うそ》ではないとキッパリ宣言されて絶句した。

金髪ちゃんは地面にへたりこんでボロボロ泣き出したわ。元々ムカデがいたような場所だから土は少し湿気《しけ》ているの。ズボンに泥汚れがついちゃうとなかなか落ちないわよ？

金髪君は絶望に打ちひしがれたように項垂《うなだ》れて、震え始めたわ。

ここは王都に近いのだけれど、隣国との境にある。あの転移陣に込められた魔力量から考えても、学園から蠱毒の箱庭までの距離がせいぜいね。

箱庭と呼ばれているのは、大型の蟲達が普通に闊歩《かっぽ》する彼らの庭のような場所だからというのと、森だけれど比較的小規模で結界魔法によって封鎖された箱庭のような状態からきているらしいわ。

この森の周辺では二年に一度、隣国と共同で冒険者を雇ってこの結界魔法を補修するイベントがあるの。もちろん蟲が出てくるのを防ぐ為よ。次のイベントは……半年後だったかしら？

雇われるのは熟練したA級以上の冒険者か、A級パーティー。パーティーなら何組か、個人の冒険者なら何人も雇うのだけれど、決して中には立ち入らせない。

だって森にいるのは虫じゃなくて蟲よ？　蟲は必ず二体以上で行動する群れだというだけでも厄介なのに、ここの蟲は弱肉強食社会に物を言わせて強い。

まるであちらの世界の呪物とされる、蠱毒を作っているかのようね。ほら、壺《つぼ》や箱に虫や両生類を入れて殺し合わせ、最後に残った個体を呪いに使う、アレ。引用元は前世で楽しんだ小説や漫画知識から。

ね、危険でしょ？

私達も本来なら出られない。それくらいこの結界魔法の封じの力は強く、そしてここに転移したという事は、外から入るのは容易《たやす》い。

「おい、まさか危険度Sの魔獣は……」

青いお顔の家格君が危惧《きぐ》するのもわからなくはないわ。ここがどこかわかっていなかった彼が、どうして上から目線で質問できるのかはわからないけれど。

「少なくともこの付近にはいなかった」

ラルフ君が危険度Sの魔獣がいないのをすんなり認める。だとしたら彼もその可能性を考えて索敵魔法を使っていたのね。

ちなみに冒険者やパーティーの等級と、魔獣の危険度は全てAからFで決められている。

魔獣はほぼ無害なFから始まり、さっきのムカデは単体ならB。最低でも番《つがい》がいる可能性を考慮して、認定される危険度はA。肉食系の蜘蛛《くも》や蟻《あり》の姿を取る魔獣もそうね。

これが蜂だと単体でもAだから、かなり危ない。

ただしこの森にはいないけれど、稀《まれ》に災害級と呼ばれる魔獣がいて、その場合はSの特例認定を受ける。危険度Aの魔獣が束でかかっても勝てないくらいの、力の強さが異質で別格の魔獣。

昔はこの森にもいたのだけれど、家格君が心配したのは未だにそのお話が伝わっているから。

そうそう、冒険者にもS認定はあるのよ。同じく災害級の実力者とされるのだけれど、彼らの存在や特徴は秘匿事項。一個人で災害級の強さだから、各国で軍事利用されるとまずいでしょう。

でもパーティーにS認定はなくて、最高でもA認定。

冒険者ギルドはあらゆる国に対して中立という体を取るから、等級がSだと判明した人はすぐさま囲いにかかる。本人が望むかどうかはわからないし、自由意志だけれど。

例外はその相手が冒険者ではなく騎士や神官として登録済みだった場合。既に何かしらに所属している人を囲うのは、ギルドとしての公平性に欠けるとしているわ。

「それで、お前達はどうする？」

ラルフ君が改めて四年生達に尋ねた。

※※※※

「「いくぞ！」」

「「「了解！」」」

カルティカちゃんが土蓋を取り、ラルフ君とお孫ちゃんが中の温度を風の魔法で下げ、穴に入ってかけ声を上げる。

好感度の高い若者達の息が合ってきて、お婆ちゃん嬉《うれ》しい。私達二年生組も皆仲良くお返事よ。

一体感を持つって大事。楽しい約一世紀ぶりの青しゅ、いえ、青春《あおはる》だもの。前世のＪＫだった孫がよく使っていた言葉よ。

「「本気か（なの）」」

なのに金髪組はノリが悪い。穴の外の仕事の方が体力的に楽なのよ？　家格君に至っては不貞腐《ふてくさ》れてだんまり。ノリ以前の大問題。

でもいいわ。ラルフ君の問いに、四年生達も相互協力を選んだもの。これぞキャンプ効果！

何をしているのかといえば、ムカデの解体と調理よ。

チラリと穴から少し離れた向こうを見れば、やっとムカデの頭のウゴウゴが止まったわ。ラルフ君とお孫ちゃんが切断して蹴《け》り飛ばしてからも、ずっとウゴウゴしていたムカデの生命力って凄《すご》い。毒もいい感じに地面に吸収された。

「ふわぁ、良い香りですね、ロブール様！」

あらあら、いつの間にか隣に来ていたカルティカちゃん。気持ちはわかるけれど、涎《よだれ》は拭《ふ》きなさい。でもそうなるのも致し方ないわ。だって森にいるのに漂う甲殻類と磯《いそ》の香りはあちらの世界でもお馴染《なじ》みの高級食材、蟹《かに》！　こちらの世界のムカデ型魔獣の肉質やお味も正に蟹！　少し塩味が足りないけれど、蟹！　ムカデなのに蟹だもの！

食材情報源は某王家の影にして、オネエなガルフィさん。うちのログハウスの天井で同居していた時に普通のムカデを見て、魔獣は美味しかったってぼやいたのが始まりよ。

でも美味しいけれど、お腹《なか》を壊したらしいわ。何でも修行中に遭難して、食べ物がない極限状態に陥っていたから狩って食べたんですって。ある意味踏んだり蹴ったりね。

先に毒の部分を切り取らなかったからよ。魔獣のムカデには顎肢《がくし》付近の胴体に魔石があって、通常はそれを取ったら廃棄されるから、そこまで考えつかなかったみたい。

香ばしくて磯の香りと聞いた幼い私は、食への追求を刺激され、彼の留守中にお試しで狩って食べてみたの。前世の世界ではムカデが生薬の一つだったのも大きいわ。

そしたらまさかの蟹！　持ち帰って聖獣ちゃん達にも振る舞ったら気に入ってくれて、以来うちのログハウス定番食材よ。

「ローレン君、公子、運んでもらえるかしら？」

　はい、と素直なお返事のローレン君は爽《さわ》やか青少年。お婆ちゃん、このまま真《ま》っ直《す》ぐな成長を期待するわ。

　フンと鼻を鳴らして不機嫌アピールをする、反抗期まっしぐらな家格君。もちろん本人は悪くない。ホルモンの影響よ。

　この二人は、あちらで転がったムカデを少し離れたこちらの草に置いて、魔法で脚を切り落とす作業を担当しているの。

　穴の中からは脚付きの四角い物体が飛んできて、敷きつめた草にバウンドしながら転がり始めた。

このムカデの節は全部で二〇くらいあるから、男子達には特に頑張って欲しい。

「脚は持ち帰りましょう。ローレン君の収納魔鞄《マジックバッグ》に入れてくれる？」

「もちろんです」

　うちのチーム唯一の収納魔鞄《マジックバッグ》を持つローレン君は快く頷《うなず》いて、見た目は約一週間分の荷物が入りそうなボストンバッグに切った脚を詰めつつ、運び始める。実際のバッグは、殻つきのムカデなら、もう一匹分くらいは入る大容量タイプ。状態保存の効果もあるの。流石《さすが》商家の息子さんね。値が張るのよ。多大な魔力とコツが必要な亜空間収納と比べて、魔力もコツも無しにたくさん収納できるから、これも本当に便利。もちろん人目が無ければ私は亜空間収納派よ。

「それではお願いしますわね。さあさ、私達もやりましょう」

「はい！」

主にノロノロ手伝う家格君向けにエールを送り、カルティカちゃんに声をかければ、素直女子のなんと可愛らしいこと！　これが前世で聞いたキラキラ女子？

鞄《かばん》から取り出して腰に装着した短刀で、脚を切断した胴体の身と殻の間に突き刺す。殻は成人男性の手首から先くらいあって分厚いし、腹側には食べられない部分もあるから、最後は半分の厚みになるわ。

手本を見せる為に、まずは私が背中側の殻に沿って刃を滑らせて四方を剥《は》がす。同じく短刀を手にしたカルティカちゃんも、腹側を真似《まね》る。

「捌《さば》くのが上手になったわ」

「あ、ありがとうございます」

……照れる女子、たまらん。

はっ、いけない！　前世のおばちゃん時代の感覚に支配されちゃった。

気を取り直して四隅を剥がしたら、立たせて私は背中側、カルティカちゃんは腹側の殻を手に持って……ふふふ、ムカデ捌きの醍醐味《だいごみ》よ。

「「せーの！」」

仲良くかけ声を合わせて、両サイドの殻をそれぞれの方向に、蟹のお腹を開くように引けば、背中側の殻に身が残った状態でパカッと腹側が剥がれた。

腹側には炭化した何がしかと、少し剥がれた身がこびりついている。蟹味噌《みそ》と違って、魔獣のそういうのは人に害を与えるから廃棄よ。

「うわぁ……」

眼鏡の奥の瞳《ひとみ》にキラキラのエフェクトが見える。そうね、感嘆の声を上げるくらい背中側の殻には白い蟹脚風の身がギチッと詰まっているもの。

「さあさあ、カルティカちゃん、やっちゃって！」

「はい、喜んで！　よいしょお！」

カルティカちゃんは少し離れた所に歩いて行くと、屈《かが》んでポンと両手を地面につき、可愛らしい声と共にあっという間に私の身長くらいありそうな土製の棚を登場させた！　素敵！

こういう土の多い森では、土属性の魔法が得意なカルティカちゃんの魔法が冴《さ》えるわ。土がパラパラ落ちるわけでもなく、しっかり固まった見事な棚！

「手分けしてこの草を敷いてから、捌いたお肉を載せていきましょう」

バナナの木の葉っぱを模したような草を片手にそう言ってからは、皆が黙々と作業開始。私達二年生は、その合間に慣れた手つきで廃棄する殻諸々《もろもろ》を穴に放り込み、全てを捌き終える頃には周りも綺麗《きれい》にし終わったの。

夕食分を横に置き、蟹風ムカデ肉を棚に並べて半分に草を被《かぶ》せたら、最後に棚全体を網目の細かな防虫ネットで覆う。

華麗なる連携プレーだったわ！　青春《あおはる》か！

「公女、何故あの棚の物は草を被せている物と、いない物があるのかな？」

まあまあ！　背後からの素敵ボイス！　うちのお孫ちゃんは最高か‼

穴の様子を覗《のぞ》き見ていた私は振り返って、ああ、また妄想が暴走《スタンピード》しそう！

何を期待しているのかわからないけれど、好奇心に目を輝かせているお孫ちゃんは可愛いが過ぎる‼　ああ、今すぐログハウスに転移したい！　せめてキャスちゃん、ノート持って来て‼

はっ、ダメダメ。こんな事で聖獣ちゃんを使ったら怒られちゃう。特にキャスちゃんてば、見た目は可愛らしい手乗り小狐《こぎつね》だけれど、中身はお年寄りだから説教も混じって一度怒ると長いの。

「そうですわね、まずあの草には抗菌効果がありますの。なので全ての物の下に敷いてありますでしょう。上に被せているのは、あの草の爽やかな香りを移す為。焼くとあの香りが引き立って、また別の美味しさを感じるようになりますわ。それからあの棚の物は、一晩放置しますわ。お魚の一夜干しみたいに味が凝縮して、香りも馴染みますの。草を被せていない方は、燻製《くんせい》にするのに水分を飛ばす必要があるからでしてよ。水分が多いと燻製にした時に酸っぱくなりますし、スモークで別の香りをつけようかと」

凛々《りり》しくも可愛いお孫ちゃんにはお祖母ちゃん、精一杯答えちゃう。

「後は四隅の殻と身の間を切って水分を飛ばすと、身が縮こまって内側に少し反りますの。身がばらけにくくもなるから、殻から綺麗に外し易《やす》くなりましてよ」

するとお孫ちゃん、何かを逡巡《しゅんじゅん》し、口を開こうとしてはやめるのを二度繰り返す。どうしたの？　まだ説明が足りない？

何だか訝《いぶか》しげであり、どこか遠慮がちでもあるけれど、憂いのあるお顔も素敵ね。マズイわ。そんなお顔を見たらお祖母ちゃん……何かが滾《たぎ》っちゃう！

「なるほど。公女は何故そんなに詳しいんだい？　あのムカデを食べるなんて聞いた事もないし、捌き方も熟練していた。それにあの葉や、食べられる他の野草も迷いなく採取していただろう？本来貴族令嬢が知っているような知識じゃない。その……失礼だが、無才無能でプライドに凝り固まっているが故に、妃《きさき》教育どころか、貴族令嬢の嗜《たしな》みからも逃げていると噂される公女が持つ知識では、ないと思うんだ」

とっても遠慮がちに、無遠慮な事を質問ね。でも質問しておいて随分不安そう。もちろん悪意が無い事は伝わっているし、こんな質問で傷つく事もないから安心して。

ただ内情を話す関係ではないのよね、私達。そんな人からの、そんな質問には私の中で定型文があるの。

「D組《クラス》がとっても楽しいから、楽しむのに必要な知識は大歓迎ですのよ。妃教育や貴族令嬢の嗜みは楽しくありませんわ」

そもそも前々世では王女どころか、基本的な王太子教育までをも習得済みよ。知識は古いけれど。なのに今世で王子妃や貴族令嬢レベルの教育や嗜みなんて、習う必要あるかしら？

「それは……」

あらあら、お顔を曇らせて何か言いたげね。可愛いお孫ちゃんに嫌われ……。

「悪いが共に行動する時は、妙な言いがかりや価値観を公女に押しつけるのはやめて欲しい」

お孫ちゃんの背後から現れて、低音ボイスで牽制《けんせい》するのはラルフ君。

「言いがかりのつもりは……いや、すまない。どちらにしても無遠慮だった」

潔く謝るお孫ちゃんは素敵か！　素敵の塊か‼

はっ、いけないいわ。前世の人格がすぐにフィーバーしちゃう。

「私が義務を放棄して好きにしているのは間違いありませんもの。好きな部分だけを見て、好きに判断なさって」

そう言ってお孫ちゃんに近づいて、少し背の高い耳元に顔を近づける。

「私の雑学は王家の影さん情報ですわ。だから詮索《せんさく》はしないでくださる？」

ハッとしてからの、神妙なお顔になって頷くお孫ちゃん。そう言われたら特殊事情とでも誤解しそうよね。もちろん嘘はついていない。むしろ本当の事しか言っていないけれど、ごめんなさいね。可愛いお孫ちゃんにはなるべく嫌われたくない、小心な婆心からくる確信犯よ。

前々世は王女、前世は八十六年生きたお婆ちゃんだから、お腹は黒いの。

私の腹黒い囁《ささや》きを聞いたお孫ちゃんが、何やら自己完結した体で向こうへ立ち去ったのを見計らったのね。

「公女、悪い顔になっている」

「まあまあ、うっかりね」

近づいてきた勘の鋭い彼は、デフォルトの微笑みに潜む腹黒い婆顔《ばばがお》に勘づく。流石ね。

「今日はここで野営になる。ローレンもカルティカも腹が減って仕方ないらしい」

「あらあら、それは急がないと。私の役割はこれまで通りかしら？」

「ああ。ローレンが既に調理用に火の準備をしているから、飯の支度を先に頼む」

「もちろんよ。カルティカちゃんに、あのウゴウゴの周りの土を採取してと伝えてくれる？　あのムカデと同程度以下の魔獣避けと、番寄せに使えるわ」

「ウゴウゴ……わかった。魔石と素材を要求してきたが、奴《やつ》らに渡してかまわないか？」

「もちろん。面子と成果を渡して大人しくなるなら、面倒がなくていいわ」

「食事をしてから今後を話し合う。少なくとも俺達二年は場所が場所だけに、すぐの救助は期待しない行動を取る」

「移動はするの？」

「できればロベニア国側の結界の近くには行きたい。うまく出られるならいいが、次に結界を張り直すまでに半年はある。最悪は半年後のチャンスにかける事になる。向こうの公子はすぐに助けが来ると踏んでいるらしく、このままここで待つつもりらしい」

「まあ、困ったちゃんね。けれどどの選択をするにしても、四年生達に耐えられる？」

「さあ？　俺達は美味《うま》い飯さえあれば、半年ぐらいどうって事はないが、連中は知らん。まあ耐えられなければ、何かしらの理由で死ぬだけだ。それが魔獣に食われてか、自死か、はたまた仲違《なかたが》いかはわからん」

「まあまあ、物騒」

　同士討ちなんて笑えない事態にだけはならないよう、祈ってあげましょう。

「ここはそういう場所だ。短期間ならともかく、長期間極限状態が続くとなれば、何が起こるかわからない。だが俺が守るのは、間違っても仲間に手を出したあいつらではない」

　あらあら、密《ひそ》かに怒っていたのね。私も自分のチームに何かされるのは不愉快よ。

「そうね。去年の四年Ｄ組の先輩方からも、Ａ組との合同訓練は特に気をつけるように言われていたものね。でも誰が手を出されたの？　怪我は？　それなら私、毎晩夜中に手を出した人の耳元で、命に感謝をって囁き続けて差し上げてよ？　そうしたら彼らも食への探求に目覚めて、仲良くなれるんじゃないかしら？」

「いや、むしろ夜中にそれはノイローゼに追いこんで後が面倒になる。やめてくれ。まあ怪我もないようだし、公女が気づいていないなら、それでいい。気にするな」

　一応頷いておくけれど、おかしいわね。怒っていたはずの彼は、引き気味よ。ちょっと厳《いか》ついけれど、間違いなく好青年な若者から、そんな顔を向けられるなんて。お婆ちゃん、傷ついちゃう。

お昼ご飯は多めにして、好感度を上げるしかないわ。

「それよりも何故こんな所に転移したかだ」

「そうねえ。困ったわねえ」

　転移陣の細工は誰がしたのかしら？　それだけじゃないわね。カラクリを考えればチーム分けからして怪しくなる。

　でも……今はあえてスルーね。余計な疑心暗鬼を生んでしまうのは良くないわ。

　もちろん私がいるから、二年生全員とお孫ちゃんの生還は確定しているの。けれど魔法では心の傷まで防げない。仮にも一つのチームになったのに、その内の誰かが狙って、誰かが狙われたなんて知らなくてもいい事でしょう。

「公女。この森に転移したのが故意であれ偶然であれ、俺は俺達四人で必ずこの森から生きて出ると決めている。だがその中にミナ嬢は入っていない」

「リーダーとしての判断でしょう？　もちろんわかっていてよ。私はリーダーの貴方に従うし、彼女も私達とは違うチームに所属していると考えているはず。だから私は彼女に行動を共にしようとは言わないわ。ここは命のやり取りをする場だもの。自分の意志で決めずに、強制やお願いをされて行動を共にしても、必ずどこかで逃げが出て自分や周りに死を招くわ」

淑女としてではなく、一世紀以上生きた記憶を持つ大人としてラルフ君に微笑めば、勘の鋭い彼の張り詰めたお顔が、はたとなる。

「けれどラルフ君がリーダーだからと、気負う必要もないの。こうなってしまえば、全ては自己責任。責任は各々分担すればいいじゃない。それに忘れていないかしら？　私はラビアンジェ＝ロブール。四大公爵家が公女の一人よ。好きに責任から逃走はするけれど、全ての責任から逃走した覚えもないの」

四大公爵家と王家の者は、根本的な所である義務を負うわ。それを今の孫世代が理解しているのかは知らないけれど、そうして得るのが身分が下の者達からの尊敬と己の尊厳。だからこそ絶大な権力を手にする事を許される。

私の言葉を聞いたラルフ君の瞳が揺れる。そうね、貴方はまだ十六歳の少年。突然こんな毒蟲だらけの、入ったら確実に死が待っていそうな森へ放りこまれて、リーダーなんて言われたら、かつてない程の重圧がのしかかるわよね。既に冒険者としても働いていて、現実をちゃんと実感している一人でしょうし。

「さあさ、難しく考えるのはお腹を満たしてからにしましょう。満腹になれば、きっと良い考えが浮かぶわ」

「……ああ、そうだな」

いくらかラルフ君の肩から力が抜けたみたい。いい子ね。

そうして私達は焚《た》き火《び》を眺めて何かを話していた二人の元へ行く。

「公女は調理、ローレンは公女を手伝え。カルティカ、あの頭の周りの土を採取して、テントを張る。ローレンも手が空けばテントを張るのを手伝うように」

「「了解」」

ラルフ君の指示に従うように、男女でペアを入れ替えて行動開始。

それより家格君と金髪組は暇なの？　ラルフ君がいなくなったのを見計らったかのように現れて、後ろからぞろぞろついて来るわ。何だかカルガモのお母さんになった気分。

ローレン君に目配《めくば》せしながら調味料入りの袋を手渡して振り返り、家格君をひたと見据える。

「ねえ、公子？　有能なあなたなら知っていますわよね？」

「何をだ！」

声を荒らげるのは構わないけれど、今は私も調理に集中したいの。

ローレン君はこちらをチラチラ窺《うかが》いつつも、今回の為に調合した私の自家製ハーブソルトの容器を袋から取り出し、振りかけ始める。

「火が消えてしまうと、流石に危ないって事」

「何が言いたい？」

声を低くして睨《にら》む家格君。ハッ、ここでそう返答するという事は、もしかして初歩的な知識を二年生の私が持っているかどうか、上級生として試そうというのね？

彼の背後でビクリと体を震わせて顔色を悪くする金髪組に、この程度の知識はあるのよと、安心させるよう淑女の微笑みを向けてあげたわ。すると、お顔が蒼白《そうはく》から白へ変わった？　金髪ちゃんなんて、目に見えて震え始める。もしかして寒いのかしら？

「魔獣避けでは足りないから、火を起こしてムカデ肉を焼いて、魔獣達を威嚇しますのよ。ここは暗くなるのも早そうですし、魔獣が活発化する前に終わらせるべきでは？」

「「「へ？」」」

まあまあ、良かったわ。私の返答が正解だったと認めてくれたのね。三人共ぽかんと弛《ゆる》んだお顔になったもの。

「ここは危険度B以上の魔獣ばかりの箱庭でしてよ。魔獣避けは本来、人里に入らないよう、魔獣が忌避する波動を外に向けて放つ魔法具。襲う意志を持った危険度の高い魔獣を撥《は》ね除《の》け続けられる類のものでない事くらい、周知の事実ではなくて？」

「つ、つまり？」

金髪君たら、魔法具に興味があるくせに、あえての知らないふり？　どこか差し迫ったような、緊迫感を漂わせた演技がとってもお上手。これは上級生として下級生の私を指導するつもりね！

「ただ設置しただけでは、そのうち魔獣が中に入ってしまいますわね」

どう、四年生！　今の解説は簡単明瞭《めいりょう》で合格点よね！　えっへんと胸を張るのも忘れないわよ！

「「「……」」」

あらあら、どうしたのかしら？　何の反応もしてくれないし、何より……あちらの世界のホラー漫画を彷彿《ほうふつ》とさせる、何ていうの……ヤバイ形相？　それも一時停止して動かない。震えているけれど、動きがないってどんな状況？

昨今のフリーズという現象は、まさかこれ？　約一世紀分の経験があっても、ジェネレーションギャップが怖すぎる。動かないなら放っといていいわよね。そうね、そうしましょう。

そそくさとローレン君の元に行けば、既に三つの塊にハーブソルトをかけ終わっていたわ。残り一つね。仕事の早い男子は素敵よ。

「何事も無くて良かったです。でもアレ、怖すぎませんか？」

「シッ、見ちゃいけません。動くまでそっとしておきましょう」

そう言いながら、ハーブソルトを振りかけ終わった一つを格子状に切り、焚き火の方へ持っていく。

「カルティカちゃんてば、石をちゃんと用意してくれてるなんて気が利くわ」

焚き火から少し離して大きめの石が円形に組まれているから、土魔法で土の中の石を取り出してくれたのね。焚き火と組んだ石の間で再び作業を開始。格子状のお肉に黙々と串《くし》を刺していく。何だか鰻《うなぎ》の蒲焼《かばや》きにも見えちゃう。鰻重《うなじゅう》食べたい。

なんて鰻に思いを馳《は》せながら、串打ちが半分終わったところでローレン君を見る。彼もハーブソルトをかけ終わって、向こうで私の真似をして切り始めたわ。それなら私は串打ちと炙《あぶ》りの準備に専念しましょう。分担は阿吽《あうん》の呼吸で変化するものよ。

目の前の焚き火を確認して、鞄《かばん》からうちわと木炭の入った皮袋を取り出し、木炭を火に投げ入れてうちわで扇《あお》ぐ。

この皮袋、火蜥蜴《とかげ》の皮で作ったの。火を体内生成して口から吐き出す蜥蜴の皮だから、火のついた木炭を入れても熱くならないし、密閉されて火も消えるから、木炭の再利用もできて便利。まるであちらの世界の火消し壺《つぼ》。でも皮だから軽いの。調理担当の私の鞄は重くなりがちだから、助かるわ。

ふと視界の端にラルフ君達が映り、そちらを見る。お孫ちゃんも一緒に、木を利用してテントを張っているわ。四年生のテントは……ここを挟んで逆方向の地面にポツンと見える。私に絡む前に設置した手際は、早くて良いと思うのよ。気にはなるけれど、お孫ちゃんならきっと何が正解か気づくはず、と調理に意識を戻す。

木炭がしっかり燃え始めたのを確認して、今度はトングといつもの網を二つ取り出す。木炭を炎の中からトングで挟んで組んだ石の中に配置。その上に網をセットすれば、ガタツキもなく水平にフィット。素敵か。

もちろんやろうと思えば魔法でパパッと調理はできるのよ。周りも私が生活魔法を使える認識はあるもの。でも魔獣討伐なんて殺伐とした事をするなら、せめてご飯は美味しい物を食べたいじゃない？

　特に私達Ｄ組《クラス》は来《きた》るべき卒業研究に、学費に、成績補填《ほてん》にと食料や魔物素材を寄付する必要に迫られるから、魔獣討伐の機会は多いの。魔獣であっても命を狩《と》り獲る以上、年若い学生達の心は殺伐としやすくなる。

　それをその場で払拭《ふっしょく》するとしたら、食事がお手軽で効果大。少し手間をかけてお手軽な魔法調理よりずっと美味しくいただければ、少なくとも狩り獲る命を軽くは扱わなくなる。何より美味しい食べ物を孤児院へ寄付すれば、可愛らしい純粋なお顔に感謝もされて癒やし効果絶大！　討伐の仕方だって食材の味を損ねないようになるわ。正に命に感謝ね。最近はむしろ食欲に突き動かされて討伐している気がしなくもないけれど、殺伐としなければ結果オーライ！

　あら、ローレン君が半分ほど切り終えて、こちらをチラチラ窺っているわ。きっと四年生が動き出しそうなのに気づいて、お手伝いをお願いするか判断に困っているのね。

　軽く首を振ってラルフ君達の方へ視線を向ける。同じ四年生のお孫ちゃんに面倒をみてもらいましょう。ローレン君も頷《うなず》き返したから、伝わったみたい。

　ね、こんな風に連携も意思疎通も、この一年で随分取れるようになったのよ。思わず頬が弛むわ。入学して、このメンバーでチームを組んでからもう一年。授業や寄付の確保の為に何度も一緒に組む中で、身分も悪評も高くて扱いづらいはずの私を信用してくれるようになった事が、素直に嬉《うれ》しい。

去年、当時三年A組だった上級生チームと共に挑んだ合同討伐デビューの時、ラルフ君は誰も信用できなくて、自分の好きなタイミングで魔獣に単身で突っこんだの。あの時の上級生リーダーは激怒していたわ。

ローレン君は焦ったのか、攻撃を上級生サブリーダーに当てそうになった。騎士科男子の鉄拳《てっけん》で殴られたわね。

カルティカちゃんは、腰を抜かして泣いて蹲《うずくま》ってしまった。隣の後衛担当の上級生が、顔を顰《しか》めていたわ。

私の隣にいた治癒担当の上級生は、自分達で何とかしろとそっぽを向いていた。

今考えても明るい原っぱのど真ん中で、なかなかカオスな一年生達。最後は上級生リーダーにうちの前衛役二人は魔獣の盾にされてしまった。キャンプなんてする時間も無い、開始早々の出来事。

お陰でラルフ君は利き手をざっくり切られて出血多量。ローレン君は肋骨《ろっこつ》骨折で気絶。

その後はどうしてか、上級生は魔法具の一つでもある緊急用の信号弾を打ち上げる事も無く、応戦するでもなく、義務となる意識のない要救助者への最低限の応急処置を施すでもなく、私達下級生全員を一角兎《うさぎ》ちゃんが三〇匹ほど群れた、そのど真ん中に置き去りにしちゃった。単体危険度Dは、群れてもDだと勘違いして、更なる手ほどきのつもりだったみたい。実際は命が危うい状況の、危険度Cだった。

この直後にラルフ君は失血から気絶、カルティカちゃんはショックで気絶、ローレン君は元々気絶していたから、結果的にタイミング良く一年生チームは私以外、皆気絶。

だから今度は私が動いたの。

一角兎ちゃん達を威圧して隙を作り、獣操魔法を使う。可愛らしさマックスレベルの一角兎ちゃん達を一度静止させ、索敵魔法で去って行く上級生達の位置を正確に把握。群れの半分をピョンピョン移動、もう半分は兎サイズの転移陣を作って上級生の向かう少し先に送りつけ、前後から可愛さを堪能してもらった。

それにほら、皆で同じ行動すると連帯感が生まれるって言うじゃない？　記念すべき今世初の上級生達との訓練だもの。お婆ちゃん、張り切っちゃった。

頭の一本角がチャームポイントの白兎ちゃんが丸尻尾《しっぽ》をフリフリ、ピョンピョンと列を成して移動する後ろ姿も、小ぶりな魔法陣の中にピョコンピョコン飛びこむ様も、とっても可愛かったのよ。

遠くから上級生の歓喜の雄叫《おたけ》びが聞こえたから、喜んでもらえたと確信して内心ガッツポーズ。やった甲斐《かい》があったわ。

その後は怪我をした男子二人にささっと治癒魔法をかけて、三人の血と汗と泥で汚れた体も綺麗《きれい》にして、教師がお迎えに来るまで可愛い兎ちゃん達が怪我しないよう、上級生達の魔法をしれっと無効化したわ。彼らの体を巡る魔力の流れに干渉すれば、一時的に無効化できるのよ。

もちろん白兎ちゃん達も彼らを殺さないよう、暗示をかけたわ。至れり尽くせりでしょう。

私はやるだけやってから、同級生達との連帯感アップに、一緒に寝転がってお昼寝よ。

ちなみにあの時の上級生達はその後、何か問題があったとかで一週間の停学処分。その後の訓練では、体が震えてまともに参加できなくなったらしいの。きっと白兎ちゃんが可愛すぎて、魔獣を見る度に禁断萌《も》え症状が出るようになったのね。そのせいか最終学年に進級はしたけれど、今年はB組になったみたい。

「公女、切り終わりました。それとこの葉っぱは洗浄しておきました」

無事に上級生達を誘導し、お肉を切り終えたローレン君が、声をかけてきたわ。

両手に一つずつ、大きな殻をお盆のようにして載せている。身体強化したのね。お盆として再利用中の殻には、葉っぱを被せた格子状のお肉が大量に盛られている。三つあった肉塊を二つの殻にまとめたのね。もう一つの殻が見当たらないから、いつの間にか廃棄したみたい。やるわね。

「ええ、助かるわ。それじゃあ後はやるから、予定通りローレン君もテントの方を手伝ってあげて」

「わかりました」

ローレン君にそう伝えれば、素直に頷いて向かったわ。まだ上級生に萎縮《いしゅく》しているのか、少し足取りが重そう。ラルフ君もお孫ちゃんもいるからきっと大丈夫。ローレン君のお肉もお婆ちゃん、増やしちゃう！　頑張って！

お肉は早速串打ちしつつ、焚き火の周りに刺して炙る。あのバナナの葉っぱっぽい草も再利用を考えてくれているなんて、あちらの世界のサステナブルね。使い方が合っているのかは聞かれても困るわ。前世の言葉だし、ネット環境は無いから。

とまあ、それはさておき、そんなボロボロチームだった私達も、この一年で蠱毒《こどく》の箱庭に飛ばされても落ち着いて魔獣を狩れるくらいに成長したのね。

実は初合同訓練の後、昨年度卒業したD組と合同研究を行う事になったの。研究テーマはハリケーンによる塩害被害地の回復。ラルフ君含めた幾人かの生家がある広範囲の地域に被害があって、幸い死者は出なかったけれど、魔獣被害や職を失った人も多かった。その時に卒業生から私達D組は実戦に即した魔獣討伐の手ほどきを受けたわ。ほら、D組は卒業後、冒険者はもちろん、仕事で何かしら魔獣に関わる人達が大半だから。

その上級生にラルフ君のお兄さんがいた。お兄さんは次期領主として今は自領で手腕を発揮しているけれど、当時のお兄さんチームだった人達は、現役冒険者パーティーとして活動中なの。うちの男子達は寄付の調達も兼ねて、今でも時々そこに交ざって実戦訓練をつけてもらっているわ。

他の同級生達も皆似たようなものね。一年前はボロボロ、一年経《た》った今は成長して見違えた姿になった。

余談だけれど、私の調味料や料理道具も進化しているから、時々オネエな王家の影、ガルフィさんにも進呈して、喜んでもらっているのよ。

ほら、こういう葉っぱを手頃な長さに切って編み込んで、簡易のお皿をパパッと作れるようにもなった。抗菌効果のある笹風な香りのお皿の出来上がり。葉っぱの量が多いから、たくさん作れそう。

――パチ、パチ。

小さく炭の火が爆《は》ぜた。網もちゃんと熱くなったはず。焚《た》き火《び》の方からは、お肉に振りかけた清涼感のあるハーブと、蟹《かに》風な香りが漂い始めて……香りだけでご飯を美味しくいただけそう！　程よく脂も下に落ちてるわ。本来の蟹とはかけ離れた生き物だったけれど、そこは気にしちゃ駄目。

さあ！　今から同時進行で炭火焼き祭りよ！　焼いて、焼いて、焼きまくるわ！

暫《しばら》く黙々と串打ちからの焚き火で炙り焼き、網に載せて炭火焼きと複数調理していく。

どれくらい時間が経ったのかしら？　ふと気配を感じたその時よ。

「ロブール様、早く食べましょう！　もうお腹《なか》ペコペコです！」

まあまあ、空腹に耐えかねたのね。可愛らしい眼鏡女子がとっても無邪気にひょっこりさん。そのまま私の左腕に絡んで、流れるように隣に座ったの。うちの子、動きが機敏。やるわね。

そんな腹ペコ要望に応える為に、私ももう片方の手でお肉を炭火の上の網に載せていく。

「テント張りはもう終わったの？」

「ミナ様が一から教えて欲しいと仰ったので、あの二人が教えながら張っています」

「ふふふ、そうなのね」

何だかんだ言って、うちの男子達は面倒見が良いの。それに素敵男子はお婆ちゃんの大好物。やっぱり彼らの今日のお昼はお肉多めに大奮発ね！

それにお孫ちゃんの危機感も正しく働いているようで良かったわ。四年生達の地面直《じか》設置テントじゃ、不測の事態に対応できないもの。気づいた時には蟲達のお腹の中って可能性も高いわ。

少し安堵《あんど》しながら炭火焼きのお肉をひっくり返せば、ああ、ジュワ～ッという音はもちろんだけれど、何て美味しそうな網の焼き目！

「それに他の上級生達、というか、公子が色々注意してきて設営が遅くなりそうだったので、私は公女の方をお手伝いするよう指示されました」

「そうだったの。下処理は終わっているから、後は焼くだけよ。今焚き火の方にあるのと同じように串打ちして、炙っていってちょうだい。火加減はそのままで大丈夫」

「了解です！」

素直で元気な反応に、頬がゆるゆるしちゃう。うちの子とっても素直。それに空腹が過ぎて早く食べたいのか、いつもより積極的。

普段の少し引っ込み思案な所も可愛らしいけれど、今みたいに目をギラギラさせて、ババババッとお肉に串《くし》を突き刺し始めた貴女も素敵よ。何だか眼鏡の奥の瞳《ひとみ》が、猛禽類《もうきんるい》のように見えてしまうのは気のせいかしら。

私も手を動かすのに集中すれば、何だか一体感のある空気が漂って心地良い。気づけばいつの間にか未調理のお肉は今火にかけた物で終わっていた。

カルティカちゃんが保温魔法をかけてくれた殻に、所狭しと並んだ盛り盛りお肉が圧巻ね。

「それじゃあ、呼んで……」

「何様だ！」

まあまあ、家格君の怒鳴り声がこだましたわ。うちの子が驚いて口を噤《つぐ》んでしまったじゃない。

「……よし、食べちゃいましょう」

「えっ、いいんですか⁉」

眼鏡の奥の瞳が、再びギラリ。

「出来上がり次第、手が空いた人から食べるのがルールでしょう。それに止めに入って人が増えれば、公子の性格上いつまでもヒートアップするはずよ」

彼はプライドだけはとっても高い。大方うちのリーダー達が自分達のテントの張り方に文句をつけたとでも思ったのでは？

「そうですね！　いただきます‼」

言うが早いか、腹ペコちゃんはちょうど焼き上がった土に刺した方の串焼きをパクリ。幸せそうにハフハフしつつ微笑むお顔が、なんて可愛らしいの。

「んー！　美味しー‼」

「カルティカちゃん、こちらの浸して食べるあっさり出汁《だし》もいかが？」

鞄《かばん》から水筒とお椀《わん》を出して水筒の中の天つゆを注ぎ、網焼きが完了したばかりのお肉を浸してフォークも添える。

流石に大量の天ぷらを作れるほどの油は持って来ていないのが、ちょっぴり残念ね。

もちろんその後は火蜥蜴《とかげ》の皮袋に炭を戻すのも忘れないわ。

「ふわぁ、魚介のお出汁のやつ！」

うちの腹ペコちゃんは、数秒で食べ終わったお肉の串を火にポンと投げ入れたかと思うと、お椀を受け取ってすぐにパクリ。

「んん！　この出汁合いますね！　炭火で焼いたからか、お肉の表面がカリカリ！　中はふっくら！　食感も火で炙《あぶ》ったのと違います！」

ああ、手料理をこんなに喜んで食べてもらえると、婆冥利《みょうり》に尽きるってものよ。

けれど未だに怒声が響く方向を時折チラリと見ては、目を泳がせる。そうよね、気になってしまうわね。

少しはしたないけれど……。

「あらあら‼　ラビアンジェ特製お出汁がなくなってしまうわ～‼」

コホン。普段はこんなに大きな声を出さないのよ？

「「公女‼」」

「お疲れ様。急がなくてもお出汁はあるから心配しないで。嘘を吐《つ》いてごめんなさいね」

猛スピードで駆けこんで来た影が二つ。もちろんうちの男子達よ。二人共身体強化して駆けて来るくらい、楽しみにしてくれていたのね。

前世で孫やひ孫に手料理を振る舞うのが楽しみだった名残からか、あの子達と同年代の若者にそう思われるのが嬉《うれ》しいわ。

「さあさあ、召し上がれ」

「「いただきます」」

火を囲むようにして、うちのチームは全員着席。男子達は思い思いに、近くの串を手に取って食べ始める。

まあまあ、カルティカちゃん？　急がなくても沢山あるから、お口に噛《か》み切《き》れないくらい突っこむのはやめなさい。

天つゆを二つのお椀に注いで、お肉を何枚か浸す。フォークを添えて男子達にも手渡せば、あち

らの世界の某有名掃除機もビックリ。驚きの吸引力でお口に吸い込まれたわ。

「どこに行ったー‼」

向こうから何かがこだましたけれど、放っときましょう。

六枚の葉っぱ皿に串焼きと炭火焼きのお肉を盛る。腹ペコだった女子にはこんもりと、腹ペコ男子達にはもちろん山盛りよ。

前世のファミレスバイト経験を活かし、手と腕に六皿を載せて、運ぶのを一度で済ませる。うちの子達も無言で受け取ってくれるわ。

でも向こうの網に残した最後の一枚だけは、私が食べちゃう。楽しみにしていたのだもの。調理者の特権よ。

念の為いくらか量の減った殻の上に、上級生達用にフォークと取り皿用の葉っぱ皿、お椀と水筒をセッティング。ムシャムシャと美味しく食べてくれる若者達をニコニコ眺めつつ、火の近くに座って食事を楽しむ。

なんて作り甲斐《がい》のある若者達なのかしら。前世の孫やひ孫達もよく家に来ては色々食べてくれたあの日々が、とっても懐かしい。

「おい！　何故俺達を差し置いて先に食事をしている‼」

「公子、やめないか！」

「「お二人共落ち着いて下さい！」」

あらあら、相変わらず元気に登場ね。ちょうど私の食べ終わったタイミングで登場するなんて、気が利く子達。食べている間も声が響いていたから、反抗期同士で口撃し合っていたんでしょうね。これも青春。金髪組の仲裁力で二人の口撃を無効化できなかったのも、微笑ましいわ。

「やっとお越しになったのね。さあさあ、早くお座りになって」

「いや、話を……」

「嫌でしてよ。ほらほら、早く！」

「お、おい……」

一番うっとうし、コホン。反抗期が過ぎる家格君の腕を引き、背中に回ってグイグイ押して火の近くに座らせれば、他の上級生達も素直にチームで固まって座ってくれる。もちろんチームで距離を取らせているわ。

高位貴族の令息令嬢って、意外とこういう世話焼きお婆ちゃんモードに弱いの。まだうちの子達は食事中だから、もちろん彼らの対応は私。食事担当だもの。

「まあまあ、食べてくれるのではなくて？　せっかく女子が力を合わせて美味しくなーれと想《おも》いを込めて作ったのに、公子に無駄にされてしまうのね」

悲しそうな顔をして見せれば、魔法を使わなくても家格君への精神的働きかけはバッチリ。彼の青灰色の瞳がザバザバ泳いでいて、ちょっと面白い。

一緒に作った眼鏡女子ことカルティカちゃんは……いいの、気にせずそのまたくさん食べて。

「いや、そうとは……」

ふふふ、言《い》い淀《よど》んだわ。もちろん、そんな絶好の機会を見逃すラビアンジェではなくってよ。

さっと移動して手早く葉っぱ皿四枚に二種のお肉を盛る。カルティカちゃんの保温魔法のお陰でホカホカね。

家格君達なら一人一皿ずつかしら。お孫ちゃんには何枚か多く入れておきましょう。孫サービスよ。ウェイトレス仕様で一度にパパッと運ぶわ。

「そうなのね！　作った甲斐があったわ。さあさあ、たくさん食べて大きくなるのよ！」

「お前は母、いや、むしろお祖母様か！」

あらあら、一世紀ほど生きるお婆ちゃんだとバレたかしら？

ずずいと勢いのままにお皿を押しつければ、ちゃんと受け取ってくれたわ。

「ま、まあ、そこまで言うなら食べて……って、聞け！」

一人でノリツッコミ？　忙しいのよ、私。お孫ちゃんと金髪組にも手渡せば、口々にお礼を言ってくれる。礼儀正しい子は好きよ。

特にお孫ちゃんの丸っとした頭を撫《な》でたいけれど、ぐっと我慢。淑女の微笑みで乗り切る。

「……これがあのムカデ。食べて大丈夫なのか？　……うまい」

何だか家格君がさっきから一人でブツブツ言っているわ。でもちゃんと食べたのね。なでなではしないけれど、お口に合って良かった。

「「「美味しい」」」

まあまあ！　金髪組はもちろんだけれど、お孫ちゃんのお顔が年相応に綻《ほころ》んだわ！　なんて可愛らしいの！　孫にそう言われるとお祖母ちゃん、舞い上がっちゃう！　騎士科に所属しているだけあって、上品な食べ方ながらも良い食べっぷり！

「ふふふ、網の焼き目のついたお肉は、この出汁にお浸しになって」

そう言いながら、取ってきたお椀を渡して天つゆを注いでいく。水筒が空になったわ。

「これ、合うな」

反抗心溢《あふ》れる言葉ばかりが出ていた家格君のお口から、素直な言葉が飛び出した。美味しいご飯の力は偉大ね。

「公女は料理の才能があるんだね」

「喜んでもらえて嬉しくてよ」

お孫ちゃんの言葉に、デフォルトが崩れた普通の笑みが浮かんでしまったわ。

「「「……」」」

え、どうしたのかしら？　四人共手が止まって、私をぼうっと無言で見つめたのだけれど？　まさかまた静止画の呪いが発動⁉

「公女、出汁はまだ残っているか？」

「ふふふ、食べていてちょうだいね」

ナイスタイミングよ、ラルフ君！　怖いから即時撤退！

殻の近くに置いていた鞄から新たな水筒を取り出して、空になった水筒と交換する。ちゃんと二本持ってきていた私、えらいでしょう。

ラルフ君の手元をちらりと見て、新しい葉っぱ皿にお肉を軽く盛る。所狭しとお肉を載せていた殻も随分寂しくなったのね。

どうぞ、ありがとう、とお互い口にしながら、空のお椀に再び天つゆを注ぐ。礼儀正しくお礼を伝えるうちのリーダーは素敵ね。腹ペコだった他の二人は満足そうなお顔になっているわ。

次は食後のお茶。鞄から自家製ブレンドの茶葉と小鍋《なべ》を取り出して、魔法でパパッと淹れる。これくらいは魔法でいいわよね。

「さあさあ、できたわ」

そう言って空になったお椀を各自魔法で綺麗《きれい》にしているのを確認して、自分のチームからお茶を注ぐ。食事や魔法具担当の私の荷物は多いの。なるべく軽量にしたいから、兼用できる食器はそうするわ。

「ふん、公女が給仕の真似事とはな」

「あらあら、美味しかったならそう言ってくれてよろしくてよ?」

「ふん、思ったより悪くは無かったというだけだ」

空の葉っぱ皿に、家格君がすっと差し出した空のお椀。言葉は反抗期で目が合うと赤面してそっぽを向くけれど、お椀は洗浄しているし、食欲には正直になれたみたい。

「美味しかったよ、公女。討伐訓練で、こんなに美味しい料理がいただけると思っていなかった。ありがとう」

ああ、うちのお孫ちゃんのなんと素直で可愛らしいことか‼　柔らかくなった表情からの、はにかみ屋さん‼　たまらん‼

「「ありがとうございます、公女」」

金髪組も随分素直になったのね。

「初めて飲んだけど、このお茶は口の中をすっきりさせるね。それに後味が少し甘い。もしかして公女が自分で？　とても品がある味わいだ。その、もう一杯いただけるかな？」

魔法で冷ましてグイッと一気飲みしてからの、お孫ちゃんの綻んだお顔。キュン死しそう！

「ええ。隠し味に、乾燥させると甘くなる葉をブレンドしましたの。けれど市販の物に混ぜているだけでしてよ」

市販の激安紅茶に、私が山で採取した野草を混ぜてかさ増しした、超格安茶葉なのは黙っておきましょう。

「ありがとう。公女は食の知識が随分豊富だね」

「美味しい物は美味しくいただき……」

「はっ、公女としては必要ない知識だがな」

家格君てば、孫と祖母の交流を何度も邪魔するなんて無粋よ。

でもそろそろ本題に入りそうね？　チラリとラルフ君を見れば、軽く頷《うなず》いたわ。

「左様ですわね」

「あ、待て、公女はこちらに……」

「私のお椀《わん》はあちらですもの」

何を慌てているのかしら？　食後のお茶も淹れたし、家格君の近くでやる事なんて何もないわ。

淑女スマイルを家格君に向けて、その場をさっと離れる。

振り返るといつの間にかうちの子達は、ラルフ君の方に固まって座っていたのね。

「これ、公女のです」

ローレン君が私のお椀を洗浄して渡してくれる。気が利く男子にお婆ちゃん、胸がキュンキュンよ。女子ってこういうさりげない優しさに弱いの。家格君も見習って、素敵スペックを上げてもらいたいわ。

「ありがとう」

「い、いえ」

普通に微笑めば、照れてうつむかれてしまう。何だか可愛い。

淹れ終わったお茶パックは火に投げ入れる。生薬も入れていたから、ほんの気持ち虫除《むしよ》け効果を狙ったのよ。もちろん蟲には効かないわ。

お茶を一口飲んで、ふっ、と小さく息を吐く。焚《た》き火《び》を見つめながら、皆でゆったりとした時間を共有するって素敵ね。いつしか辺りも暗くなったし、学生キャンプらしい盛り上がりには欠けるけれど、皆で静けさを堪能するのも悪くない。

「明日、俺達は移動する。そちらはどうする？」

と思っていたら、ラルフ君が突然の本題投下。

「は？　何を勝手に判断している。ここで救助を待て」

家格君は怪訝《けげん》なお顔で、決定事項とばかりに告げるわ。お孫ちゃんは顔を曇らせるし、金髪組はおろおろ。

「いつまでも来るかどうかわからない救助を待って一所にいても、いつかは蟲達の餌になるだけだ」

「馬鹿か。お前達のような、下級貴族や平民と一緒にするな。俺達は上位貴族だ。特にニルティ家の公子である俺と、ついでにロブール家の公女もいる。すぐに救助が来るに決まっている」

一応第二王子の婚約者でもあるのだけれど、ついで扱いね。

「はっきり言っておく。蠱毒《こどく》の箱庭の結界を長子でもない、替えのきく貴族の子供の為に壊す事は絶対にない。救助もそうだ。入って出られなくなるかもしれない、危険度の高い蟲だらけの場所に誰が来る。仮に救助が来るとしても、すぐの事にはならない。ここに救助に来られる実力者を集めるのには、時間がかかる。それまでこの魔獣避けはもたない」

「お前、我がニルティ家を馬鹿にするのか」

珍しく怒鳴らず、けれど怒りをこめて家格君が低く唸《うな》るけれど、ラルフ君は何も間違っていない。

「冷静に考えろ。隣国も絡んで共同で維持している結界だ。ここに王族や、当主教育を受けた四公の令息令嬢がいるならまだしも、替えのきく次子では望みが薄い。加えてこの森の結界に異常が出て、国民に被害が出れば国際問題となる。四公の当主達が国民への危険性を無視し、自分の子供を優先させると思うのか」

「そ、れは……」

家格君は片手で口元を覆って絶句した。やっと理解したのね。

本来なら、王家と四公は民の為に生きる事がその存在意義なのよ。自分より弱き者の為に剣を持ち、盾となって命尽きるまで民の前に立ち続ける事を、王や四公当主は聖獣に誓うわ。

取りあえず家格君では、自分の生家が動く理由にならないと伝わったようで何よりよ。

「そんな……王立学園の生徒なのに⁉」

「どうして私達がこんな目に遭うのよ⁉」

まあまあ、金髪組は舞台俳優に女優みたい。悲愴《ひそう》感漂う声で嘆きあい、泣き出した金髪ちゃんの肩を金髪君が抱いて慰める。

「答えのない原因を探っても、どうしようもないだろう！　無意味に泣き叫ぶな！」

ここにきて初めて意見が合ったわ。けれど自分がずっと怒鳴っているのを棚に上げるから、金髪ちゃんがキッと睨《にら》んでしまったわよ。

「公子、酷いですわ！　ご自分はずっと怒鳴るばかりで何もされてらっしゃらないのに！　こんな事になるなら協力などお断りしましたわ！」

金髪ちゃんが金切り声で家格君に詰め寄ったけれど、協力って何かしら？

「黙れ！　公子たる俺に口ごたえするとは、わかっているんだろうな！」

「だったら救助を待つんじゃなくて、早くここから出して下さいよ！　蟲に遭遇したら貴方が全て一人で片づけてくれるんですよね⁉」

あらあら、金髪君も後に続けと詰め寄ったわ。

「ペチュリム、お前、この俺に歯向かうのか⁉」

「今の公子に何の力や権限があるんです！　それにずっと何もしていない！　むしろこの二年生達

の方がよっぽど役に……」

「いい加減にしろ‼」

醜い争いを一喝したのはお孫ちゃん。ああ、なんて凛々《りり》しいの。アイドルの応援うちわとメガホンを作っておけば良かった。

「公子、確かに君は役に立っていないし、無駄に高いプライドが足を引っ張っている。だが、そこの二人も同じだ」

現実を指摘されて、金髪組は息ピッタリに一緒に呻《うめ》く。

「しかも公子に何を唆《そそのか》されたのかは知らないが、同じチームの、それも下級生を貶《おとし》めた。そればかりか、意識を操る為に魔法を仲間に使用し、それを止めようともしなかった」

「俺は唆してなど……」

「「申し訳ありません」」

あらあら、ラルフ君が言っていた事は本当なのね。こんな場所で意識を操るだなんて、その子に死ねと言っているようなものよ。誰を操ろうとしたのか知らないけれど、うちの子達を傷つけるならお婆ちゃんがお灸《きゆう》をすえるわ！

それにしても金髪組はどうして私の方に頭を下げるの？　下げるなら被害に遭ったうちの子達の誰かか、代表としてリーダーのラルフ君にでしょう？　私の身分を気にしているの？

「それは私にすべき事なの？」

「い、いいえ、ですが……やはり私が実行した以上、謝罪はすべきかと……」

どうとでも取れるように言って反応を窺《うかが》えば、おろおろ視線を彷徨《さまよ》わせながら謝罪だと口にする金髪ちゃん。金髪君も同様に困惑したお顔よ。でも身分で頭を下げる人を選んじゃ駄目。

「あなた達が害意をもたらした当人はもちろんだけれど、うちのリーダーはラルフ君でしてよ。少なくとも彼はリーダーとしてチーム全体に気を配ってくれているの。謝るにしても誠意を見せるにしても、チームで行動する以上まずはリーダーに筋を通すものではなくて？　討伐訓練なのだから、身分だけで謝罪する人の優先度を考えてはいけないわ」

ふふふ、なんだか私、できる公女みたいね。

「奇跡ですね。きっと本人は魔法を使われた事をわかっていないのに、会話が嚙《か》み合っているように聞こえる」

「さすがロブール様です」

ん？　どういう意味？　ローレン君とカルティカちゃんのひそひそ話の意味がわからない。とりあえず褒められたのよね？

「「…………」」

ラルフ君とお孫ちゃんが無言だけれど、何か言いたそうに私を見つめているわ……何故？

「はっ、やはり無能だな。才能が公女に不必要な料理とは、同じ四公の出自とは思えないほど情けない。いや、いっそ憐《あわ》れか」

「いい加減にしないか、公子」

「黙れ、ウジーラ侯爵令嬢。お前達こそ、いい加減にしろ。この森から出れば結局は身分に支配されるとわかっていないのか。これ以上このエンリケ＝ニルティを愚弄《ぐろう》する事は許さん」

まああ、家格君たら。反抗期が全力疾走で駆け抜けてしまったのね。今度は殺気立って暴君化してしまったわ。せっかく美味しい物を食べてお腹が満たされたのに、お婆ちゃんは残念よ。でも家格君は悪くない。ホルモンが悪いの。

ただ金髪組は押し黙ってしまったし、お孫ちゃんは呆《あき》れたようにため息を吐《つ》く。四年生チームの空気はどんどん険悪になっていくわ。

うちの子達は既に興味は無さそう。そうね、この一年うちの男子達は冒険者に交ざって場数を踏んだもの。他のチームの仲間割れに遭遇したとしても、それに影響されないように襟を正せと教わったはず。

これ、パーティーを組む冒険者には必須《ひっす》の心得よ。いくつかのパーティーが一緒に行動するような依頼を受ける時は特にね。他のパーティーの雰囲気が悪いのに一々影響されていると、自分達に伝染しちゃうかもしれないでしょう？　悪意って、極限状態に陥っている時ほど伝染しやすくなるの、いつの時代も。不思議ね。

だから冒険者としてパーティーを組む場合には、最初にそれを教わるわ。冒険者は悪意の伝染はもちろん、貰《もら》い事故を何よりも嫌うから。

そしてカルティカちゃんは冒険者ではないけれど、リーダー格二人を信用している。もちろんこその家格君のように、従うのを強制されての事ではないわ。この子は彼らの人柄を知って従う事を選択している。人徳ってやつね。

でも皆気づいていないのかしら？　家格君はとっても大事な事を言ったのよ。

「公女、公子と同じチームのサブリーダーとして謝罪する。すまない」

「申し訳ございません」」

家格君以外の上級生は頭を下げてくれたわ。

「あらあら、ご丁寧に。でも公子は褒めてくれたのではなくて？」

淑女の微笑みを向けてみれば、全員が呆気《あっけ》に取られたお顔になった。うちの子達もよ。

他ならぬ家格君も怪訝そう。本人が気づかずにいるなんて、私って凄《すご》い。

「ふふふ、料理が美味しかったってお話でしたわ」

「はっ、相変わらず頭が足りないな。別に褒めたわけじゃない」

私の言葉を全否定ね。でも付き合ってあげる必要はもう無いみたい。ラルフ君から目配せされてしまったもの。

「左様ですのね。なら私達からのお餞別《せんべつ》は貴方以外の方に渡すようにしますわ。気に入らなければ、自分で食料を確保すれば良いだけですもの。蠱毒の箱庭で生き残る自信しかない実力者なら、問題ありませんわね」

「こ、公女、餞別って……」

お孫ちゃん以外は途端にうろたえる。餞別の言葉に反応したのは金髪君。

「だって私達、明日にはここを離れましてよ。そうではなくて、リーダー？」

本来ならリーダーに一任するけれど、こちらの意向を示すきっかけくらいは身分が一番高い私が作るわ。時間は有限だし、特にこの森が明るい時間帯は短そう。きっと明日の早朝には出発する。今のうちに準備しておかないとね。

「そうだな。別チームの内輪揉《うちわも》めに、いつまでも付き合ってはいられない。助かった、公女」

「そうね。ここを離れる準備もちゃんとしないといけないもの」

ふふふ、若者に褒められると、婆心が舞い上がっちゃう。

「ふざけるな！　下級生が勝手に判断をして良いと……」

「ふざけているのはお前だ。ここに留まる危険性は既に話した」

思い通りにならなかったからかしらね？　家格君てば興奮し過ぎてお話にならない。

ラルフ君もそう判断したのね。しれっと彼の言葉を遮った。

「いつまで役に立つかわからない魔獣避けと食料が必要だと言うなら、置いて行く。俺は二年生のチームリーダーだが、お前達のリーダーではない。これ以上の事は知らない」

「下級貴族の分際で、この森から出た後でどうなるかわかっているのか」

それに対して脅しのように凄む家格君。けれど全くの見当違いね。

「心配してくれなくて結構だ。それに下級貴族の次男坊をなめるなよ。俺は冒険者として生きるから、貴族としてのしがらみなど、そもそも関係しない」

「お前のいる領地がどうなるか……」

「それこそ意味がない脅しだ」

ラルフ君がため息を吐いて、どうでも良さそうに説明をする。

「俺の親が治める領地は、昨年度卒業したD組《クラス》と俺達の組との、共同研究対象である塩害地の一つだ。世間の注目を集め、大きな商会に、貴族平民共に人気のあるデザイナー、冒険者や他領も絡み、国王陛下すらもその研究の今後に期待している。四大公爵家とはいえ、替えの利く次男のお前の一存でどうにかできる領地ではない」

「何だと‼」

再び怒鳴られても、ラルフ君はどこ吹く風。

「落ち着いたらどうだ。俺にはお前達への善意もないが、悪意もない。事実しか告げていない。四大公爵家は確かに貴族に権勢を振るう事ができる大貴族だが、下級貴族や平民が大きく動く時、その非難を止められるか？」

「はっ、大げさな事を言うな！　たかが一つの領地がそこまで影響を与えるはずがない！」

まあまあ、家格君のお顔に焦燥が見え始めた？

「与えるさ。あの領地はな、一度は周辺の領地共々教会に見捨てられ、当時教会を動かせなかったこの国にも不信感を持つ者が増えている。それだけ起きた被害は甚大で、他領からすれば明日は我が身だ。冒険者として国内を動いていれば誰でも気づく。直接的に被害のあったあの周辺の領地だけじゃなく、今は王都も含めて国への少なからずの不信という小さなさざ波が起きているんだ」

「そんなもの、いずれは薄れるに決まっている」

そうね、家格君の言う通りただの不満なら、或《あ》いは誰も煽《あお》る事がなければ薄れるでしょうね。

「貧困に喘《あえ》ぐ下級貴族や平民が、この国にどれだけいると思っている。昔、貴族相手にある平民が会長を務める商会が裁判を起こしたが、決着がどうついたか知っているか？」

そうそう、あの時会長にどう煽るのが効果的なのかレクチャーしたの、私よ。会長とのお付き合いも随分と長いわ。

「さあな。だが会長が平民なら貴族との裁判だ。貴族が勝つに……」

「世論が動いて、最後は他ならぬ別の貴族達が商会側に有利に動いた。結果その貴族は商会へ多額の示談金を払って王都から消えた」

会長もまだ貴族を相手にどう動くべきかわかっていなかった頃だし、あの貴族は手広く商売をしていたの。正面切って喧嘩《けんか》なんてしても分が悪かったわ。貴族用の戦い方をしないと、裁判なんかそもそも受けつけずに門前払いよ。今より商会の規模も小さかった頃だからなおさらね。

戦わずして勝つ。これ、大事。

家格君だけじゃなく金髪組も目が大きくなったから、きっとこの三人は知らなかったのね。お孫ちゃんは神妙な面持ちだから知っていて、ラルフ君が言わんとする事も理解しているわ。

さすがうちの孫！　ふふふん！　お祖母ちゃんは鼻高々よ！

「その商会が研究に関わっている。特に四公は国民からすれば貴族というよりも国に近い存在だ。あの領地にお前の個人感情で今何かしらしてみろ。その商会の裁判沙汰《さいばんざた》の時以上の反発が、国内至る所で起こり、国民の大半が王家や四公に牙《きば》を剥《む》く危険性は十二分にある」

たじろいだ家格君にラルフ君は更に淡々と語る。

「そもそも下級貴族の俺ですらわかっているような危険を、国王陛下は元よりニルティ家の当主がわからないはずがない。事が起こる前にどう動くか、もうわかるだろう？」

家格君の怒りのボルテージは完全に鎮火。さすがうちのリーダー！

あの商会の会長からは先を見越して、研究を妨害する貴族がいたら自分の商会の名前を出していいと言われているの。もっとやってもいいくらいよ。

それに今の四公の当主なら、そうね。災いの芽はサクッと摘んじゃうわ。親としてよりも、当主としての責務を全うできる人間が当主を務めるのが四公だもの。四大公爵家はあらゆる国営事業と領地経営に携わっているから、当主の個人感情を優先して、抱える人達を路頭に迷わせられるはずがない。

ベルジャンヌ時代とは違ってね。

「それに俺はこの森を出た後の心配より、如何《いか》にして自分の仲間を無事にこの森から出すかしか考えていない。お前達が個々にどれほどの実力があっても、正直どうでもいい」

「「「「……」」」」

あちらは息を飲むだけで誰も反論しなくなったわ。お孫ちゃんですらも顔色が悪くなっているから、きっと次に続く言葉がどんなものか気づいているのね。

「A級冒険者並みの実力があっても生き残れない可能性が高い。それが蠱毒《こどく》の箱庭だ。なのに俺のチームを蔑《さげす》み、チームワークもバラバラで非協力的、常に自分達の利を優先するお前達は、俺達が生き残るのに邪魔でしかない。それほどこの森は危険だ。プライドを先行させていられるお前達は危機感が無さ過ぎる」

その言葉に金髪ちゃんはとうとう涙腺《るいせん》完全崩壊、お孫ちゃんはその言葉を真摯《しんし》に受け止めているようだけれど、男子二人は呆然自失《ぼうぜんじしつ》よ。

最上級生のA組《クラス》は、全ての組から羨望《せんぼう》の眼差しを向けられて然《しか》るべきと考えているし、実際うちのD組以外はそういう対象として見ている人も多い。今までこんな事をきっぱり伝えられた事がないのでしょうね。

「俺達は自己責任で動くから気にしなくて良い。俺は身勝手なお前達の尻拭《しりぬぐ》いはご免だし、俺達の実力からいってもこの森でそこまで気は回せない」

「大げさだ。現に俺達は無事だろう」

まあまあ、家格君はまだ甘い環境認識を披露するのね。プライドを守るのに他人を攻撃して、自分を正当化するなんて今は悪手よ。

「公女のお陰で、今はな」

「同じチームだからと贔屓《ひいき》か。こいつは蟲と戦ってもいない！」

あらあら、こいつ呼ばわりね。家格君てば、私への扱いが酷くない？　でも確かに戦闘は家格君同様お任せしていたから、間違ってはいないわ。

なんて心の中で家格君に賛同していると、大きなため息がラルフ君のお口から排出された。

「公女の知識に生かされているとわかっていないのか。今蟲が寄って来ないのが、たまたまだとでも？」

ハッ、もしかしてお婆ちゃん、褒められた！　やだ、照れちゃう。

「無才無能のこいつの知識がいつ役に立った⁉　せいぜい食事だろう！　己の能力が低く努力もせずに義妹のシエナを妬《ねた》んで虐げ、形だけの婚約者であるシュアに嫌悪され、にもかかわらず王子の婚約者の地位に縋《すが》りついておきながら、何の義務も果たガッ……ゲハッ」

ゴッ……ドスッ……ドサッ。

効果音としてはこんな感じ？　胸倉を掴《つか》むと同時にお孫ちゃんの右の拳《こぶし》が物理的に彼の左頬、次いで鳩尾《みぞおち》にクリティカルヒット。胸倉から手が離れると、そのまま地面にうつ伏せに沈んだ。

さすが女性でありながら四年生になるまで騎士科で学んだだけの事はある！　食べたばかりだけど、吐いていないから手加減もバッチリ！　うちのお孫ちゃんてば素敵か！

彼が動かなくなってしまったから、やっと静かになるはずよ。

その様子を冷静に眺めているラルフ君。

殴った当事者で、殴り足りないとばかりに拳を震わせて怒りの表情を浮かべるお孫ちゃん。

淑女の微笑みで静観する私。

「「「「……」」」」

それ以外の人達は唖然《あぜん》として黙りこんでしまったわ。金髪組はお口が開いているから、閉じた方が良いのではなくて？

「聞くに堪えない」

キリリと表情を引き締めたお孫ちゃんは家格君に吐き捨てると、こちらへ向き直る。

どうでもいいけれど、彼、ピクリとも動かなくなったわ。まさかのショック死なんて事はない？

本来なら魔法師でも体はいくらか鍛えていたりするけれど、彼は貧弱そう。いくらゴリゴリの反抗期真《ま》っ只中《ただなか》でも、若者が亡くなるのは胸が痛むのよ。

「公女、うちの者が重ね重ねすまなかった」

お孫ちゃんてば、またまた頭を下げたわ。今度は先程よりも深く。金髪組も慌てて続く。それにしてもこの二人の顔を上げた瞳《ひとみ》に、媚《こ》びるような色が見えるのは何故？

「それでもやはり私は、同じチームになった者を見捨てるわけにはいかない。そこの二人を信用できないのは承知しているが、頼む。この二人だけでも明日から君達と行動を共にさせて欲しい」

「よ、よろしいの、かしら？」

「ミナ様は……どう、されるのですか……」

サブリーダーとしては妥当な判断だけれど、金髪組はこちらが自分達をもう受け入れた気になっているの？

「二人共勘違いするな。彼らの話を聞いていなかったのか。気づかなかった私も悪いが、どうやら私のチームは、昨年度の卒業生から名指しで警戒するよう、忠告されていたらしいな」

金髪組はビクッと肩を震わせる。それくらいお孫ちゃんは騎士らしい殺気をこの二人に向けたの。

「お前達は私が離れたタイミングで、これから行動を共にする仲間に精神感応魔法を使った。これまでにもそんな事をしていたと私は判断している」

「そ、それは公子が……」

「マイティ！」

金髪ちゃんが家格君に責任転嫁しようとして墓穴を掘ったみたいね。金髪君が大声で制止したけれど、もう遅いわ。認めたようなものだもの。

「やはりそうか。それで？　私が頼んだからと言って、彼らが君達二人を受け入れるなどと思いこんではいないか？」

「「え……」」

まあまあ、金髪組に再び静止画の呪いが発動よ。

「俺はその二人を受け入れるつもりはない」

「「そんな⁉」」

ラルフ君の間髪容《い》れずの言葉で金髪組は瞬時に絶望的なお顔に。呪いは解けたのね。良かったわ。

「俺はこの森を出た後の心配より、如何にして自分の仲間を無事にこの森から出すかしか考えていないと言わなかったか？」

「だから私達も手伝いますわ！」

「もちろん俺だって協力する！」

その言葉にお孫ちゃんは顔を顰《しか》め、ラルフ君は再びため息を吐《つ》いてしまう。

「A級冒険者並みの実力があっても、チームワークが悪ければ生き残れない。それが蠱毒の箱庭という場所だとも言っただろう。手伝う？　協力？　何様だ。それにもう一度言うが、未だに何かしらのプライドも捨てられずにそんな心づもりしかないなど、危機感が無さ過ぎる。相変わらず俺達を下に見ているのが透けて見えるお前達と、行動を共にできると？」

ラルフがわからず屋さんにもわかるように言葉を砕いているのだけれど、やっぱり理解できていないみたい。

金髪組はラルフ君に詰め寄るわ。

「で、ですが……私達の方がそこの名ばかりの公女より魔力は上ですし、ずっと使えますわ」

「そうだ！　だから俺達も共に……」

「必要ない」

あらあら、そんなわかりきった優位性では、アピールのパフォーマンスが低いわ。もちろん私の本当の魔力量のお話ではないわよ。

「お前達の不愉快な言葉に耳を貸す必要もない。ウジーラ嬢、そういう事だ」

「わかった。無理を言ってすまなかった」

最後とばかりに深く頭を下げるお孫ちゃん。覚悟はしていたのね。

「ちょっと！　勝手に決めないでちょうだい！」

「そうだ！　大体、俺達と同じ侯爵家だろう！　いつも偉ぶっているのが昔から気に入らなかったんだ！」

「そうか。ならば君達は君達で好きに行動するといい」

まあまあ、金髪組が食ってかかって、とうとう仲間割れがピークに達する。でもお孫ちゃんはこうなると推察していたのかしら。全く動じていない。

「それなら俺は無理矢理でもあいつらについて行く！」

「私もよ！」

　あらあら、実力行使は自殺行為よ？

「下手についてくれば逆に危険だと、理解はしておけ。何があっても、俺達がお前達に手を差し伸べる事はない。ついて行けばどうにか交ざれるとは思わない事だ」

「何だと！　下級貴族が！」

「そうよ！　将来冒険者になるなら手を差し伸べるくらいなさい！」

「馬鹿なのか。冒険者が優先するのは己と己の仲間の命だ。仮にこの森でお前達を見捨てても、誰も何も言わない。恥ずべきは弱者を見捨てる事だが、仲間の命を意図的に脅かす者を命をかけて守る義務も義理もない。そもそもお前達は魔力量だけなら俺達よりもずっと多い。学園でも優秀とされる高位貴族の令嬢や令息達だろう。弱者とも言えない」

　ド正論ね。金髪組も絶句してしまったわ。

「加えて俺達はこの魔獣避けも、必要なだけの食料も置いて行くと伝えたはずだ。その上でお前達を受け入れられない理由も説明した。お前達と分かれて行動する理由は十分に正当性があると判断しているが、もしこの森から互いに生きて出た後にお前達が訴えたとしても、お前達がこれまでにしてきた事も含めてこちらは身の潔白を主張できる材料は揃《そろ》えている」

「どういう意味だ」

　金髪君てばお馬鹿さんなの？　予《あらかじ》め卒業生から忠告を受けているのに、大半が下級貴族や平民で構成されるD組が何も準備していないはずがないでしょう。

D組が最終学年のA組と争っても無事でいられる方法なんて限られている。うちの組の学生は録音用の魔法具を持っているわ。不人気の魔法具科を専攻する生徒の所属組は、大半がD組だと知っているでしょうに。

それにこのチームには私がいるのよ？　生徒達がどう噂していようと、この国の第二王子の婚約者にして四大公爵家の一つ、ロブール公爵家公女の証言は公には強いの。

金髪ちゃんはもう察したのね。私の方を見て青くなって震えている。

「一々加害者のお前達に教えてやるはずがない。最後の忠告だ。少しでも生き長らえたいなら、むしろ同種の人間達でどうにか生き残りを模索すべきだ。行こう」

金髪君を相手にする事もなく、ラルフ君は気絶する家格君を含めた上級生グループとの話を打ち切った。自分達の張ったテントの方へと踵《きびす》を返す。もちろん私達はそれについて行くわ。

「お待ちになって、ラビアンジェ様！」

けれどラルフ君の後に続こうとした私の腕を、ガシッと両腕で捕獲した金髪ちゃん。何だか素手でカツオ漁でもしているみたいになっているのだけれど、私の腕はそんなに力いっぱい抱きしめなくても、ビチビチ暴れたりしないわよ？

「仮にもあなたはロブール家の公女でしょう！　身分が下の者を助けるべきでしてよ！　ここを出たら態度も改めて差し上げるし、出てからも愛称で呼んでかまいませんわ！　ですから私達を取りなしてそちらに加えてちょうだい！」

「まあまあ、困りましたわね」

随分と支離滅裂な持論、いえ、この場合は自論がしっくりくるわ。自論も酷いけれど、この子が提示するメリットも酷過ぎね。

ふと視界の端でこちらにゆっくり近づく人影が。奇行に走る金髪ちゃんを引き剥《は》がそうと思ったのね。うちのリーダーとお孫ちゃんに、小さく頭《かぶり》を振って止まってもらう。錯乱する人に近づくのは良くないもの。

「あなた色々と思い違いをなさっていてよ。公女だからこそ、下の身分の者を誰でも助けたりはしないの。むしろ高位貴族になるほど、誰彼構わず助けないのではなくて？　侯爵令嬢として生きてきたのなら、それくらいは教わってらっしゃるわよね？」

「それは下々が対象でしてよ！　私は高位貴族、侯爵令嬢ですわ！」

「ふふふ、それこそ利害関係によって軽はずみには助けない身分ですわね。ただ、ロブール公爵家からすれば、あなたの家門も十分下々よ？」

「何ですって！　あなたごときが馬鹿になさるつもり!?」

「それに何度も私を公女らしくないと言ってらしたでしょう？」

「だって本当の事じゃない！　だから今こそ私に公女らしさを示しなさいよ！　私は公女と違ってA組《クラス》で上級生なのよ！」

あらやだ、怖い。髪を振り乱して、目が血走っていて、口調もすでにお嬢様を逸脱したわ。

「上級生だからという理由だけで、命のかかったこの場で、どう考えても自分達を死に追いやりそうなあなた達を相手に、それを示せと？」

「そうだ！　無才無能で魔力も低く、婚約者の王子からも嫌われ、ロブール家からも煙たがられている公女なら、俺達を通してそれぞれの侯爵家に恩を売って、後見につけても損はないだろう！」

今度は金髪君も参戦ね。頑張ってアピールする割には、その方向性も、彼自身の貴族令息としての価値も、まるで明後日《あさって》の方向に全力疾走よ。

そもそも私を煙たがっているのは、実母と義妹だけ。うちの当主はそれ以前の問題で私だけでなく家族全員に興味がないから、煙たがる関心すら持ち合わせていない。

「何故そう思えるのか不思議。そもそも私に何かしらの後ろ盾は必要無くてよ？　もちろん生家であるロブール公爵家すらも。王子の好意も、将来の王子妃や公女の立場も、私が必要とした事はありませんわ」

「強がりね！　シエナから色々聞いているわ！　嫉妬《しっと》して義妹を常に虐めているらしいじゃない！」

鬼の首を取ったようなお顔で、見当違いが過ぎるわ。そもそもが鬼のような歪《ゆが》んだお顔だけれど、貴族令嬢以前に女性としてどうなの？

「それにトワイラ家とルーニャック家。そのどちらもがニルティ家と縁故のある家門だけれど、だからこそあなた達のお父様にして当主であるお二人は、ニルティ家と同じ四公のロブール家には感謝こそしても、恩は返さない」

「そんな事は……」

「あらあら、そんな事はありましてよ。だってニルティ家との縁を持つ、二つの侯爵家がロブール家の公女を後見するのでしょう？　仮にも侯爵家の当主なら、四公の勢力図を偏らせる事も、ニルティ家に睨《にら》まれる事も、避けたいのではなくて？　ロブール家と共同事業すらもしていない関係なのだし、ロブール家が与える見返りもないのに、何人かいる自分の子供の一人を、たかだかチームに加えただけで後見する？」

　ふふふ、金髪君も少し冷静になったみたいね。顔色が悪くなったわ。

「有り得なくてよ。大方子供の主張した事として、恩を踏み倒して終わり。もっとも関わりがないのだから、恩を返してもらう機会すらないかもしれない」

「そ、そんなのあなたみたいな方が把握していらっしゃらないだけで、わからないではありませんか！」

　それでも金髪君はゴネるのを止めてくれないわ。まともに話すのは無駄ね。

「それならそれで良くてよ。押し問答する価値をあなた達に見出《みいだ》せないもの。ああ、それから愛称呼び？　それに何の価値があるの？　この討伐訓練の間だけと限定して許可していたけれど、私は一度として愛称で呼んだ事がないのに気づいていらして？　そもそも公女である私は、自分の名を呼ぶ許可すらも出した事は無かったのに、どうして私を名前で呼んだのかしら？」

「そ、んな……」

　まあまあ、今更ながらに気づいたの？　金髪ちゃんはうっかりさんね。

　貴女達がこの森に入ってすぐ、自分達の周りにだけ防御魔法を展開したあの時から、心の中では名前ですらも呼んでいないの。けれどそこまでは言わないわ。若者に辛《つら》く当たる理由もないし。

　下に見ていた私の言葉に、ショックを受けたのか、腕から伝わる震えが一段と大きくなる。

「勘違いなさっていたのね。私の周りでは学園と、実質的な貴族社会での身分を混同してらっしゃる方が多々見受けられますもの。王子が婚約解消を願っても、王家が良しとしないのがロブール家の公女であり、嫡子である私だと、もう理解なさったのでしょう？　でも私が望まない限り、特に大きな沙汰《さた》はないから安心なさって？　まだ学生ですものね」

「さ、沙汰……まだ、学生……」

あらあら？　慰めた甲斐《かい》がなく、ガタガタと本格的に震え始めちゃった。でもいつまで私の腕を、活きの良いカツオ扱いにするのかしら？　お孫ちゃんも驚いたお顔になっているから、そろそろ放してくれない？

「だからお気になさらないで。もちろん私も気にしていなくてよ。だって興味のない方を気にしても仕方ありませんもの。これまでも平穏無事に学園生活を送れていたでしょう？　もちろんこれからもきっと、気にしないはずよ。あなた達も今と違う未来を招きたくはないでしょう？」

淑女の微笑みを浮かべて、安心させるように具体的に教えてあげれば、金髪ちゃんの腕力が急速に弛《ゆる》む。と思ったら座りこんでしまったわ。

でも良かった。完全にうつむいてしまったから表情はわからないけれど、きっと安心して腰が抜けたのね。すぐそこの金髪君も座りこんで項垂れたわ。

「公女」

「ええ、行きましょう」

ラルフ君に促されたから、ここまでよ。何か言いたそうなお顔が気になるけれど、彼は無口だから言いたくなるのを待ちましょうか。お婆ちゃんは気が長いの。

「ロブール様、素敵です」

「そう？　慰めて安心させてあげただけなのだけれど、ありがとう？」

「「「……安心？」」」

どうしてかしら？　うちの子達に加えてお孫ちゃんまでもが、残念な何かを見るような目で私を見たわ。解せない。

※※舞台裏※※　生態系を変えるかもしれないチーム腹ペコ（ジョシュア）

「まだ居場所が特定できないとは、どういう事だ‼」

ミハイルが両手をテーブルに叩《たた》きつけ、立ち上がった。

場所は生徒指導室だが、私達が何か問題を起こしたわけではない。長らく婚約の解消を望み続けた私の婚約者を含む、合同チームＡＤ９が転移陣を通った後、消息を絶ったのだ。

発覚したのは全員が転移し終わった後。ＡＤ９だけが本来の転移先で確認が取れなかった。

前代未聞の事態に、合同討伐訓練は急きょ中止。私とミハイル以外の生徒は特に説明もされないまま、一年から四年まで全ての学年が帰宅を促された。

ミハイルは当主代理、私は複数の立場からこの場にいる。ロブール公女の婚約者、生徒の代表たる生徒会長、国王陛下の代理だ。代理なのは、この王立学園の後ろ盾がロベニア王家であり、在学する王族の年長者故。

「落ち着け、ロブール家の。いつも冷静な貴殿はどうした」

宥《なだ》めたのはウォートン＝ニルティ。行方不明中の同級生、エンリケの実兄であり、ミハイルと同じく四大公爵家の次期当主だ。私の異母兄と同世代の彼は、当主代理だからか弟を心配しているからか、いつもの飄々《ひょうひょう》とした様子は鳴りを潜め、神妙な面持ちで腕を組んでいる。二人いた先代王妃の内の一人と全く同じ、ミルクティー色の髪と緑灰色の瞳《ひとみ》をしている。

我が国では現国王の実母にして先代国王の正妃を王太后、先代国王の正妃だが子が王の座につかなかった王妃はそのまま先代王妃、もしくは前王妃と呼んでいる。先代王妃は言わずもがな、ニルティ公爵家の元公女だった。

私はベリード公爵家から嫁いだ現王太后の血を継いでいるから、ニルティ家と近しい血縁関係ではない。

私達直系の王族は、王妃の位についた者と血の繋《つな》がりがなくとも母や祖母と呼ぶが、臣籍となった王族は直接の血縁者でない限り、母や祖母とは呼べない。

先代王妃の実子である二人の王弟の内の一人は、辺境侯爵家であるウジーラ家に婿入りしており、エンリケ＝ニルティとミナキュアラ＝ウジーラは近しい血縁関係となる。

そしてペチュリム＝ルーニャックとマイティカーナ＝トワイラは、ニルティ家と縁がある家門だ。だからだろう。ニルティ家当主代理が、四年生全ての親族の代理を務めるとしたのは。

二年生の関係者がミハイルだけなのは、公女を除けば下級貴族や平民の出ばかりで、全員の生家が王都にはないからだ。駆けつける事がそもそもできなかった。

それぞれの四公当主が代理を立てたのは、各当主が城の要職に就いており、抜ける事ができなかった為《ため》だ。

「転移陣の解析結果がもうじきわかるかと。もう暫《しば》しの辛抱を願いたい」

この場で私達を出迎えた初老の学園長が頭を下げれば、ミハイルは拳《こぶし》を戦慄《わなな》かせながらも椅子にドスンと腰を下ろす。いつもの彼からは考えられないほど乱暴な動作だが、それ程に実妹を心配しているとわかる。学園長の隣に座る四年生の学年主任もそれを感じたのか、顔を曇らせている。

それにしても、ニルティ家当主代理の先程の言葉。まるで普段の様子を知っているかのようだ。

二人にそこまでの交流があったのだろうか？

少なくともミハイルは同じ組ながら、ニルティ家次男のエンリケと自ら関わろうとした事はない。

そしてミハイルを側近にと望む私とも、必要最低限しか関わろうとしてこなかった。

その理由は恐らく私が彼の実妹――婚約者に対して取り続けた言動が招いた、当然の結果だと今なら合点がいく。

昨日彼女を負傷させ、初めて本人から明確に咎《とが》められた後、教師陣からも苦言を呈された。

そして彼女に付けていた影からの報告書を、婚約して以来、初めて読んだ。

【邸《やしき》には月に一度、家族揃《かぞくそろ》っての夕食会で入るのみ。平素は離れで暮らし、自ら料理や身支度をしている。食材は懇意にする料理長や使用人から時折差し入れを貰《もら》う以外、野山で自ら山菜や茸《きのこ》を摘み、通りがかりの冒険者に捌《さば》き方や罠《わな》の張り方を教わって獣を狩り、自給自足生活を楽しんでいる】

何だ、この報告書。どこの遊牧民族の生活だとつっこまずにはいられなかった。

【食べられる山菜か時々影である自分に確認してくる。無視すると勝手に食用と勘違いし、毒草を口にしようとする。慌てて止めに行く事多々あり。気づけばこちらの反応を見て、学習して食べられる山菜や茸の知識を広めつつある。正直迷惑。影に徹したい】

……あいつ、逞《たくま》しすぎだ！　広める知識が間違っている！　影も報告書で愚痴るな！

【服は使用人達から譲られたお古。まあまあなくたびれ感。自分のお古でマシなのを置いてみた。喜んでくれた】

【城下に一人出ている。初めは使用人伝手《づて》だけの知り合いが、かなり増えている模様。食材の物々交換や店番を頼まれる代わりに、交渉して服の新品を手に入れるまでに。成長を感じる】

……もう何も言えない。影の育児日記か、これ？

確かにロブール家公女としての従来の義務は果たしていないが、享受した権利がそもそも少な過ぎる。基本生活は自給自足。私との名ばかりの婚約を拒否せず、不満も口にせず継続させているだけで、享受に対しての義務は果たしていた。

そもそも公女として何の権利を享受していたのかも疑問だ。

月に一度の食事会も、二回に一回は腐るか必要な下処理がなされていない、料理とも言い難い食事を出されていた。嬉々《きき》として再調理していたようだが……。

その上、まだシエナが養女になる前、王家から影がつけられる前日、母親の攻撃魔法により彼女は瀕死《ひんし》の重傷を負っていた。ミハイルが習い始めたばかりの治癒魔法で命を繋げていなければ、亡くなっていたとの一文にはゾッとする。

報告書にはあらゆる教育から逃走する実妹を、血眼になって探すミハイルの様子も度々書かれてある。それは本気で実妹を案じる兄の姿だった。

思えばロブール家当主と次期当主である父兄が彼女を悪《あ》し様にし、軽んじた事は一度もなかった。父親はそもそも家族というものにただ無関心、兄は教養の強要に躍起になっていただけだ。正直それはそれでどうなのだ。

もちろん責任から逃走する様はいただけない。教養を強要するあのミハイルからの逃走を完遂する逃走猛者っぷりにはむしろ感心したが、王子の婚約者としては全く相応《ふさわ》しくないと改めて確信した。

ただ無才無能が過ぎるからこそ、第一王子派からはこれ以上ない敵対勢力の無能な妃候補《きさき》として、第二王子派からは操り人形にしやすい血統だけの妃候補として認められ、生家の無関心も相まって寧《むし》ろ誰からも命を狙われない安全圏。正直それもそれでどうなのだ。

ミハイルは邸での実妹の扱いを知らなかった可能性が高い。そして今、彼の隠しきれない焦燥を目の当たりにし、予想は当たっていたのだと確信する。

だがそれだけではない。報告書に書かれたシエナの真の顔に……唖然《あぜん》とした。私の後に報告書を読ませたヘインズ共々、二の句が継げなくなった程、酷《ひど》い内容だ。

シエナの嘘《うそ》に惑わされ、私は王族としてあるまじき醜態を、どれほどの者に曝《さら》してしまったのか。

そして教師の苦言通り、私の発言が周囲から見ても明らかに目につく程の暴力性を持った時、他ならぬあの婚約者が私を庇《かば》ってくれていた。まあ大半は暴言を適当に受け流し、トンチンカンな物言いで煙《けむ》に巻くだけとも言えるが。

――コンコン。

不意に部屋の扉がノックされ、それぞれの組《クラス》の担任達と、二年の学年主任が入室する。全員が沈痛な面持ちで、嫌な予感しかしない。

「彼らの転移先が判明しました。……………蠱毒《こどく》の……箱庭です」

二年の男性主任が重い口調で発した言葉に、しかし一瞬理解が追いつかない。

「……それで？　学園側はどう対応する？」

沈黙の後、いち早く感情を押し殺したように口を開いたのは、ミハイルだ。

「理由を……」

「そんなものは後でいい。事態は一刻を争う。学園側はどう対応するのかと聞いている」

自らの担任が理由を話そうとするのを遮ってそう尋ねるには、それだけの理由があると誰もが理解しているだろう。

よりによって……。ある意味隣国も絡んだ、治外法権の森ではないか。

「そうだな。俺は四年生全ての家門の代表でもあるが、場所が場所だ。学園がどう動くか先に知りたい」

ニルティ家次期当主もミハイルに賛同すれば、学園長がグレイカラーの髪と同色の顎髭《あごひげ》を撫《な》でながら慎重に、重く答える。

「最速で助けられるよう動きましょうぞ。しかし動く時期は、王家と相談せねばなりません」

その言葉にミハイルは、怒りを逃すように一度大きく息を吐き、まるで無事だという答えを乞うように問う。

「妹の兄としてあの子の担任に一つ確認したい。生きていると思うか？　主観でかまわない」

少し間を置いて、この場で唯《ただ》一人の女性担任が口を開いた。

「……二年のあのチームに限っては、生きているはずです。彼らなら蠱毒の箱庭であっても生き残る可能性は高い。彼らの個々の実力は冒険者のB級が精々。公女に至っては、底辺に近いかもしれません。しかしチームとしての実力は、冒険者パーティーのA級に匹敵します」

「どういう意味だ？」

「公女がいらっしゃいます。彼女の主に食料になる魔獣への知識と、それを捕獲する為の魔法具の改良、そして人を的確に使う腕前は目を瞠《みは》るものがあります。そして彼らにとって魔獣は食料。どこかの狩猟民族並みに彼らは食欲に忠実で、仕留めて食べるまで努力を惜しみません」

訝《いぶか》しげに問う四年A組の担任への答えに、二年主任以外、一同困惑したのが雰囲気で伝わる。

話の雲行きがおかしな方向にダダ流れしていないか？　生きるか死ぬかの話が食欲の話に変わった？

「彼らは私の組では畏敬《いけい》の念を込めて、こう呼ばれています。チーム腹ペコと。蠱毒の箱庭に転移したと聞いた時から私は、救出が遅れて蠱毒の箱庭の生態系が変わらないかをむしろ心配しているんです」

「「「「「……？」」」」」

二年D組の担任の言葉に神妙に頷《うなず》く同学年主任以外、やはり皆が言葉の意味を正しく理解できなかったのは言うまでもない。

「それなら、上級生達も……」

「いいえ」

「恐らくそれはないでしょう」

ややあって発したA組担任の言葉を遮り、二年の関係者二人は即答して首を横に振った。女性担任の方がやや食い気味だ。

「私の組は高位貴族達ばかり。剣や魔法の腕前、魔力、学力に関してもこの学園でトップクラス。言い方は悪いが、D組のチームに劣ると？」

不快感を顕《あらわ》にする金髪の彼は、A組を担当する事を誇りに思っていると常々口にする。しかし特にD組を蔑《さげす》む発言が時折見られる。あれだけ婚約者のD組入りを恥じていた私が言うのもなんだが、教師としてはどうだろうか。

「冒険者パーティーの最高レベルであるA級ですら、蠱毒の箱庭に足を踏み入れれば帰って来られないと言われている場所ですよ。チーム腹ペコが生き残る可能性が高いから上級生達も、とは言えません」

「何だと」

不穏な気配が両担任の間に漂うが、チーム腹ペコという気の抜けた単語が、その雰囲気を緩和する不思議な感覚に陥らせているのは私だけだろうか。

「これは見せるつもりの無かった資料ですが……まずは目を通していただけますか」

そんな担任達の間に割って入るのは、年若い茶髪の二年主任だ。持っていた資料の束から何かの紙の束を抜き出し、同じ髪色をした壮年の四年主任に差し出す。

それを見たA組担任の顔色が瞬時に変わる。

「どうして今まで黙っていた⁉」

パラパラと捲《めく》った四年主任が声を荒らげる。

「これは昨年度卒業したD組の生徒が証言のみをまとめた書類です。それ以外の明確な証拠はありません。合同討伐訓練前、彼の担任するA組の生徒に気を配って欲しいと、今朝彼女が彼に渡そうとしていました。しかし彼はD組の大半は下級貴族や平民ばかりだから、見たところで無意味だと突き返した。私はたまたまその直後に居合わせたので、彼女から預かっていました」

「それをこんな場で見せるとは、どういうつもりだ‼」

冷静な若い二年主任と取り乱す中年のA組担任。資料の中身はわからないが、話は事実だろうと察する。

学園長も資料を見て顔を顰《しか》めた。

「何故《なぜ》このタイミングでこの資料を？」

「四年生だけで生き残るには難しい。しかしチーム腹ペコと行動を共にするならば、彼らの生存率は上がります。その資料通りの事をチーム腹ペコの誰かにしない限り」

「考えたくはないが、もしその通りに害を与えたら？」

学年主任同士のやり取りに耳を傾けつつ、些細《ささい》な事だがチーム腹ペコを連呼しないで欲しいと思ってしまう。事態は深刻なはずなのに、気が削《そ》がれる。

「彼らは行動を別にするでしょう。当然です。蠱毒の箱庭でそんな事をするのは、自分達に死を突きつけるも同然。そしてチーム腹ペコが離れれば、四年生達は間違いなく全滅します」

「もしそうなった場合、そのふざけた名前のチームが何らかの責任を負うかもしれないが？」

ふざけた名前には心から同意するが、投げられた質問に答えているだけの、自分より年若い女性担任を脅すような発言はいただけない。

しかし彼女は冷静に、冷めた目で反論した。

「蠱毒の箱庭でなら、チーム腹ペコの判断は妥当です。彼らは単体ではなく、チームで補い合うからこそ、生き残れる可能性が生まれるのですから」

「学園長、その資料は何だ？　内容は随分と物騒なようだが、それに俺の弟が関わっていると？」

そこで初めてニルティ家次期当主が口を挟めば、許可を与えるように学園長が女性担任へ目配せした。

「この資料は昨年度のD組の卒業生が、自分達の卒業研究を引き継ぐ同じD組の後輩に、餞別《せんべつ》として贈ったものです。コピーして各リーダーが保管していました。今朝私の組のリーダーの一人が確認していたのを偶然見つけ、この資料の存在を知りました」

説明を始めたところで、学園長が資料をニルティ家次期当主に手渡す。目を通した途端、彼は眉《み》間《けん》に皺《しわ》を寄せた。間違いなくよろしくない何かが書いてあるようだ。

「過去のD組も、これまでに似たような事をされていたと聞きました。もちろん明確な証拠はありません。全ては憶測や気のせいだと言われればそれまでですが、在学する他の学年のD組にも似たような被害があるかもしれません。ただ、私が担任を務める二年D組は何かしらの対処をして、全員が今回の合同討伐訓練に臨んでいたようです」

「なっ、罠にかけたと⁉」

この金髪の中年男は先程からずっと感情的だ。正直、見苦しい。

自らの担任の言動を不快に感じていた時、ふとクジで同じチームになった二年生が、終始緊張した面持ちだったのを思い出した。あれは警戒されていたのか？　当然だが私は合同討伐訓練の際、誰かを脅かすような真似《まね》はした事がない。私とチームを組む者達もそのはずだが……。

「罠？　随分見当違いな発言ですね」

彼女の発する声には嫌悪が含まれる。

「自己防衛です。何もされなければ何も起こりません」

「屁理屈《へりくつ》だ！」

険しい顔で女性担任へ詰め寄ろうとする男に、年若い二年の主任が間に入った。

「それこそチーム腹ペコは昨年貴方《あなた》が受け持ち、今はB組となった生徒によって囮《おとり》に使われ、危険度Cとなった一角兎《うさぎ》の群れに取り残され、見捨てられましたよ」

「待て、それは聞いていない」

怪訝《けげん》な顔をしたミハイルが即座に口を挟む。自分も参加した昨年の合同討伐訓練で、実妹がそんな危険に曝されていたとは思いもよらなかったのだろう。

「あの時、私と彼はチーム腹ペコを残して去って行く、当時の三年生を目撃しています。しかし私達担任同士の目撃証言に、食い違いがありました」

「だがあの生徒達は最終、停学処分となった！　公女も特に言う事はないと言った！」

Ｄ組担任に指を差されたＡ組担任は激高し、自分達の間にいた二年主任を押しのけようとしたものの、彼の方が若いからか力で押し負けて敵《かな》わない。

「公女は明確な証拠もないのにＤ組で、かつ平民と下級貴族で構成されたこのチームが声を上げるのは無駄だと言ったんです。そして可愛《かわい》い兎との時間を上級生も共有できたようだから、何よりだと。結局上級生チームも一角兎に囲まれて、襲われましたからね。そこで溜飲《りゅういん》を下げたんでしょう」

いや、どんな溜飲の下げ方だ。ミハイルも一瞬頬をひくつかせたぞ。

あの時の報告は、確か上級生の不注意で一角兎の群れに囲まれたチームがいたが、怪我《けが》人はいなかっただったか。裏で起きていた事までは知らされていない。

「囮にされた生徒達の担任である私からすれば、たかが一週間の停学です。それも問題の生徒達に別の暴行問題が出てきたからでしょう。当初の会議では、数日の謹慎処分で決定していました。それはこの場の教師全員の記憶にあるのではありませんか」

「ああ、もちろん覚えている」

四年主任が静かに答え、学園長も軽く頷く。話は上までいっていたようだ。

今年の進級の際、Ｂ組となった者達は覚えている。まさか彼らがそんな事をしていたとは。それも四公の公女であり、第二王子である私の婚約者がいるチームにそんな事を……。

いや、だからか？　昨日までの私の態度は、周囲の者達に公女を軽んじさせるのに十分、蔑み貶《おとし》める言動だった。態々《わざわざ》Ｄ組に赴き、罵倒《ばとう》した事が何度もある。

そしてある可能性に思い当たり、冷や汗が噴き出る。仮に私達の名前がその資料になくとも、これまでの言動から、私自身が下級生に緊張を強いた元凶だった可能性は高い。

「あの時も証言しましたが、私は上級生達がわざと彼らの命を危険に曝したと、あの時見た光景から判断しています。仮の話、証言しかなくとも、下級生の全員がA組《クラス》の高位貴族であったならば、一週間の停学などという甘い処分にはならなかったはずです」

ミハイルを横目で窺《うかが》えば、いつの間にか受け取っていた資料を見ていた。やがて仄暗《ほのぐら》い目で、自らの担任となって四年目の男を見つめる。

「しかしあの時は明確な証拠もなく、上級生と下級生の担任である私達以外、あの場を目撃した教師がいませんでした。貴方は自分の生徒の方が被害者だと、そう一蹴《いっしゅう》した。確かに彼らは初めての魔獣討伐でパニックに陥り、足を引っ張りましたからね。私達教師が予測し得る範囲でしたが」

「それは……」

騒がしかった担任は反論しようとするも、口ごもる。

「別の教師がそれ以前にあった、チーム腹ペコへの暴行現場を目撃したと証言し、更にはC組以上の生徒への暴行の訴えと証拠が提出されていたから処分がそうなっただけです。まだ学生だからと当時担任だった貴方が、校則にある複数懲罰の禁止事項を持ち出し、討伐中の下級生への安全配慮義務を怠ったという名目を選んだ。それだけなら、一週間の停学はむしろ厳しい処分だと周囲は思いますから。決して新入生達に意図的な命の危険をもたらした事への処分ではありません。この学園がそう判断を下した以上、彼らの自己防衛は当然の結果ではありませんか？」

そしてD組担任の続く言葉で、学園側の人間全てが押し黙った。

「この学園は王立です。D組がどういう存在か、私達は皆、良くも悪くも理解しています。もちろんD組の生徒達も。ですから彼らはあくまで自己防衛を取っているだけ。何も無ければ何も起こりませんし、それを制限する校則はありません」

彼女の言葉に集中していた私の視界に資料が映る。ミハイルが差し出したそれに私も目を通して……戦慄《せんりつ》した。

資料は調査報告書のような体を取っており、名前と魔法、体術、剣術等の得意分野、そして過去にどのような方法で被害を与えたか、わかりやすく明記されていた。チームAD9の上級生で、ミナキュアラ＝ウジーラを除く三名の名前を見つける。

四年A組の三割の名前を確認するも、私やミハイルを含め、自分達のチームの者の名前はない。そこには安堵《あんど》したが、やはり今日の二年生達の警戒は、私が日々行ってきた婚約者への愚行からだったと確信を得て……人知れず落ちこむ。

「貴族や平民の富裕層ともなれば、常から自衛を行うのは当然の権利だ。D組の者だからとその権利を放棄させ、ましてや責める事などあってはならない。経緯はわかった。この資料の内容が全て一方的な証言のみで、確たる物証等が無い事もな」

ニルティ家次期当主が口を開く。その表情から弟を心配する兄の顔は窺えない。

「この学園のD組の位置づけ、待遇については学園、もしくは監督する王族の問題だ」

突然飛んできた言葉の刃《やいば》に胸を抉《えぐ》られるも、そんな事は歯牙《しが》にもかけず、彼は続ける。

「俺が学生の頃からの話だが、D組の担任教師の言うように、この学園は王立。学園であっても身分の壁はあって当然。当時の状況から、その上級生チームに科した懲罰は妥当だと俺は支持する。そしてその資料の把握が二年D組の担任と同学年主任のみだった事も、時間の無さからやむなしだろう。A組の担任には知らせようとしたようだし、むしろ彼女達は公平だった」

冷めた緑灰の瞳《ひとみ》を向けられたA組担任が、ビクリと体を震わせた。

「それで、俺の弟含めた四年生とチーム腹ペコとやらは、最終的にどうなると貴女《あなた》は考えている？」

恐らくニルティ公子は逸《そ》れた話を軌道修正しつつ、弟がこれまでに犯したかもしれない行為を看過させた。

侮れないな。私の異母兄がこの学園に在学中、学友として関わっていただけの事はある。

「四年生達が二年生達の命を危険に曝さず、または家柄や学園での位置づけからチーム腹ペコの生きる為の行動を阻害さえしなければ、四年生も生き残る可能性は高くなるでしょう。チーム腹ペコのリーダーとサブリーダーは冒険者登録もしています。協力するなら、見捨てる事は決してしません。上級生達の賢明な判断を、教師として心から願っています」

「ふっ……絶望的だな」

思わずだろう。ニルティ家次期当主は自嘲《じちょう》気味に鼻で笑う。

もし資料に書いてあった通りに上級生三人が行動するなら、まず私の婚約者という立場に長年居続け、魔力の少ない公女に何かしら仕掛ける。エンリケはそういう性格だ。それに彼もまた、昨日までの私と同じくシエナを可愛がり、私と共に婚約者の差し替えを望んでいた。

シエナの嘘に振り回されたとはいえ、無才無能で性悪な女だと事実関係を確かめもせずに決めつけ、公衆の面前で貶め続けたのは私の責任。王子妃として相応しくないからといって、王族という立場と権力を持った私が彼女を貶め続けて良いはずが無かった。エンリケ達が彼女を標的にするとすれば、それもまた己の言動が招いた結果だ。

資料を握る手に力が入り、くしゃりと皺が寄る。まだ気持ちの整理もついていないうちから、こんな事になるとは。だがすぐに整理がついたとしても、ヘインズ以外の側近候補へすぐに伝えるかと聞かれれば、否と答えるだろう。

どちらにせよ婚約者への言動を改める旨だけは、エンリケ達の為にもすぐに伝えるべきだった。まさか彼らがと思わずにはいられない。だから……いや、結局言い訳だ。

一縷《いちる》の望みはミナキュアラ嬢か。彼女なら下級生への私的な攻撃は決して許さない。実際私は過去に彼女から婚約者への言動を諌《いさ》められた事もあるし、資料には彼女の目の届く所にいるようにと注意書きがある。

そして彼女は同級生がチーム腹ペコに見捨てられるとしても、仮に彼女が頼めば自分だけはチーム腹ペコに同行を許されるとしても、不出来な同級生に最期まで付き合う。義理に厚いのが辺境の防衛を担うウジーラ侯爵家であり、彼女もまたその気質を色濃く継いだ令嬢だ。

……助けたいと切に願う。しかし父上は、国王陛下は……。

「学園側の話はわかった。このままここに留《とど》まってもやる事はない。こうなった原因は大方推察しているが、因果関係まで調べはついたのか？」

ミハイルが大きく、長くため息を吐いた後、学園側に尋ねる。

原因は間違いなくあの転移陣の誤作動だ。因果関係とは故意に行われたかどうか、故意ならば誰が何の目的で行ったのかまでを含んでいる。

「申し訳ありません。まだ……」

二年主任が心苦しそうに顔を歪《ゆが》め、D組担任は頭を下げる。

「そうか。陛下に事の顛末《てんまつ》をすぐさま直接報告し、学生達の救助もその場で要請して欲しい。あの箱庭で生き延びられたとして、それがいつまで続くかはわからないはずだ。それに妹はもちろん、チーム腹ペコの誰か一人でも何らかの理由で使えなくなれば、結局待つのは受け入れ難い死ではないのか」

「……っ」

ミハイルの言葉に、くしゃりと泣きそうに顔を歪めたD組担任は、あえてチーム腹ペコの死については直接的に言及しなかったのだろう。

あの箱庭に転移したとわかった時点で、彼らは自力でそこから出てくるしか生還の道はなく、それがあまりにも難しいと誰もが察している。

もちろん私の隣で、己の膝上《ひざうえ》に置いた拳《こぶし》を無意識に固く握りしめるミハイルもそうだ。

それでも兄として妹の生還という希望を捨てられず、国王陛下への救助の要請を急がせたいのだ。

……何らかの理由で使えなくなる、か。

エンリケ達が公女へ害を与えた場合も示唆し、最後の言葉だけはニルティ家次期当主を横目で見ながら告げた。ニルティ家次期当主がさらりと流した弟の暴行容疑へ暗に触れる事で、妹に何かあれば流すつもりはないと、ミハイルは言外でそう告げたのだ。

「では国王陛下への要請と、因果関係を含めた調査結果を随時知らせるという事で、この場はお開きにしてもらおう。本来なら国王陛下には事前の謁見申請が必要だが、事が事だ。私とロブール家当主代理の方から当主を通し、すぐに学園長が謁見できるよう取り計らう。殿下からも生徒会長として、ロブール公女の婚約者として口添えを頼みたい」

「そうしよう」

ニルティ家次期当主の言葉にすぐさま了承すれば、ミハイルも無言で頷《うなず》く。四公の次期当主同士での言外のやり取りと牽制《けんせい》が終わりを告げた。

「学園側の責任は追及する。こちらからもすぐに各所へ知らせを出すから、そちらも迅速に動いてくれ」

「そのように」

ミハイルは最後にそう締めくくる。神妙な顔で了と答えた学園長の言葉が言い終わらないうちに、次期当主は二人して立ち上がって出て行ってしまった。

その後は先に通信用魔法具で知らせを出し、学園長と二人で急ぎ城へ向かう。

馬車に乗りこむ直前、物陰にいた側近候補の空色と目が合った。指導室へ共に入れず、ずっとここで私を待っていたようだ。彼も私の婚約者への行き過ぎた言動を自覚し、罪悪感と己への恥に苛《さいな》まれている。

陛下を説得できなければ彼の力を借りるかもしれないと、そう意図を持って視線を交《か》わしてから乗りこんだが、果たして通じただろうか。

城に着けば、いくつかある小会議室の一室に通された。さほど待たずに陛下と宰相が入室する。

「なるほど。よりによって蠱毒《こどく》の箱庭とはな。しかもロブール公女が……」

学園長から事の顛末を聞かされた陛下は、いつもはどこか無機質で冷ややかさを与える朱色の瞳に、悩ましげな憂いの様相を見せた。

薄く青みがかった銀髪は、私のように濃い銀色ではない。しかし銀髪はその色味に違いこそあれ、王家の直系によく現れる色であり、互いに血縁を感じさせる色でもある。

「結論から言って、国からの救助は出せません」

侯爵家当主でもある薄茶色の髪をオールバックにした宰相の返答は予想通りだ。

見殺しにすると暗にそう告げた言葉に、ドクドクと心臓が嫌な音をたてる。握りしめた拳の力が抜けず、思わず何故、と呟《つぶや》く。

「結界の性質による、とだけ。隣国も絡む結界です。詳しく話せない事をお察し下さい。学生達の各家には、国からの救助ができない事も含めてそちらでご説明を。二公のご当主方には、私から説明しておきましょう。もっとも彼らは結界の性質については熟知されています。問題はありません」

宰相がそう言うと、こちらが意思を示すのも待たずに陛下が立ち上がろうとする。

まずい！　学生達が見捨てられる！

「待って下さい、陛下！　いや、父上！　学生達はどうなるのです！　仮にも王立学園の生徒ですよ！　それに王子である私の婚約者もいる！　国が助けないなどあってはならない！」

すぐに立ち上がって父上に詰め寄ろうとするも、宰相が無言ですっと間に入る。父上はそんな私を見て、小さく嘆息した。

「だから余にどうしろと？　そもそもが王立学園の生徒であろう。入学の際、余が、学園長が祝辞を述べる時に必ずこう伝える。学生である前に貴族。この学園への入学が許された平民ならば、何かしら国の責任の一端を担うべき者。学生という立場に甘えず、自らの責を忘れるな、と」

ぐっ、と唇を噛《か》む。その後に続く王族としての責についての言葉も……覚えている。

「そもそも結界の性質以前に、国王に、ひいては国に忠誠を誓う騎士や魔法師が、我が国の貴族や富豪の為に、隣国との境界に位置する蟲毒の箱庭に足を踏み入れよと？　そのような事、隣国との関係上できぬと推察できよう。あの箱庭があるからこそ、我が国と隣国は共闘という立場による結びつきを選び、無用な争いがないのだ。学園でもそれは教えられるが、お前は入学前の王子教育で既に学んでおったはず。加えて、結界魔法に何かが起こり、中の蟲《むし》が解き放たれればどうなる。我が国だけでなく、隣国の民をも巻き込んだ大惨事だ。最悪、それが引き金となって隣国との戦争が起こる。しかしそれだけでは終わらぬ。仮にその戦に勝利したとて、国力が衰えるは必至。となれば他国からの侵略も有り得る。その時犠牲になるのは、またも民。祝辞での言葉はあくまで貴族や富豪へのもの。お前には王家と四公の存在意義について折に触れて伝えてきたが、未《いま》だにその傲慢《ごうまん》な性根は理解しておらぬようだ」

冷ややかな眼差《まなざ》しに血の気が引いていく。

「どちらにしても、そうした理由があって救助を出さぬ事に責は問えぬ。問うたところで結論は変わらぬ。せいぜいが王立学園の不祥事として、学生達が帰還した際に、後ろ盾である王家が何かしらの補償を行うだけの事。しかし学生達が行方不明のまま、死者が出たとも確認できぬ限り補償は難しいであろうな」

つまり……学生達はもちろん、その家族にも何もしないという事だ。貴族の頂点に位置する四大公爵家の二公が動かなければ、他の学生の家も表立っては動けない。そうか、だから宰相は二公の当主達に直接説明をするのか。

王子という身分にありながら、私にできる事は何もない。

「学園長よ。何故そなたを城へ入れ、余が直々に会ったと思う？」

「……私も……おります」

必要のないプライドで主張する私に、父上は再びため息を吐《つ》いた。

「たまたまついて来ておっただけであろう。そろそろ身の程を知れ。そもそもお前に人命や国の政《まつりごと》に関わるような権限を与えた事すらなかろう。余が何も言わずとも、学園での言動は全て聞き及んでいる」

思わずギクリと身じろぐ。

「ふむ、わかっておるようだ。それが今のお前への評価よ。故にお前に見合う程度の、王子としての最低限の権限しか与えておらぬ。去年あった合同討伐訓練中の事故の報告と、その後の同級生の懲罰の是非についてすら鵜呑《うの》みにするのみで、未だに疑問に思わなかった事を当然としておる。この場にお前はいてもいなくてもどうでも良い。それで学園長よ。何故かわかるか？」

学園での言動……最低限の権限……それに報告を……。

いつでも確認する事ができた影の報告書すら読まず、決めつけて婚約者に怪我まで負わせた事も、王族なのに学園の決定を聞き流した事も、ただ何も、苦言すらも呈される事がなかっただけだと言外に告げられた。それが何を意味するか……頭が真っ白になり、カタカタと体を震わせる。そもそもが父上に認められてすらいなかった。

「学園から救助を出さぬよう、釘《くぎ》を刺す為でしょうな」

「そうだ。此度《こたび》の件は学園側の不手際。それを払拭《ふっしょく》するのに教師を向かわせ、犠牲にされては困る。だが学園長はわかっておったであろう?」

「もちろんにございます。なれど彼らが助かる方法は、皆無でございますかな? 救助を向かわせられぬのはお聞きしましたが、陛下も宰相も一度として彼らが助からぬとは、口にされておりませぬが」

父上はその言葉にわずかばかり表情を崩す。

「ほう、気づいておったか。良策とは言えぬし、あくまで中の者達次第故、わざわざ口にはしておらなんだがな。宰相」

「は。王子はどうされますか」

「構わん」

そうして宰相の話を呆然《ぼうぜん》と聞く。しかし全ての話が終わった時、私の中に希望の火が灯《とも》る。

だがそんな私を父上は再び蹴《け》り落とした。

「さて、昨年の卒業生からD組《クラス》が譲り受けた資料があるそうだな」

「……はい」

「そこに書かれてある事。お前はそれを我が国の第二王子の婚約者であり、四大公爵家の一つ、ロブール公爵家の正式な血統に連なる公女に対し、行われると危惧《きぐ》するか？」

「それは……はい」

昨年度のD組の卒業生が綴《つづ》った成績上位者による悪行。それが第二王子の婚約者にも行われる可能性を認めるという事は……自らの言動が周囲に悪影響を与えていた事実を認めるという事だ。一瞬、誤魔化しそうになるも、無駄なあがきだと思い直す。

「何故だ？　むしろ四大公爵家の公子がいるなら、身を挺《てい》して王族の婚約者を守らねばならぬだろう。仮にもお前はその公子を側近にと考えていたな？　国の決めた王子の婚約者だ。仮にお前が婚約者を軽んじるならば、臣下としてそれを諫めねばならぬ。だが報告されるのは、それとは正反対の言動ばかり。ヘインズ＝アッシェ。あの者もそうだな」

すっと父上の目が細くなる。一番恐れていた事が起こる。

「申し訳ありません。全てが私の責任です。ヘインズに至っては、既に改心しております。エンリケはまだ……」

「そうか。お前と公女が入学してから今年で四年目と二年目となるが、まだその程度の者達しか側《そば》におらぬのか。ならばもし公子が公女を軽んじ、その資料の通りに害をなせば、それはお前の責。もちろん、公子のチームで追従する者がいるとすれば、それもまたお前の責。むしろ生還する者がおらぬ方が、お前やアッシェ家の三男にとっても都合が良いのかもしれぬな」

「な、に……」

思わず顔を上げ、怖気《おぞけ》が走る。

父であるはずの男は、ただ自分を検分するだけの、底冷えするような目を向けていた。

「良く考えよ。話は終《しま》いだ。宰相」

王に宰相が短く了承を示し、退出を促す。

私は学園長と共に退出するしかなかった。

※※舞台裏※※　保健室にて取引（ミハイル）
「やあやあ、待ちたまえ」

直ちに学園長達が国王陛下に謁見できるよう父の秘書に連絡を入れ、通信用魔法具のある部屋を出た俺は、軽い口調の飄々《ひょうひょう》とした男に呼び止められた。

「ウォートン＝ニルティ。帰るのでは？」

先程まで周りに放っていた、次期当主としての威圧感はどこへ放浪した。

しかし、実はこちらが普段の様相だと知っているくらいには、三つ年上のコイツに学園へ入学する前から、無駄に絡まれ続けている。何ならこれまでにあと何人かの王族や四公の誰かしらに絡まれてきているが、この男の絡み具合は、なかなかに酷《ひど》い。私的な場での敬語や、畏《かしこ》まった態度はとうに捨てたほどだ。

ただ、俺が第二王子一派といる時はしれっと距離を取っていたし、この男が学園を卒業後は当然学園外でしか会わなくなったから、俺達の関係性を知る者は学園の中では少ない。

「やや、顔色が悪いな。よし、保健室で休もう」

「遠慮する」

何言ってんだ、コイツ。一瞬煩わしく感じるも、思い直す。この男はこのふざけた雰囲気からは想像できないくらいに腹黒い。この状況で意味なく引き止めるはずがない。

「はっはっはっ。そんな顔をしないでくれ。しかしミハイル君がどうしても急いで帰宅するというのなら……ふむ。今ここで俺が倒れようじゃないか」

「何故《なぜ》そうなる」

余裕がある時ならまだしも、今は実妹の安否が気がかりで仕方ない。相変わらずの軽い口調に、こんなに苛《いら》つくのも久々だ。

「よもやロブール家次期当主が、倒れたニルティ家次期当主を捨て置いたりはしないだろうからな」

そう言って倒れるのかと思いきや、真横に立ち、ガッと俺の首に腕を回して顔を近づけた。

反射的に絡んだ腕を外して殴りつけそうになったのを堪《こら》える。だが潜めたその声にハッとした。

「妹ちゃん、助けに行きたいだろう？　俺も場合によっては愚弟の所に行くつもりなのだよ」

「始末しに、か？」

飄々とした男の本質と価値観は俺とは違う。長い付き合いは伊達《だて》ではない。表向きは兄弟仲が良さそうだが、実弟にどんな感情をもっているかなど、わかったものじゃない。

「状況次第だよ。で、倒れるから保健室へ頼むぞ」

そう言って今度こそ本当に倒れようとするのを慌てて阻止する。冗談じゃない。

「歩け。行けば良いんだろう。気絶したふりをする見た目より重い男など、わざわざ抱える趣味はない。そもそも男二人のそんな暑苦しい絵面、誰も見たくないだろう」

そう、この男は魔法だけでなく剣や体術も得意だし、軽く支えただけでわかる。間違いなく卒業後も鍛え続けている。服の上からでもわかるくらいには体の質感が鍛えたそれだ。

「何を言う。巷《ちまた》で流行《はや》りの小説作家のファン達には、ご褒美的な絵面だろうよ」

「どこの巷で、何だその作家は。でまかせを言うな」

「でまかせとは心外な。庶民から貴族まで、うら若き乙女達からご年配の淑女方まで、幅広い年齢層の女性全般にうけが良い作家様だぞ。小説の内容も定番の男女の睦《むつ》み合いだけではないからな。野郎同士も淑女同士もありの、軽いものから深いあれこれまでと、これまた幅広いジャンルの小説を流布している。もちろん一部の紳士にもファンがいてな。ファン層がとにかく多様で分厚いのだよ」

「破廉恥どころか、いかがわし過ぎる」

幅広いにもほどがある。要は衆道や百合《ゆり》というやつではないか。

「それがなかなかどうして、愛読家が増えている」

「はっ。作家もファンとやらも気がしれん」

「それが読むと、なかなか良い世界観なのだ。話の筋道もしっかりしていてブレなくてな。俺もドはまりしているぞ」

胸を張るこの男、俺と同じく四公の次期当主ではなかっただろうか？

「……読んだのか」

「読んだし、読んでいるし、長年自ら並んで買っている。だが不定期刊行で次に刊行されるのがどの作品の続編か、はたまた新作なのかがわからないのが悩ましい。ニルティ家の影達に総力をあげて次の刊行日やどの小説なのかを探らせているが、これがなかなか尻尾《しっぽ》をつかめない。そこがまた、そそるのだよ。特に女子同士のあれこれは、世界観に風情をもたせていて非常に良い。どうやらミハイル君も気になるようだな。今度俺のおすすめ作品を貸してやろう」

……本当に何をやっている？　暇なのか？　大ファンなのはわかったが、良い年をした男が陶酔した顔でうっとり宙を眺めて力説するな。恐れ多くも先代の王妃殿下と同じ色の髪と瞳《ひとみ》が泣くぞ。

「……いらん。それに影が気の毒すぎる。職権乱用も大概にしろ」

「ふっ。影達もハマった者しか起用していない。皆溢《あふ》れんばかり、いや、溢れてダダ漏れの熱意と使命をもって、嬉々《きき》として命令を遂行している」

「……溢れ過ぎだ」

実妹を時々覗《のぞ》きに来る、オネエとやらな王家の影といい、いかがわしい小説にハマるニルティ家の影といい、影とは一体。良いのか、それで。

まさかロブール家の影達も……いや、きっと気のせいだ。

そんなやり取りをしていたが、ふと視線の先に保健室のプレートを捉《とら》えて現実に戻る。

「……着いたぞ」

そう言って歩幅を大きくしていかがわしさの塊と距離を取り、ドアをノックなしでさっと開けて無理矢理話を切り上げた。

この話題に付き合ったら何かに負ける。何かを失う気がしてならない。それが何かはわからないが。

「来たか……どうした？」

椅子に腰かけたいつもの保健医が出迎える。四公という身分に臆《おく》する事のない口調で話す、厚めの眼鏡をかけた男は普段から愛想がない。

「いや、少し疲れただけだ」

「そなたが実妹を日々気にかけているのは知っている。さぞや心配だろう」

「……ああ」

ここには正体を知る者しかいないからか、口調が普段のそれだ。珍しく心配してもらった手前申し訳ないが、正直実妹への心配が霞《かす》んでいた。もちろんそれは黙っておこう。

いかがわしい小説家に思考を乗っ取られるとは、兄失格だ。すまない、ラビアンジェ。今頃は死の危険に曝《さら》されて、さすがのお前もさぞや恐ろしく不安を感じているだろう。

もしかしたらもう……。いや、あの担任もチーム腹ペコは生き残ると言っていた。チーム腹ペコ……何で公女のチームがそんなふざけた名前なんだ。連れ帰ってから、改めてそこは話し合おうと心に決める。その為《ため》にも、とにかく今は気持ちを切り替えなければ。

「状況は把握できたか？」

密《ひそ》かに決意していれば、保健医が部屋に鍵《かぎ》をかけたウォートンに尋ねた。

「やはり状況的に今回の騒動の引き金になった転移ミスは、愚弟と縁故の取り巻き二人が関わって引き起こした可能性が大きい」

「蠱毒《こどく》の箱庭に転移する事も含めてか？」

「そこまではわからないな。愚弟は誰かさんの異母弟と同じで、実力不足を全く自覚せず、プライドだけは山のように高い。蠱毒の箱庭に入りこんでも、無事に帰還できると軽く考えている可能性は否定できないな」

確かにエンリケの性格はその通りだと思うが、それ以上に引っかかる。やはりだと？　事前に打ち合わせをしていたのか？

「ひとまず説明してくれ。発覚してから召集されるまでに大して時間は無かったはずだが、随分と情報を共有しているな。二人はこの件が故意に行われ、仕組まれていたと確信が？　だとすればエンリケの狙いは？　わざわざ合同訓練でこんな事をしたのなら、巻きこまれた二年生の誰かを狙っていたという事か？　そうだとして可能性が高いのは……」

わかっていても思わず言葉に詰まり、出かけた名前を飲みこんだ。

「状況から察するに、残念ながら狙いは公女だろう」

「愚弟が本当にすまない。この落とし前は必ずつけると約束しよう」

はっきりと度を超えた悪意を肯定され、抑えていた怒りが噴出しそうだ。お前が落とし前をどうしたところで実妹は帰ってこないだろうがと、胸ぐらを掴《つか》んで揺すりたい衝動に駆られそうになる。かろうじて抑えているのは、保健医の本来の身分を知っているから。

「魔法陣の設計ミスや仕掛けが施されていると、鑑定魔法をかけた時に干渉作用が起きて魔法陣にこめた魔力の暴走や暴発が起こる事がある。転移ミスの発覚直後、安全が確保できるまで同席していた。その時魔法で陣を模写してここに戻った。解読に時間がかかったが、転移場所と何故《なぜ》ＡＤ９

だけが違う場所に転移したのかはわかった。説明会前にウォートンにお前を誘わせたが、来たのはウォートンだけだった」

「どういう事だ？」

説明会前に義妹に絡まれた以外、誰とも話していない。

ジロリと見やれば、いつもの飄々とした様子に戻ったウォートンが肩をすくめる。

「おや、やきもちかな。俺も久々にミハイル君とつもる話ができると、逢瀬《おうせ》を楽しみにしていたのだよ？　だが義妹殿と騒々しくやっていたではないか。兄妹《きょうだい》の間に割って入るのは無粋だから遠慮したのさ」

あの時か。思わず舌打ちしそうになる。

本来なら義妹は他の一年達同様、俺達が学園に戻された時には帰宅していたはずだった。

俺は帰路につく前に四年の学年主任に呼び止められ、場所を移して行方不明の件と当主代理として説明の場に向かうよう、父からの言伝《ことづて》を聞かされた。

すぐに移動しようとすれば、どこかから義妹が駆けて来て、何故帰宅していないのか問う間もなく共に説明会に参加したいと駄々をこねられた。

しかし思い返しても疑問が残る。

何故実妹が行方不明になったと知っていた？　そもそもが行方不明になった事自体ふせられていたし、チームは即席のクジ引きで決まる。仮にチーム番号がわかっても、誰が行方不明か簡単にはわからない。

学園からは邸《やしき》ではなく王城にいる父へ直接連絡がなされているから、母も含めて邸にいる者すらまだ知らないだろう。あの父が、あの母に連絡するなど有り得ないのだから。

教師が洩《も》らした？　学園が箝口令《かんこうれい》を敷いていたのに？　愚かな学生達とは違い、少なくとも大半の教師達は実妹を公女として扱っていたのに？

そこでふと、義妹にどことなく色めいた視線を向けていたエンリケが繋《つな》がる。まさか……。

「……い、おい、ミハイル」

保健医に肩を揺さぶられてハッとする。

「やあやあ、突然物思いにふけるとはどうしたのかな？」

「いや……。それで、話の続きを聞こう。俺をここに呼んだ理由が、まさか謝罪と説明の為とは言わないだろう」

どのみち義妹とエンリケの関係に、今すぐ答えは出ない。何より誰かに、特にこの二人の立場を考えれば、なおさら不用意な発言はすべきではない。

「そうだな。まずは転移陣について話そう。もうわかっているだろうが、たまたま壊れてＡＤ９だけが違う場所に転移したのではない。起動してから九回目に限り別の場所に転移させるよう、初めから隠し魔法陣が巧妙に組まれていた。それも八人が揃《そろ》っての転移という補足条件付きで」

「八人……そうか……」

人数とからくりに思い当たり、思わず言葉が口をつく。

「ああ。教師達もあの転移陣で移動するが、それぞれの持ち場の関係で絶対に八人も揃って移動する事はない。そして生徒達のチームだけ、必ず八人になる。人数による戦力差が出ないよう統一するからな。滅多にないがその人数でグループを組めないか、当日欠席者が出た場合は補助に回るのがルールだ」

「つまりクジで九番を引いたチームが蠱毒の箱庭へ転移するのは必然だった、か。他に故意と判断した根拠は？」

「これは回収したクジだ」

言いながら保健医が紙を並べる。毎年クジ引きが終われば、箱は保管して中身は捨てている。ゴミ箱を漁《あさ》ったな。

「筆跡が違う？」

他の数字は少し丸みがあるが、9だけが違う。

「クジは生徒会役員が全組《クラス》分を前日までに作るが、見覚えがあるのではないか？」

「ああ。9以外は二年の役員の字だ。だが当日の朝、別の役員が中身を確認してそれぞれの担任に渡したはず」

「誰から渡されたのか尋ねたら、ペチュリム＝ルーニャックだった」

やはりそうか。まさかここで、こうした形で今年度の生徒会役員の問題が浮上するとは。

次年度の生徒会長、副生徒会長は学生と教師が投票して三年生の役員から決まる。

しかしそれ以外の役員は、年度終わりに既存の役員と、自薦他薦で上がる候補の中から適任者を話し合って決めるのが慣例だ。新一年生だけは入学時学力テストの上位者から教師が数名推薦し、次年度の生徒会長が選ぶ。

飄々《ひょうひょう》としたこの男の実弟も自薦で候補に毎年名前は出る。だが毎年性格的な問題から役員には不適と判断されてきた。トワイラ嬢も同じく自薦。同じ理由で選ばれないし、ルーニャックも毎年そうだった。

だが昨年は生徒会に入りたがらない者が増えた。新規の生徒会役員は一年、つまり次年度の二年になる学生から多く取るのが常だが、恐らく次期生徒会長の婚約者への言動から敬遠されてしまった。

何なら実妹と同じく当時一年だった役員二名は、次年度の役員を辞退したいとまで俺にこっそり申し出たくらいだ。その前日、入学前の義妹と第二王子一派が集団で、明らかな悪意をもって実妹に詰め寄ったのを目撃したらしい。時折違和感を抱くようになっていた、実妹に対する義妹の言動が不信感へと変わる、決定的な出来事だった。

ただ、詰め寄られた本人は、コントかと貴族令嬢らしからぬ大笑いで受け流したと教師から報告を受けている。ちなみに実妹の大笑いは、放課後の中庭に響き渡ったらしい。

それ故、今年度は必然的に三年と四年から選出する役員が増えた。自薦のルーニャックが選ばれたのもそんな理由だ。四年なら多少問題があっても来年度にはいなくなる。

「だが、どうやって？」

「クラス内でクジを引く者と、その順番は決まっているだろう？」

今度はコイツが答えるのか。ウインクはいらん。大の男が俺に茶目っ気を振りまくな。

「ああ、各グループのリーダーが名前の頭文字から早い順に引いて……そうか」

「気づいたかな？」

　にんまりと笑うウォートンはひとまず無視して、9と書かれた二つのクジを手に取り、よく確認する。一枚のクジに薄く糊《のり》の跡を見つけた。訓練で使う魔力残滓《ざんし》の鑑定をすれば、あと数分で完全に消えるだろうそれが確認できる。

「箱の内側の側面にでも貼りつけて、魔力で薄く覆っていたんだろう。最後の一人になった時に魔力を消せばいい。視覚を遮るわけでもなく、見えない場所の微々たる魔力なら、誰かに気づかれる事もない。残滓も一日経《た》たずに消える」

　辿《たど》り着《つ》いた答えを口にすれば、目の前の二人も頷《うなず》いた。

「簡単だが失敗する可能性もあった、雑なトリックというところが実に愚弟らしい。最後から二番目のリーダーが紙が一枚無いと言ったら、どうするつもりだったのだか」

　その雑なトリックを仕掛けただろう者の兄は、やれやれと首を振る。

「全くだ。チーム腹ペコのリーダーの名前はラルフだ。あのD組のリーダーの中では、最後にクジを引くのはほぼ決定していただろう。だが欠席や遅刻で、クジの順番が前後した事も過去にはあった」

「愚弟自身が引く分には順番が初めの方だから問題なかっただろうがね。ルーニャックにあらかじめ九番のクジを箱から抜かせておいて、自分の隠し持ったクジを、あたかも箱から引いたように演出するのは簡単だ」

ん？　保健医はチーム腹ペコの名前をさも当然のように出したぞ？　しかも些《いささ》か恥ずかしいその名を口にしても、全く動じていない。俺の読み通りのお粗末なトリックなのはわかったが、最後の飄々とした解説が素通りしそうだ。

「それより愚弟程度の実力で、転移陣に手を加えるのは無理があるのだよ」

そう言って、考えを巡らすように目を細めるコイツもそこは謎のままか。

「そもそもが転移陣自体、この学園の魔力量の多いベテラン教師が数人で設置するような代物だ。なのに人数や転移の発動回数を条件指定したそれを、転移に居合わせる教師達にも気づかせず発動させた。その上、本来の転移陣の力を阻害しないように隠し魔法陣を組みこんでおくなど、誰にでもできるものじゃない。加えてあの転移陣が設置されたのは、昨日の放課後。翌日の早朝までの短い時間でそれを可能にする者がいたとすれば、この学園では学園長か貴方《あなた》くらいしかいない」

じっと保健医を見つめて話してみるが、彼の本来の立場上、犯人であるはずもないからか顔色一つ変えずにそうだと頷かれてしまった。

「設置する校庭には人目もある。犯行を行えるのは、日が落ちてから深夜までの間だ。明け方には今日の訓練の為に教師が出勤する。しかも万が一に備えて周囲には立ち入れないよう、簡易の結界魔法を張っていた。教師が今朝確認した時点で、異常は無かったらしい。俺も学園長も違うとすれば、外部の者で間違いない。だがどうやって干渉したのかも、その理由も不明。そなたの弟は何者かに唆《そその》かされたのだろうが、動機がわからない」

保健医の言葉に、再び義妹の顔がよぎる。

「その何者かの動機の一端に、妹ちゃんが関わっているかはわからない。だが大変申し訳なくも遺憾でもあるのだが、少なくとも愚弟の動機には関わっていそうなのだよ。そこでどうだろうか」

この腹黒いニルティ家次期当主は芝居がかった様子で手をパン、と胸の前で叩《たた》く。

「俺はニルティ家次期当主として愚弟に会う必要がある。ミハイル君は妹ちゃんを助けたい。そして保健医の皮を被《かぶ》ったわが国の第一王子殿下はその身分故に、ここで起きた事件の真の黒幕を暴くべく愚弟と接触したい。幸運な事に我々全員がベテラン冒険者A級相当の実力を有し、昔はパーティーを組んで危険度Aの魔獣討伐もした仲だ。もちろん荷物は既に準備万端。利害関係も一致して細かいすり合わせさえ上手《うま》くまとまれば、蠱毒《こどく》の箱庭攻略への道も開いたと思わないかね？」

その言葉にもちろん頷くが、だから髪をかき上げて決め顔でウインクしてくるのはやめてくれ。

家系図2

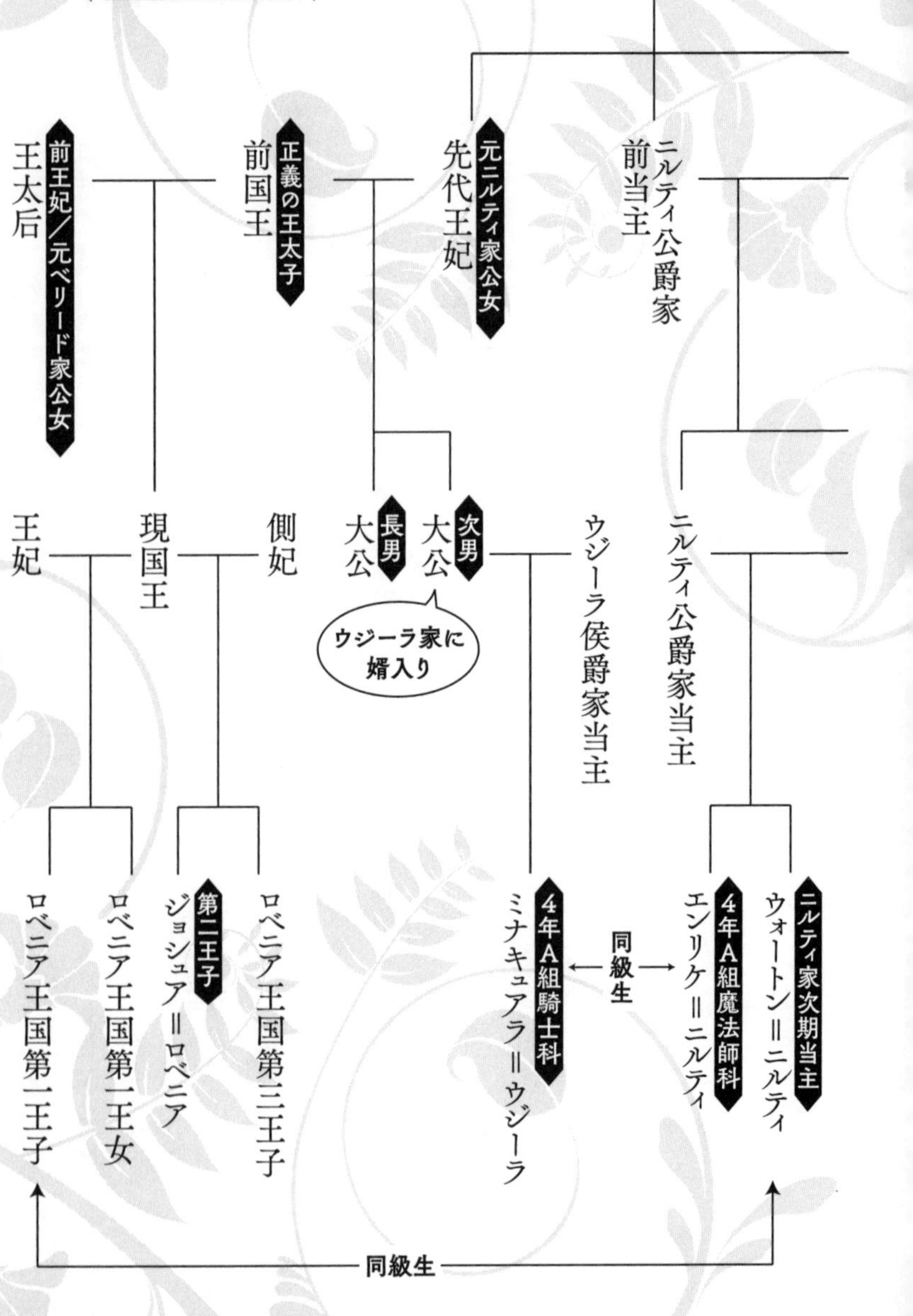

ニルティ公爵家
前当主
元ニルティ家公女
先代王妃
正義の王太子
前国王
前王妃／元ベリード家公女
王太后
ニルティ公爵家当主
ウジーラ侯爵家当主
次男
大公
ウジーラ家に婿入り
長男
大公
側妃
現国王
王妃
ニルティ家次期当主
ウォートン＝ニルティ
4年A組魔法師科
エンリケ＝ニルティ
同級生
4年A組騎士科
ミナキュアラ＝ウジーラ
ロベニア王国第三王子
第二王子
ジョシュア＝ロベニア
ロベニア王国第一王女
ロベニア王国第一王子
同級生

3 【事件勃発《ぼっぱつ》翌日】始まりは、深夜の聖獣ちゃんと内緒話から

真夜中、呼びかけられたような気がして目を覚ます。辺りは真っ暗だけれど、蟲《むし》は明かりに寄ってきやすいから使用不可よ。

「むにゃ……ロブール様……美味《おい》しいです……」

ふふふ、夢の中の私も眼鏡女子に何かをふるまっているのね。でも今は眼鏡をかけていないから、可愛《かわい》らしいお顔を拝謁し放題。役得よ。

音を立てずにそっとテントから顔をのぞかせる。

地面が遠いから、間違っても寝ぼけてそのまま降りちゃ駄目。こうして魔法で身体強化して降りるの。一応縄でできた簡易梯子《はしご》も設置してあるけれど、今それを使うと起こしちゃう。

見上げれば、五メートルほど上空に真っ黒なテントが、少し距離を空けて二つ。夜目には浮いているかのようね。

実際は幾つかの細木に人が三人寝られる程度の布を、地面と水平に張り、魔物素材の蚊帳式魔法具を布の周りに吊《つ》るしつつ、竹素材の支柱を下の布に繋ぐ。蚊帳には防水と認識阻害機能を、支柱には物質強化を簡易の魔導回路で付与してあるの。

見た目はそうね、前世で懐かしの食卓風景としてよく見た、ご飯の虫除《むしよ》けみたいな造りね。フー

ドカバーとか、キッチンパラソルなんて小洒落《こじゃれ》たネーミングのアレ。

下からの侵入があればテントは揺れて知らせてくれるし、上から何かが落ちてきたり、攻撃があってもまずは支柱がしなって衝撃を緩和しつつ、やっぱり揺れて知らせてくれる。天候が急変してどこかから洪水が起きても、床が浸水する事もないわ。森や山って天候が不安定でしょ。

二つのテントの中間地点くらいには新しく焚《た》き火《び》を起こして、正真正銘ラビ印の蟲避《よ》けを燃やしている。危険度Bくらいまでなら避けてくれる優れものよ。

燃焼用の魔石を使っているから、火の番は特に必要なくて、数時間おきに魔石をテントから投げこむだけ。

あらあら、あっちには投げ損じの魔石が二個転がってる。一つは私が犯人よ。しれっと投げ入れておきましょう。

ボッと火の勢いが一瞬増して、またパチパチ燃え始める。

あちらの魔石の犯人はきっとローレン君ね。ラルフ君とカルティカちゃんの投石コントロールは百発百中だもの。回収しておくわ。

『ラビ』

頭に直接響くのは、よく知る年若い青年男性の声。やっぱり呼ばれていたのね。自分の周りに消音の魔法をかける。

『あいつらを消していいか？』

ん⁉　うちの可愛らしい聖獣ちゃんが不穏⁉

「あらあら、ラグちゃん？　いきなり何の殺害予告？」

『俺の愛《いと》し子に害を及ぼそうとした』

あら大変。少し気配が遠いけれど、どことなく殺気を感じる⁉　そういえばつい最近、キャスちゃんともこんな会話をしたような？　聖獣界でブームなの⁉

今は蠱毒の箱庭の周りの結界に阻まれて私の方は念話を届け辛《づら》いから、声を直接発する。聖獣ちゃん達はその気になればいつでも音を拾えるから、彼らとの物理的な距離は問題ない。

四方に向かって索敵魔法を広げれば、この箱庭の真上でぷかぷか浮いているみたい。

というか、他にも気になる存在を感知してしまったわ。どういう事？

そうそう、私の索敵魔法は極限まで細くした魔力を自分中心にして網状に、キューブ状に広げるの。蜘蛛《くも》の糸よりも細いから、どんな臆病《おくびょう》で敏感な魔獣も気づくことはないし、目視しなくても空中にいる敵を逃さず感知できる。

「ふふふ、駄目よ。あんなポンコツ達でも一応上級生だもの」

『昔もそう言って甘い顔をしていたから、あの子供達の上の世代が増長した』

「あの時は悪魔が絡んだだけでしょう」

『俺を救い、国も守った稀代《きたい》の善人が悪女にされた』

「だからあれ以降、王家に貴方《あなた》達は見向きもしなくなったもの。それで十分」

『王族も四公も、上の世代から何も学んでいない』

「だから未《いま》だに彼らの血筋の誰か一人にしか、貴方達も手を貸していないわ。それで十分」

『生まれ変わっても善人だ』

「そんな事を言うのは貴方達くらいよ」

『他にもこの森に侵入したぞ？』

「そうみたいね。何がしたいのかしら？」

あらいけない。うっかりため息が出ちゃった。

『放っておけ』

冷たく言い捨てるラグちゃんの言葉に、私も賛同したいのはやまやまだけれど……。

今感知したのはこの森で新たに出現した、五人の魔力。その内三人の魔力はよく知っている。

三人と二人に分かれて動いているけれど、どういう事かしら？　ここに侵入する理由がよくわからない。その上、明らかに実力不足な二人が一緒に動くなんて。

それから気になるのは、元からいた上級生達。

一人はテントから動いていないけれど、他の三人の動きが……魔獣避けの杭《くい》の辺りに散らばっている。

魔獣避けの外側をうろつく蟲達と、新たに出現した二つのグループに近寄る蟲達の動きは、予想の範囲内ね。

あらあら？　唐突に魔獣避けの力が弱まったわ。辺りの空気の質が僅《わず》かに、着実に変わり始める。

蟲がざわつく空気をダイレクトに感じると言えばいいのかしら。

『馬鹿がいるな。やはり殺すか』

途端に上からの殺意が増す。

「手を下すまでもないから、それこそ放っておけばいいわ。どうなるかは、元々ここに住んでたラグちゃんが一番良くわかっているでしょう。そちらの方がラグちゃん好みの終わり方をするのではない？」

『それもそうか』

そう会話している間にも、四年生達のテント方向から、じわじわと嫌な雰囲気が漂い始める。何かが迫ってこようとしている感覚。もちろんこれは勘のようなものだけれど、魔力の高い人間の勘ってよく当たるから馬鹿にできないの。

でもラグちゃんの殺意が強まったお陰で、こちら側に来そうな何かは散ったみたい。何よりよ。

今しがた回収した魔石を火に放りこむ。短時間に魔石二つを焚《く》べた事で、火がぼっと激しく上がり、煙が一気に立ち昇る。

これでこちらのテントは一時間くらいなら、ラグちゃんの殺気と認識阻害テントのお陰で蟲も寄ってこないわ。普段は殺している気配を少し強めた私もいるし。蟲って動物型の魔獣より直感が鋭いから、本能的に私の気配を危険物扱いして避けるみたい。

もう一度ここの周囲に限定して索敵魔法を使えば、四年生の内、一人がこちらに走って来ている。他の三人は一緒に何処《どこ》かへ移動し始め、大体の蟲達はその三人を狙おうとしては、避けるような動きをする。けれど一匹は様子を窺《うかが》うようにゆっくりと、一定の距離を空けてついて行ってない？

どうやらウゴウゴから土に染みこませたアレも持ち出したのね。

「お馬鹿さんね。身から出た錆《さび》よ」

魔獣避けをここでは全部で六本使っているけれど、最低必要本数は四本。四本以上で囲って初めて力を発揮する。だから二つ故障して駄目になっても、効力を失うわけではないから、蟲達がすぐに中に入る事はないの。

とはいえ三本以上が急に故障した可能性は極めて低いし、ラグちゃんの反応や索敵で感知した蟲と三人の怪しい動きからして、上級生が四本持ち去ったと考えるのが妥当よ。でもいつまで蟲を避けられるかしら。

「どちらにしても帰ったら、ラグちゃんの冷たくてすべすべの体にすりすりして、サラツヤな鬣《たてがみ》をさわさわしたいわ」

『……わかった』

微妙な間は何かしら？　そんなところまで、あの日のキャスちゃんと似せなくても良いのではない？

「公女！」

可愛い聖獣ちゃんとの突然始まった念話はここまでね。走って来たのはお孫ちゃんよ。

「どうなさったの？」

「いつの間にか眠らされていた隙に、あの三人が向こうの魔獣避けを四本持ち去った！　蟲が来る！」

「まあまあ、困った方達ね。でもここはしばらく安全でしてよ」

真っ青なお顔に着の身着のままね。そんなに慌てなくても、お孫ちゃんの体には寝る前にこっそり守護魔法をかけていたの。万が一蟲に噛《か》まれたり毒液を吐かれても無傷でいられるから安心してちょうだい。

※※舞台裏※※　死の仇花《あだばな》（ヘインズ）

あの無才無能公女に、初めて真正面からガツンとやられた後、教師たちの苦言で自分の婚約者について調べ直した俺の主《あるじ》、シュア。俺も手渡された王家の影の報告書を読ませてもらった。義妹を虐《いじ》める底意地の悪い悪女は……全て誤解だった。

合同訓練に学生達が集まった時から、シュアと二人して公女を気にしてたけど、話しかけるタイミングもねえし、どう話せば良いのか正直わかんなくて……次があるってその時は諦《あきら》めた。

その矢先の行方不明。何なんだよ、クソ。

主の側近、いや、側近候補として説明の場に入りこめねえかとついてってたけど門前払い。少し前の俺なら、側近だから主の側《そば》にいるのは当然だって引かなかっただろうな。

でも馬鹿にしてきた公女に、あんな公衆の面前で身の程をわからせられたら、もうそれはできねえ。何の権限もねえのに、よくあんな言動ができてたもんだ。

後で落ち合えねえかと期待して学園の馬車停《ど》めに向かえば、途中の廊下で争う声を聞いた。近づく足音に思わず空き教室に隠れる。

『私もお義姉《ねえ》様の安否が気になります！　同席させて下さい！』

『シエナ、お前にその権限はない。私が当主代理として出席するのは、父上からの指示だ』

恐らく説明の場へ向かうミハイルをシエナが阻んでいる。一年は先に帰したって言ってたよな？

『放せ。姉が心配だとして、お前に何ができる』

『そんな！　お兄様ほどではないけど、お義姉様と違って魔法の才能はあるって先生方はもちろん、生徒会の皆にもお墨付きをいただいてるのはご存じでしょ！　何かできる事はあるはずよ！　だからお願い。ね、お兄様』

今までなら自分を虐める義姉を健気《けなげ》にも心配する心優しい少女だ、主の婚約者はシエナが相応《ふさわ》しいって思ったかもしれねえ。でも思いこみを手放して一歩引いた場所からこうして聞くと……。

『……お前はいつもそうやってラビアンジェを……』

『え？　きゃっ、お兄様⁉』

バッと無理矢理腕を払ったような、服の擦れる音がした。

『今後も私を兄と慕いたいなら、ついてくるな。帰れ』

一瞬、離れた場所にいる俺の背筋に冷たい何かが走る。あのミハイルがシエナへまともに殺気をぶつけた⁉

『あ……そんな……』

遠ざかる足音と、その場に凍りついたように立ち竦《すく》んだだろう、シエナの囁《ささや》き。

ミハイルは魔法師としても次期当主としても、大魔法師と名高い父親と接してる。その上あいつは魔法師団で実戦も積んできた。そんな男の殺気を浴びたら、か弱い令嬢がそうなるのは当然だ。

いつものように駆けつけてやらなきゃと思ったその時、予想だにしない言葉を耳にして硬直した。

『あの女……行方不明になっても目障りなんだから。でも予想通り、ううん、それ以上に良い状況になったみたいね。このままし ん……』

最後の方は何処かへ去って行ったせいでよく聞こえなかったけど……何だよ、今の……。

あの報告書を読んでも、シエナは純粋で心優しくて、ただ誤解があっただけだって信じてた。人生の大半を平民として育ちながら、勉強も魔法の扱いもその年の令嬢と比べて優秀だ。元平民だったからか、貴族令嬢のように気取ったところも裏表もねえ。それが時に礼を失すると周りに誤解された事もあったけど、誰にでも笑顔で親切に接する性格だから、周りも好意的になってった。今じゃマナーも板について、誰も養女だと馬鹿にはしない。

いつしか恋心に発展しそうな、淡い想《おも》いを感じるようになったけど、シュアの為《ため》にも想いは内に秘めていた。

それが今、他ならぬシエナによって砕かれ、力なく床に座りこむ。

「俺はずっと……蔑《さげす》だから……」

胸を占めるのは蔑み続けた公女への自責の念。魔力の低さは本人にはどうしようもねえと理解できる。だけど報告書にあったように、公女のくせに本人が全く気にせず、何も学ぼうとせず逃げ続けた結果、学力も教養も程度が低いのが問題だ。

どうでもいいが、教養を強要する兄から完全に逃げ切っていたとの一文には正直驚いた。逃げの才能だけは驚異的だ。俺はミハイルが本気で追いかけて来たら、まず逃げ切れねえ。

ただそれ以外の事実が、俺の認識とかけ離れてた。

あの公女はシエナを虐めてねえし、王子の婚約者どころか公女という身分にすら全く興味がねえ。邸《やしき》では実母に虐待通り越して殺されかけ、使用人達にすら蔑まれてた。しかもシエナの方が公女を虐げてたんだ。

なのに俺はシエナの言葉を信じ切って、公女の表面しか見ず、シュアに相応しくねえと決め……いや、報告書を読んでも相応しいとは全く思えねえな。

とはいえ俺は主の罵詈雑言《ばりぞうごん》を諫《いさ》めず、同調して共に嘲《あざけ》り罵《ののし》り続けた。騎士以前に男としてもあるまじき愚行を犯していたんだと、今更ながらに己を恥じるばかりだ。

「できる事をしなければ」

奮い立たせるようにそう口に出して立ち上がり、向かった先の物陰で、切羽詰まった横顔の主と目が合う。

まさかと思いながらもお忍びで城外に出る時の抜け道で待てば、真っ暗な廃水路から駿馬《しゅんめ》を二頭、連れたシュアが出てきた。頼ってくれたと内心喜んだのは秘密だ。

「森の周りには二種の結界魔法が張られているそうだ。半年後にそれを張り直す際、必ず高い魔力を封じるのに対応した方から優先的に手をつける。この時もう一つの低い魔力を封じる方に揺らぎが必ず起こるらしい。そこを狙う。箱庭で私達全員が魔力を放出して、枯渇ぎりぎりの状態にしておけば出られる可能性があると謁見の場で知った」

そう教えてくれたその顔には、助けられるという希望と安堵《あんど》が窺えた。

入る直前、馬を放つ。訓練された馬だから城に戻るだろう。

シュアと共に蠱毒《こどく》の箱庭へと足を踏み入れる。何の問題もなかった。けど試しに出ようとすれば、見えない壁のような結界に阻まれちまった。やっぱ普通には出られねえな。もちろん剣や攻撃魔法は試してねえ。万が一結界に何かあると箱庭から魔獣が逃げちまう。

当初の予定では魔獣避《よ》けを使って安全地帯を確保し、半年後に結界を張り直すのを待つはずだった。けど魔獣避けを起動させて慎重に魔法具の杭《くい》の位置をずらしながら奥へと進んで行ったのに、三〇分もしねえ内に蛇型魔獣が壊しちまった。てっきり蟲《むし》だけかと思ってたのに、蛇もいたらしい。

あの稀代の悪女が存命だった時代、蠱毒の箱庭から一匹の蛇型魔獣が現れて、人々を襲ったって話に信憑性《しんぴょうせい》を感じた。

その蛇は箱庭の爬虫《はちゅうるい》類や両生類の類を食らって力をつけ、危険度S《災害級》の魔獣へと変貌《へんぼう》を遂げ、食らう物がなくなったから餌を求めて箱庭の外へ出たって話だ。

結界魔法はその時張られたから、箱庭にはもうその類いの魔獣はいねえって話だった。もしかして他にも予想だにしねえ魔獣もいるのかと、想像してゾッとする。

とはいえ蛇は火属性の魔法に弱い。魔法が得意なシュアを主軸に戦闘態勢を取って応戦すれば、何とか蹴散《けち》らせた。あれは間違いなく危険度Aだった。逃げてくれて助かった。

その後は消音の魔法で足音を消しつつ、気配を殺して慎重に歩みを進めた。蟲や蛇との遭遇は激減して、すれ違っても襲ってこなくなった。

そうして一時間も経《た》たない頃だ。かなり遠くに煙が上がるのが見え、風の魔法で集音した。誰かが何かと戦闘してるような音を拾うと、シュアが行くぞとひと声叫んで駆け出す。

いつもこうだ。本来守られるべき王子という身分なんかお構いなしで、危険に陥った者を真っ先に助けに行く。正義感の強い男だからこそ、今は婚約者を不当に扱い続けた自責の念から熱くなっているんだと察してる。

いいや、それだけじゃねえのか？　何かに焦っているようにも感じる。正直あんな無責任公女は放っておけば良いのにと思わなくもねえし、実際ここに来るまでに何度も止めた。俺が一人で助けに行くと伝えても、頑として聞かねえ。

最後には今止めても後で必ず一人で行くと言い切るから、仕方なく装備も他人任せのまま、森に入る事になっちまった。

「ぎゃああああ！」

「いやあああああ！」

暫《しば》く進むと突如若い男女の、耳をつんざくような悲鳴が響いてそちらへ走る。声は徐々に大きくなるも、暗く足場の悪い道無き道を走るだけに、最初の悲鳴を聞いてから時間が経った。それでも何かがぶつかるような鈍い音や焦げた臭いが伝わって、焦燥を煽《あお》る。

「ヘイン、こっちだ！」

「待て、シュア！　俺が先に行くと何度言えばわかる！」

先陣切って突進しようとする肩を掴《つか》んで、押し留《とど》めてから前に走り出た先で視界に飛びこんできた光景は、一生忘れねえ。

リムは何メートルも上方でムカデ型魔獣の顎肢《がくし》に体を挟まれてぶら下がり、マイティ嬢は蟻《あり》型魔獣の前で蹲《うずくま》ってもがき苦しんでいた。

シュアが瞬時に火球を飛ばし、まずはムカデの足元の地面を焼いて動きを牽制《けんせい》。俺はその間にマイティ嬢の前に出て蟻を両断したものの、斬った体から噴射された火毒液を浴びる。

咄嗟《とっさ》に魔法で水を出し、頭から被《かぶ》って火膨れの広がりを抑え、身体強化で跳躍してムカデの顎肢を斬りつけたが、殻が硬い。それに利き腕を負傷して力が半減したのか、傷すらつけられねえ。

「他の者達はどうした！」

「ヒッ、いた、痛い！　あああぁ！　あ、熱い！」

「おい！　しっかりせぬか！」

「エンリケぇ！　あ、ぐっ、あいつ、の、せ、でぇ！」

「エンリケ⁉　あいつがどうした⁉」

「お、囮《おとり》に、し、逃げ、たのぉ！　あついいいい！」

俺がムカデを相手にしている間に、マイティ嬢へ駆け寄ったシュアへ怨嗟《えんさ》の声が訴える。

それを聞きながらシュアは俺の援護に火球を放ち、俺が風魔法で起こした風で火球の燃焼力を上げれば、目に飛びこんだそれに怯《ひる》んだムカデはリムを投げ捨てて何処《どこ》かへ去った。

リムの体に手を伸ばしたが、間に合わねえ。何の受け身も取れなかった体からは、鈍い音がした。

駆け寄って慌てて体を上へ向け、思わず息を飲む。

顎肢から毒液を注入されてたんだろう。全身を青紫色に染めて泡を吹きながらも、必死に空気を吸い込もうとして、しかし上手《うま》くできずに仰《の》け反《ぞ》って胸を掻《か》きむしる。

「ヒッ……ヒッ……た、しゅけ……」

悲鳴か、短い呼吸音なのかわからない音の合間に、誰にともなくむなしく助けを呼ぶ。

「うぅ……か、お……わたし、の……かお……」

向こうでは手で顔を覆いながら灼熱《しゃくねつ》にのたうち、弱々しい声になっていくマイティ嬢。顔の右半分が俺の右半身と同じく火傷《やけど》で赤く爛《ただ》れて腫《は》れ上《あ》がり、所々火膨れができている。顔にかかった毒液を洗浄せずに触ったのか、手にも同じような症状が見て取れた。

元は良く手入れして艶《つや》やかだった頭髪は、毒液のせいで右側だけ短く縮れ、火膨れした頭皮が顕《あらわ》になっている。

――ブン。

同級生達の惨状に気を取られていれば、突如羽音が聞こえて背後から蜂型魔獣がシュアに襲いかかる。マイティ嬢を抱き起こしていたせいで、反応の遅れたシュアが呻《うめ》く。蜂の毒針に脇腹を刺された！

「シュア！」

「す、まな……」

駆け寄りつつ、使い物にならなくなった利き手から左手に剣を持ち替え、再び刺そうとした蜂と応戦する。

「くそ、万事休すかよ」

俺を除いた三人は倒れ伏し、虫の息だ。

飛んできた蜂の羽に風魔法を上から当て、動きを鈍くさせて何とか斬り捨てる。だけど集音の魔法で、遠くからブンブンと嫌な羽音が近づくのに気づいて、冷や汗が吹き出す。蟲型の魔獣は集団で襲ってくるから厄介だ。このままでは全員が蟲に殺《や》られる。

俺達の実力や魔獣避けを過信し過ぎた。まさかここまで呆気《あっけ》なく窮地に陥るとは。かくなる上は、魔法具を使った強制転移を行うしかねえ。要人警護の際に持たされる、いざという時の避難に騎士が命をかけて発動させる魔法具。どんな結界魔法もすり抜けて転移する。ただし一人だけ。この場でこの魔法具を発動させるほどの魔力を注げば、魔力が枯渇して蟲に食われる。惨《むご》たらしい死は免れねえ。

腰の鞄《かばん》から魔石のついた短いスティックを取り出してツマミを押せば、シャキンという音と共に杖《つえ》ほどの長さに伸びた。火傷特有のひりつく痛みを堪えながら、倒れたシュアを仰向《あおむ》けにし、膝《ひざ》立ちになってその胸の上でスティックを両手で縦に構える。

「シュア、お前だけでも逃げろ。お前を主にできた事は俺の誇りだ。俺を将来の側近にと言ってもらえた事、礼を言う」

周囲を警戒しつつ、気を失った主に今生の別れになるからと襟を正す。

後はスティックの頭の部分に付いた魔石に、ありったけの魔力を注ぐだけ。そうすれば魔法具に刻まれた魔導回路に魔力が通り、強制転移の魔法陣が展開して主は転移する。虫の息となった二人には悪いが、俺が優先するのは主だ。

近づく危機感を煽る羽音に、急いで魔力をこめようとした。その時だ。

「あらあら？」

この場には不釣り合いな聞き覚えがある間の抜けた声が、唐突に背後から投げかけられた。周囲を警戒していたにもかかわらず、前ぶれなく聞こえたその声にビクリと体が揺れる。

「まあまあ、何という事でしょう。実力もないのにここへ遊びにいらしたの？」

呆《あき》れたようなその声に、幻聴じゃねえと確信する。

そしてどういう訳か、遠ざかるあの不快な羽音に内心、首を傾《かし》げる。音を追いつつ、いつでも起動できる姿勢は崩さずに軽く後ろを向けば、少し離れて予想通りの姿が立っていた。

訓練前に集まった校庭で見かけた時と違い、白の外套を羽織ったロブール公女だ。

「シュアは婚約者である公女の為に、危険を承知で助けに……」

「あらあら？　思っていた以上にとってもお馬鹿さん？」

「……どういう意味だ」

ひとまず危険が去ったのもあるが、遠慮なく言葉をぶった切り、労《ねぎら》い一つなく投げつけられた罵《ば》倒《とう》に怒りがフツフツと沸く。ひりつく痛みも苛立《いらだ》ちに拍車をかけているのは自覚するが、コイツはそれを差し引いても俺を苛立たせる才能はある。無才無能以前に、王子の婚約者としての教養も思いやりの欠片《かけら》も見当たらねえ、その性根が相応しくねえんだよ！

「ふふふ。それ、いい加減下ろしてはいかが？　意味なんて言葉そのまま、全員があらゆる意味でお馬鹿さんだと言っただけですわ」

俺だけでなく、シュアまで馬鹿にしやがった！

「無才無能が何様だ‼」

「黙りなさい、愚か者」

「⁉」

不意に背後から暴力的な威圧感を感じて本能的に押し黙り、反射的に振り返りながらシュアを背にして立ち上がる。ドクドクと心臓が波打ち、体は危険だと訴える。

口調こそ優しげで、淑女然とした柔らかな微笑《ほほえ》み。けれど感じるのは、恐怖。得体の知れない何かへの畏怖《いふ》。目の前のコレは何だ⁉

「何故《なぜ》この程度の事が理解できないでいるの？　とっても不思議」

緊張して震える俺とは対照的に、コレは見た目だけは弛《ゆる》い空気を醸し出しながら、片頬に手を添えてコテリと首を傾げ、いくらかぞんざいとなった言葉を続ける。

「その者の立場は？　王族よね。貴方《あなた》の立場は？　臣下ではなくて？　まさか闇雲に主の願いを叶《かな》える事が臣下の務めだと？」

公女が一歩前に出て、俺は本能的に一歩後退する。

そんな俺を見て、コレは頬から口元に手を添え直して淑女らしさから逸脱しない程度に、くすくすと笑う。

「そんなに警戒などしなくとも、取って食ったりしないわ。ただね、わかっている？　彼の護衛のつもりなら、首に縄をかけようが鳩尾《みぞおち》に一発お見舞いして気絶させようが、今後それが元で関係が悪くなろうが、止めなければならなかったの」

話す内容は王子に対して乱暴なものだが、依然として淑《しと》やかに微笑み続ける。

くそ、どうしてだ。冷や汗も、体の震えも止まらない。

「もう何年も王宮の騎士に交じって訓練していたのよね？　ならこの森がA級冒険者ですら生き残るのが難しい事くらい、耳にした事はあったでしょう？　まさか自身の実力が冒険者のS級相当とでも思っていたの？　むしろどちらも良くてB級。なのに面白いくらい実力を過信して、主を守るどころか、危険から遠ざけるという初歩的な護衛もできていない。主を止めず、あまつさえ共に死にかける護衛。ふふふ、どれだけ滑稽《こっけい》なの？」

「……俺に関してはそれでもいい。真実だ……受け入れる。だがシュアは婚約者である公女を助けに来たんだぞ」

口の中が乾いて言葉が詰まるが、得体の知れねえ恐怖心を煽りつづけるコレに、主の行動を擁護しても俺の言葉などそもそも響く筈《はず》はなく、ただ呆れたように笑われた。

「まあまあ、本当にお馬鹿さん。そもそも互いに名ばかりの婚約者としか思っていないのよ？」

「互いに？」

「義妹が何を歪《ゆが》めて伝えようと、それが私達の関係」

確かに報告書にはそう書かれていたのを思い出して口を噤《つぐ》む。

「なのにここに来た理由が婚約者を助ける為？　ふふふ、これまで彼の言動を間近で見聞きしていながら、まだそんな言葉を口にするなんて。貴方の思考回路は本当にご都合主義ね。一昨日まで正式な側近のつもりでいた貴方は、私達の婚約関係は名目上に過ぎないと、未だに理解できていない」

ただただ呆れたように微笑んで告げられる言葉は、鋭利だ。

「しかも自分達が足手まといのお荷物でしかない現実を、未《いま》だに受け入れられないのはいかがなものかしら。正確な状況把握は騎士に必要な素養よ？　この事態は容易に予測できる事で、結果論ではなく自業自得」

「なら、それならシュアに婚約者を見捨てる利己的な男でいろって事か⁉」

しかしこれまで馬鹿にしてきた無才無能の言葉に、黙っていられるはずもねえ。

反発心も顕《あらわ》な俺の言葉に公女は一瞬きょとんとしてから、今度は心底可笑《おか》しそうにひとしきり声を出して笑った。

「あははは、ふっ、ふふ、まあまあ、これまで散々その婚約者を公衆の面前で貶《おとし》め、蔑《さげす》み、嘲笑《あざわら》ってきたのはどこのどなた達？」

「……っ」

自分達が長らく行ってきた恥ずべき行為を、他ならぬ本人に指摘されれば口を噤むより他ない。

よほど可笑しかったのか、目尻《めじり》に涙を滲《にじ》ませて言葉を続ける。

「私達下級生が寝静まるのを待って、私達の用意した魔獣避けを奪い逃走した、そこで転がる二人とどこぞの公子。どこぞの公子はその上、その二人を囮にして逃げたのでしょうけれど、そんな風に彼らを増長させた責任はどなた達にあるの？」

「そ、れは……」

その責任が自分達にあると感じて口ごもる。

それにやはりエンリケは……いや、その言葉が本当なら、想像以上に悪質だ。

「もしそんな事が無ければ、その子達はそんな無惨な姿になっていないし、どこぞの公子も現状安否不明なんて事にはならなかったはず。仮にここからその二人が出られたとして、治癒魔法で痕《あと》も残さず元に戻す事ができる？　自業自得とはいえ、彼らは盛大なツケを払う。影響力の大きな王族と公子たる貴方達が無自覚にも、立場や能力が下だと思う者を大々的に蔑《さげす》んできて、その責任は全くないと言える？」

笑いが治まったのか、良く見る淑女らしい微笑みを浮かべて告げられていく言葉が、心を更に抉《えぐ》っていく。

「だ、黙れ！　それはシュアの責任じゃねえ！」

それでも庇《かば》うのは、シュアを主と慕い、守りたいから。そして……。

治癒魔法は自らの治癒力を高めて傷を修復させるが、自然治癒後、大きく残るような火傷痕《あと》や色素沈着も生じる。仮に奇跡が起こって一命を取りとめても、貴族として社交界にはもう……。

これが他者を軽んじた自分の言動が与えた影響の結果。二人の惨状と自分を結びつけるのが……恐ろしい。

「……それ、本気？」

「……当然だ！」

言いきれば藍色《あいいろ》の瞳《ひとみ》が冷ややかに細められ、小さく嘆息し、その顔から表情がごっそりと抜け落ちる。

「……そう。だとすればお前は騎士も側近も、この先一生夢にすら見るべきではない。アッシェの人間はいつぞやの王妃の時からこんなのばかり。時間が経っても受け継がれるお前達一族の素養は、どうしようもなく下劣だこと」

口調が明らかに変わり、心臓が更に締めつけられるように早鐘を打ち、軋《きし》む。得体の知れねえ恐怖に支配された体は強張《こわば》って、いくつもの冷たい汗が頬を伝い落ちていく。

ギリリと唇を噛《か》んでひりつく右肩を左手で鷲掴《わしづか》みにして爪を立て、痛みでもって意識を保つ。鉄臭い味が口に漂い、肩からは血が垂れるが、それすらもこの恐怖の中では些事《さじ》でしかねえ。

「あらあら、そんな風に無駄な怪我《けが》を負うのもまた愚かよ？　これまで掲げていた婚約者のイメージがそれこそご都合主義の妄想だと気づいた。これまでの自らの言動があまりにも酷く、その上それが周りの婚約者への悪感情を煽《あお》りに煽っていた事への罪悪感から、見捨てるのが後ろめたくなった。挙げ句そのせいで婚約者を無駄に危険に曝《さら》す可能性に気づいて、色々な意味で焦った。そう、色々な意味でよ。もしくは弱き者を助ける正義のヒーロー感がむくむく湧いて、それに酔った。大方そのどれかか、全てでしょうね」

雰囲気を和らげた公女は大した交流などなかったはずなのに、あえて考えなかった主の負の心情を容赦なく告げる。無責任で逃げてばかりの性悪が、それを口にするのかと小さな苛立ちも燻《くすぶ》る。

「三つ子の魂百までよ。今更王子の利己的で傲慢《ごうまん》、なのによく見せたがる器の小さな性格は変わらないわ。むしろ私が蠱毒《こどく》の箱庭から帰って来なければラッキーと思っていれば良かったのよ」

くすくすと自分の主を嘲《あざけ》り笑うその様子に、燻る感情が一気に爆発して体の強張りが解けた。

「何だと⁉　どこまで馬鹿にすれば気が済む！　不敬だ‼　斬り殺されたいのか‼」

怒鳴りつけたのは己を保つ為。肩で息をしながら、やっと恐怖に打ち勝ったとどこかで安堵《あんど》する。

しかしふてぶてしい性悪は、やっぱり涼しい顔で淑女然とした笑みを崩さねえ。

「無意味な自己保身や正当化は怪我の元よ。それに物の見方が偏り過ぎているのは騎士として、いかがなものかしら」

「貴様！　まだ言うか！」

「少なくとも今回は私の気持ち一つで、この場にいる貴方達は命を失うか、助かるかが決まるとまだわかっていないのだもの」

「無才無能で魔力の低いお前の気持ち一つで何が変わる！　思い上がるな！」

「まあまあ？　思い上がっているのは私かしら？」

「あ……な……」

今度は明確な殺意に体を切りつけられるかのような衝撃が襲い、結局また恐怖に体を完全に支配された。誰の目にも明らかな程にガタガタと震えるが、止められねえ。

「あらあら、体が震えているわ？　無才無能な私にそんなにも体を震わせて恐怖しながら、まだわからない？　本当に主共々、矮小《わいしょう》な子達ね」

怖い、怖い、怖い！　何だ、何だ、何なんだよ！

自然に息が上がり、とうとう地面に片膝をつく。頭の中では陳腐な言葉のループ。

「今のこの森に生存するあらゆる生物の中で、頂点に君臨するのがこの私。蟲ですら本能的に悟っているのに、貴方は蟲以下ね」

絶対的な存在感を放ちくすりと嗤《わら》う様はまるで女王だ。

けれど唐突にふう、と悩ましげなため息を吐《つ》いた。

「今すぐここから出ても良いのだけれど、まだキャンプらしいキャンプはしていないし、鰻重《うなじゅう》も食べたいわ」

突然の話題転換はもちろん、恐怖と現実の言葉のギャップで体の緊張が少しばかり弛む。

「は……キャンプ？　ウナ……何だ？」

「キャンプと鰻重。どこぞの四年生達のせいで、お孫ちゃんとも思うように楽しめていないもの」

威圧感が和らいで話の内容が頭に入ってくるが、内容の馬鹿馬鹿しさに、やはり言葉を理解しきれず眉根《まゆね》が寄る。内に巣くった恐怖心は急激に霧散していく。

「そこで転がる瀕死《ひんし》の金髪組と、プライドがとっても高いだけで役に立たなかった家格君。邪魔だけはたっぷりしてくれたの。一年の頃に彼らと組んだ私の同級生達が怪我をしたのだけれど、それまでにも彼らと組んだD組《クラス》に被害があったのでは？」

「……そんな浅はかな事、するはずがねえ」

「まあまあ、貴方同様に矮小王子の取り巻きの一人なのに。数か月前にも私一人の為に、集団イチャモン中庭コントを披露した類友でしょう。浅はかで間違いないわ」

「それは……っ、ぐっ」

確かに、シエナが入学する少し前のある日の放課後、コレ一人でいたのを見計らってシュアやシエナ、エンリケ達と集団で詰め寄ったのは確かだ。側《はた》から見れば集団リンチだ。浅はかだと言われても仕方ねえと言葉を詰まらせ、視線を外した瞬間、突然胸ぐらを片手で掴まれた。そのまま無理矢理立たせたかと思えば、突き飛ばされて尻餅《しりもち》をつく。

身体強化⁉

「貴方達は馬鹿にされる事しかしていないと、いい加減自覚なさいな」

風の刃《やいば》が幾重にも折り重なって体を深く裂く。

「……ぁっ」

すると今度は俺自身が火柱となって体が焼かれ、次の瞬間には水の竜巻きに体中の骨を砕かれて倒れ伏す。悲鳴をあげる余裕すらなく、あらゆる苦痛が一瞬でもたらされた。

「いつまで倒れているの？　もう怪我はしていないでしょう？」

言われて体の痛みがないと初めて気づく。

治癒魔法⁉　それも一瞬で⁉　衣服は刻まれて血痕《けっこん》もあるのに、皮膚は火傷痕も含めて綺麗《きれい》になっていた。記憶となったあれらの痛みから解放された事が、再び得体の知れなさを煽って恐怖に拍車をかける。

「……は？」

体を起こし、のろのろと顔を上げ……。

間の抜けた声が勝手に出た。視線の先にはアレがいたはずだ。なのに……。

「誰、だ？」

いつの間にか夜が明け、朝日に照らされながら悠然と立つのは、冷たい印象を与える美しい少女。白とも見紛《みまご》うほど淡い薄桃色の混ざった、ゆるく癖のある長い銀髪に、金の虹彩《こうさい》と藍色の瞳。

「事実を明らかになさい。そして王家とアッシェ家の罪を知りなさいな」

「な、魔法陣⁉」

少女が片手を差し出せば、俺達四人の足元に突然魔法陣が現れて白く輝いた。

「私の事《いい》を話そうとすれば言葉に詰まり、先程の痛みが襲うように誓約紋を刻んだわ。頑張ってお口を閉じておくか、本来の私の魔力量を上回って跳ね返す事ね」

少女がそう言い終わると、一瞬で景色が変わった。

舗装された地面には、何故かいくらか顔色が良くなったシュアと、依然として重体ながら止まりかけた呼吸が虫の息までは回復した二人。

「うっ」

チリリと皮膚が焼けつく痛みに、思わず呻《うめ》く。何事かと服が溶解して顕になっていた右肩に目をやれば、真っ白な花の模様が浮いて消えた。

「……死の、仇花《あだばな》」

わが国ではリコリスをそう呼ぶ。王族にはそれぞれの印章があり、王族は気に入った花を選ぶ。悪名高い稀代《きたい》の悪女と呼ばれるベルジャンヌ王女の花が赤いリコリスだったというのは有名な話だ。

墓の周りに植えられる事も多く、毒草で悪女らしい花だと、ある種の舞台でこぞって用いられる。遠い異国の地ではヒガンバナとも呼ばれるらしく、縁起の良い花じゃねえ。

そういえばあの少女の銀を纏《まと》う髪色は……王族の色。そして藍色の瞳にあった金の虹彩は古《いにしえ》の王族の色であると同時に……稀代の悪女、ベルジャンヌの色。

※※※※

「さてさて、次はあの三人ね」

幻覚魔法を解いた私は、ピンクブロンドの髪をさらりとかきあげ、服の色を目立たなくする。人にも蟲にも、もう存在感を主張する必要はないもの。

『それこそ放っておけば良い。大体小僧にヒントを与え過ぎだ』

念話なのに、ぷんすかラグちゃんに変身したのを感じるわ。

「だって可愛《かわい》らしかったのだもの」

『……目がいかれたか？』

どうしてかしら？　今度は不審人物を見るかのような視線が上空から注ぐ。

「まあひどい。大柄男子がぷるぷる震えながら虚勢を張るところなんて、可愛らしくてうっかり再起不能なくらい虐めたくなるのが乙女心よ？」

『それは一般的な乙女心か？』

「も、もちろんよ」

あらいけない。虚勢を張ったらうっかり声がうわずってしまったじゃない。約一世紀分生きた乙女心が一般的かと聞かれると、正直わからないわ。でもでも、乙女心自体は有効なはず！

「コホン。とにかく。思考回路がとっても単純かつ単細胞なお供君でしょう。しかも今回の一件で公子だからこその、考えなし王子の護衛騎士になる優遇最短ルートは断たれたわ」

本人はまだ事の重大さに気づいていないでしょうけれど、彼がした事はこの国の全ての騎士と名のつく者達がしてはならない事よ。もちろん見習い騎士であっても許されない。たとえ王子……今は孫でいいわね。たとえ孫がこの森に足を踏み入れるのを強行したのだとしてもね。

お供君が孫を無傷で守りきり、自力でこの森を脱出したのならまだしも、決してそうではない証拠が孫の体に残ったわ。私はほんの気持ち毒の威力を和らげて、とっても軽く止血しただけ。孫がすぐに意識を取り戻す程度にね。自業自得の傷痕《きずあと》なんて知った事ではないの。

金髪組もそうよ。

あの時うちのお孫ちゃんに眠り薬を嗅《か》がせて、無抵抗に蟲達の脅威に曝したのは許さない。もちろんお孫ちゃんには守護魔法をかけていたから無事だったけれど、それこそ正しく結果論。だってあの三人の上級生達はそれを知らない。つまりあんな時間に魔獣避けを故意に奪った事も含めて、私達下級生ごとうちのお孫ちゃんも、意図して殺そうとした。

彼らの動機？　そんなものに興味はないの。弁解も謝罪も必要ない。怒ってはいないし中身は約一世紀生きているもの。大方若気の至りでしょう。

ただそれはそれ、これはこれ。うちの子達に明確な殺意を実行した時点で、許す理由が無くなった。だから許さない。それだけよ。

でも金髪組も命だけは、かろうじて繋《つな》いであげた。孫の鞄《かばん》に回復薬が入っていたのは鑑定魔法で既に確認しているの。色々装備不足だけれど、そこは褒めてあげる。孫が目を覚まし次第それを使えば、金髪組の命だけは確実に助かる。

でも助かれば、確実に苦しむ。助けるのか、助かりたいと願うのか。どちらを選ぶかは孫と金髪組の問題。

それよりお供君ね。むしろ跡形もなく傷を癒やされた彼の立場は悪くなる。もしかして私、彼の騎士ルートそのものを潰《つぶ》してしまったかしら？

……ま、いいわ。その気になれば騎士になる方法はいくらでもあるもの。あの単細胞な彼に知恵と忍耐と本当の意味での実力があれば、だけれど。

『ふん、あの小僧に城の単なる三下騎士ならまだしも、王族の護衛騎士が許されるほどの実力などない。ラビの言う公子だからこそその優遇最短ルートとやらを封じられてしまえば、一生なれずに終わるだろう』

ラグちゃん？　私もその言葉には同意しかないのだけれど、なんだかとっても愉快そうね。

「確かに完全な実力で一般兵から王族の護衛騎士までのし上がるには、今の彼には足りない所だらけよ。時間も相当かかるはずだし、下手をすれば人生がタイムオーバー。才能がないとは言わないけれど、あの程度の実力と判断力。今までは、学生や公子という身分に守られていながらの訓練だったのね。実力者だともてはやされていたから期待したけれど、所詮《しょせん》は学生の中のお話みたいだから、護衛騎士になるなら道のりは長く険しいわ」

思わず苦笑する。

「だから物事を深く考えず、思いこみも激しい彼には、王子の護衛として王宮の奥まで出入りできない限り、ヒントがあっても正解に辿《たど》り着《つ》けない」

『立場や身分のある者の無知が一番罪深い。あんな程度の低い者は騎士云々《うんぬん》以前に公子ですらいるべきではない』

あらあら、ラグちゃんたら敵意むき出しの辛口発言。愉快そうな雰囲気が霧散したわ。

『そんな奴《やつ》らばかりだったから、ベルはあんな風に死んだ。なのに王家と四公は、未だにあんな子供ばかり育てている。俺達聖獣が心から契約を望む者は、この先もラビ以外に現れないだろうな』

まあまあ、今度は怒り以外にも悲哀と後悔の感情……やあね、聖獣ちゃん達にはいつでも楽しく過ごして欲しいのに、ベルジャンヌ《私》があんな生き方と死に方をしたせいで、未だに影を落としているのだから。

「ふふふ、そう言われると照れちゃう。まあそんなやらかした騎士見習い、いいえ、騎士かぶれだもの。A組が合同討伐の度、伝統行事のように行ってきたD組への隠れた虐待行為を明らかに、なんてできないわ。それに王家とアッシェ家の罪を調べようとすれば、稀代の悪女の真の顔を知られたくない誰かが事を起こすでしょう。特に彼はアッシェ家の人間。彼の身近にいる人間がどう出るのか、楽しみね。彼は果たして無事でいられるかしら？」

あえて明るく言ってみたけれど、内容はダークね。そうなれば、あのお供君はきっと無事ではいられない。

あの孫がどうするのか見ものだわ。あの愚鈍な孫が、これから距離ができるだろう元側近候補の異常に、そもそも気づけるかはわからないけれど。

『ふん、長らく俺の愛《いと》し子に辛《つら》く当たってきたんだ。むしろ抹殺でもされればいい』

「あらあら、過激発言ね。事実を明らかにできなくても、真実に辿り着かなくても、それはそれで良いのよ。元々期待していないから。ことあるごとに、一生あの激痛に苛《さいな》まれるだけ」

『A組《クラス》が陰で行っていた暴行の事実を明らかにして、家門の罪を知れば本当に解くのか？』

「そうよ。比較的強めの誓約にしたから、稀代の悪女ってワードにも反応するかもしれないわ。だって誓約の一つは私の事だもの。あの姿もリコリスも見たから、無意識下で繋がるだろうベルジャンヌが有名だと大変ね。でももし辿り着いたら……彼らはどんな顔をするのかしら」

『碌《ろく》でもない顔になるのは間違いないだろうな』

思わずぷっ、と笑ってしまう。

「そうね。まだまだ中身の幼い坊やに、意地悪が過ぎたかしら？」

『しょせんはアッシェ家の者だ。四公の中でもアッシェ家縁《ゆかり》の者にはあの聖獣しか加護を与えない。それが俺達聖獣の総意だ』

「……ある意味ご愁傷様ね」

『真実を知れば、最悪王家に消されるかもしれんぞ？』

「ふふふ、ベルジャンヌってば、どれだけシークレットレディなの」

『ふん、ベルをあんな形で死なせたのは王家と四公の汚点。ベルが死して尚《なお》、稀代の悪女に仕立て上げた事こそ、王家の罪だ』

ざわざわと空気が揺れているわ。

「ラグちゃん、殺気立っては、ちびっこ蛇ちゃん達が怖がってしまうわよ？」

『ぬぅ、すまない、チビ達。それで、あの三人はどうする？』

やっぱり気になるのね。

「そうねえ、あの三人なら放っておいても半年は生き残りそう。お馬鹿さんな孫達と違って、装備もしっかりしているようだし、実力者揃《ぞろ》いね。でもやっぱり放置は駄目よ。とりあえずこの森から退場してもらいたいわ。ラグちゃん、こっちに来ていっそ攫《さら》っていかない？」

『……………命令か？』

あらあら、たっぷり間が空いてからの、とっても嫌そうなお声。

「ああ、あちらの世界のB級特撮映画のような、蜘蛛《くも》とムカデ対決の末に勝利した蜘蛛の巣に搦《から》め捕られている家格君は、放っておいていいのよ？　生きていても助からないし」

あの家格君まで連れて行けとお願いしたと思わせてしまったかしら？　さすがにそれはないわ。定期的に索敵魔法で様子を探っているけれど、今の彼をここから出したらエライコッチャな事態になりかねない。

『いや、そもそもあの阿呆《あほ》は絶対助けん。ラビも流石《さすが》にそんな命令はしないだろう』

「そうね。だからあの三人が家格君を見つけたら、ね？　死亡確認はさせないと、彼の本当の過ちに責任を取らせられない。それにタイミングを考えれば、気持ちよく眠っているうちのチームとお孫ちゃんも引き上げ時よね」

皆で楽しくキャンプはいつかの機会にして、今回は諦《あきら》めましょう。

『お前以外は王族も四公も嫌いだ。お前のチームはともかく、命令でないなら知らん。自力で出るなり、蟲の餌食となるなり勝手にしていればいい』

「ラグちゃんたら、あなた達に命令するのが嫌いなのを知っていて言うの？」

ほっぺたふくらまして、拗《す》ねちゃうわよ。

「でも交渉はしちゃう。ラグちゃんを美味《おい》しい食材でお・も・て・な・し」

でもいい事を思いつく。さあさ、どうかしら？

『……どんな？』

「蛙《かえる》型魔獣の唐揚げはいかが？　ここにならいるでしょう？　ラビお手製タルタルソースもマヨネーズもつけちゃう。あとは……蛇……」

『!!』

何やらガーン、とショックを受けたような気配ね。

「は、やめてこの近くの川にいたナマズの魔獣で鰻重《うなじゅう》もどきなんてどうかしら？」

『……わざとか？』

何だか声が震えているわ。うちのラグちゃんてば可愛らしいんだから。

ああ、またあの素敵な白銀の鬣《たてがみ》に……いえ、あんまりやるとキューティクルが傷んでまた落ち込ませてしまうわ。

「ふふふ、ついうっかり。ラグちゃんのお陰で蛇は襲ってこないわ。孫達が入ってすぐに襲った蛇も、ラグちゃんが説得してくれたみたいだし。わざわざ見つけてまで食べないし、襲ってこないなら手も出さない。もちろん襲われたら……」

ふむ、と少し考えてみる。

「命に感謝しながら美味しくいただくしかないけれど」

『絶対に襲わせない。頼むからうちのチビ達は食うな』

まあまあ、ちょっと食い気味に被《かぶ》せてきたわ。少なくとも、ここの蛇ちゃん達は絶対食べないのに。

「この森の蛇ちゃん達は、ラグちゃんの可愛いお子ちゃま達ですものね」

『ベルのお陰で生き残った、俺と妻の子孫達だからな。孫やひ孫もいるが、皆等しく我が子だ。食うなよ』

大事な事だからかしら。二度も食うなをいただいちゃった。

「ええ、そうよね。全員は無理だったけれど、あの時咄嗟《とっさ》に結界を張って住み分けができて良かったわ」

『低俗なあの王太子の策略に嵌《はま》って我を失ったせいで、ベルだったお前には迷惑をかけてしまった』

「そんな事言わないで。あの異母兄が悪すぎたの。ぎりぎりだったけれど、ラグちゃんと番《つがい》の聖獣の世代交代ができて、悪魔からも守れて良かったわ」

そう、ラグちゃんは元々蛇型の魔獣。でもここでの生活と奥さんが、ラグちゃんに聖獣の素養を与えて育んでいた。姉さん女房の奥さんが聖獣だったけれど、悪魔まで絡んで、まあとにかく色々あって、奥さんとラグちゃんとで聖獣の世代交代が行われたわ。

『だがあの時のベルの功績は無かった事にされた。それどころかお前は謂《いわ》れのない罰を、あの王太子とその母親に与えられた』

今度は明確な殺意が四方へ散ってしまう。触発されたように蟲達が騒ぐ。

「ふふふ、落ち着いて。蜘蛛が騒いだら面倒よ」

そう言いつつ、素敵であの三人と家格君の居場所を探り、タイミングを見計らうわ。

「それじゃあ、そろそろお願い。ついでに伝えた事をさらっと暴露しちゃって」

『はあ、わかった。蛙の唐揚げとナマズの鰻重を頼む。うちのチビ達は食うなよ』

「……もちろんよ」

だいぶ念を押されて……はっ、まさか私の食欲ってそんなに信用ないの⁉　やだ待って、ラグちゃ……弁解の機会もなく行ってしまったわ……クスン。

※※舞台裏※※　兄チーム潜入からの強制退去（ミハイル）

「なるほど、確かに蟲《むし》だらけだ」

――ザン！

言うが早いか、ウォートンが飄々《ひょうひょう》とした顔と着痩《きや》せする体躯《たいく》に似合わない、風属性の魔法で切れ味を相当上げた大剣を手に、左に踏みこむ。目の前には身の丈の三倍程の体躯のカマキリ型魔獣の脚。それを節に沿って切断した。

倒れこむ巨体をすぐさま踏み台にして、身体強化と追い風を魔法で起こして空高く跳躍する。

――ザン！

空中で二倍はある蚊型魔獣を両断し、着地と同時に転がって幾本もの毒針を躱《かわ》す。

大剣を槍《やり》のように投擲《とうてき》するのとほぼ同時に、後ろにステップを踏んで、更に飛んできた毒針を軽やかに躱す。

――ズン！

大剣はしっかりとコントロールされていたらしく、毛虫型魔獣の節の間に突き刺さった。

「ウォートン」

俺の隣に立っていた同い年くらいの男が、黒銀の髪を夜風になびかせながら短く名を呼ぶ。

そのまま返答を待たずに結界魔法が、俺達を中心にして上下左右三メートル四方のキューブ状になって展開していく。

「やあやあ、なかなかぎりぎりだったが、我ながらよく滑りこめたものだよ」

完全に囲われる前に、焦る様子もなく走りこんできた奴《やつ》が何を言う。

俺はその脇すれすれを狙い、短刀を投擲する。辺りが白み始めたお陰で狙いが定めやすい。

脚を一本失った状態で追いかけてきたカマキリの、硬いはずの顔面へ弾《はじ》かれる事もなく刃はスッと刺さった。

――ボン！

と、思ったら頭が破裂…………んん⁉

頭部を失った羽のある巨体は硬直したまま倒れ、そこの二人は無言になる。

「……何だ、あの短刀……」

「ミハイル君？　何故《なぜ》自分が投げた短刀で、自分が驚いているのだね？」

投げつけた俺は予想外の事態にうっかり呟《つぶや》き、気を取り直したウォートンが尋ねた。

どうでもいいが、以前からパーティーを組む間は普段と違って名前で呼ぶよう厳命されている。

小さな事だが、結束を図りたいらしい。

「鞘《さや》から出したら暴発するかもしれない、サクサク切れる短刀だ」

「……何だ、その危険極まりない短刀は」

黒銀の髪の男は、父親譲りの朱色の瞳《ひとみ》を怪訝《けげん》そうに細める。

いつもの認識阻害機能を持つ伊達眼鏡《だてめがね》を今は外し、長めの前髪を横に流している。一目で両親どちらにも似ているとわかる顔も、学園では魔法で完全なる黒に変えていた髪に混ざる王族特有の銀色も、今は顕《あらわ》になっている。保健医姿とかけ離れた、わが国の第一王子たる眉目秀麗《びもくしゅうれい》な男がここにはいた。

「護身用にとラビアンジェに持たされた。中に描いた魔導回路で切れ味は抜群、鞘から出して一〇秒くらいは問題ないから、投げナイフのように使えと言われていたが……」

刺さるなどと期待もせず、ただぶつけるつもりで投げた。にも拘《かかわ》らず、あの硬い体にサクッと刺さったのは嬉《うれ》しい誤算だ。

が、本当に暴発したな⁉　もしもの時はすぐ治癒魔法をかけてと言われたが、本気だったのか⁉

魔導回路の安全管理がガバガバだ！

「五秒も経《た》ってなかったような？　妹ちゃん、こわ……」

言うな、改めて気づいたら、そんな代物をあと何本か渡されて持ってきた俺が怖い。もしかして蠱毒《こどく》の箱庭に入って以来、一番の危機だったんじゃ……いや、考えるのはよそう。

俺はあの後、保健室で蠱毒の箱庭について、このレジルス＝ロベニア第一王子から説明を受けた。

そこで初めて二重結界魔法の事、本来なら決して出られないが、半年後に結界魔法を張り直す時、やり方次第で出られるようになると聞かされた。

第一王子であるレジルスは残れと言ったが、今回の真の黒幕の影を見逃せば、今後何かしら大事に発展するかもしれないとの理由で、その選択肢は無いらしい。

レジルスは在学中にこの学園で不穏な何かに気づき、秘密裏にそれを調査していたらしい。卒業後も国王陛下が許可して、保健医となり調査を継続している。調査に関する権限を与えられているから、一々確認は必要ないと言われた。

その何かについては、側近以外には教えられないと言われてしまった為《ため》、当然それ以上は踏みこめない。

疑問は残りつつこの森に入り、俺も含めて全員が索敵魔法を常に展開している。

入った時、人らしき魔力は一箇所に集まっていた。索敵魔法で感知する魔力は個々を識別できないが、人か魔獣程度の識別なら漠然とした感覚でわかる。

しかしすぐにその一団に蟲らしき魔力が勢い良くぶつかり、二つに分かれ、内一つはすぐに移動を始めた。どちらを追うかは明白だった。留《とど》まった方の魔力とぶつかった蟲達の魔力は、すぐに散ったからだ。恐らく実妹のいるチーム腹ペコが何かの対策をしたんだろう。

本当ならすぐにでも留まった方に合流したい。しかしこの箱庭に入る前、この二人と取引したからそれもできない。

俺達の実力が冒険者のA級相当で何度もパーティーを組んだ事があったとしても、S級の実力はない。油断はできないし、一人の勝手な行動は壊滅を生む。

そもそもこんな所に侵入する選択はしていても、王位継承権を持つ王子と四大公爵家の次期当主だと全員が自覚している。血筋が高貴だと自惚《うぬぼ》れている訳ではない。ただ受けた教育と高い生活水準には国や領地の税がとことん使われている。

しかし俺達は、特にまだ学生の俺は、国や領地に何も返せていない。

だから実妹を助ける為とはいえ、この二人がいなければ最終的にここへは来なかった。特にロブール家の嫡子は実妹を除けば俺だけ。義妹のシエナは公女ではあるが嫡子ではない。

俺の不用意な行動でロブール家の血脈の価値を下げる事はできず、自分が実妹を助けて無事に帰還したいなら取引には応じるしかない。その内容は三つ。

エンリケ＝ニルティとの接触を優先させる事。

実妹の生死問わず真相がどうであってもこの二人の決定に従う事。

箱庭にいる誰の命よりも互いの命を優先する事。

そうして分かれた方と合流するべく俺達も動いたが、目的の魔力が再び分かれてしまった。

「おやおや？　人らしき魔力が増えたな。誰だろう？　まさかレジルスの弟君だったりして」

「笑えない冗談だ。蟲がその者達に近寄り始めている。急ごう」

俺もまさかと思いつつも、ウォートンの言葉を否定しきれず、結界を解いたレジルスの言葉に従う。

もう少しで合流する。そう思った時だ。

「「「⁉」」」

何の前触れもなく、有無を言わせない圧と意志を持ったかのような魔力を感知し、三人揃《そろ》って大きく息をのんだ。直後、合流しようとした全ての魔力が消えた。

あれは人のような魔力だったが、大き過ぎる魔力だから、魔獣だったのか？　魔力が消えたとすれば恐らくは……命が途絶えた。

「行こう」

結局俺達は、残った単体で動く人の魔力を追った。その近くに魔獣らしき魔力を感知し、全員が速度を上げる。朝日が差し始め、視界が開けていくお陰で先へ進みやすくなった。

ふと遠くで朝日に光る何かを見つけ、嫌な予感がしつつも近づく。直後に蜘蛛《くも》型魔獣に襲われたが、俺達が遅れを取るはずもない。

まずはレジルスの火属性の魔法で一気に炙《あぶ》り、俺の水属性の魔法で脆《もろ》くなった殻を捻《ひね》り潰《つぶ》す。あの短刀は使っていない。

「た、たすけ、て……あに、うえ……」

かすれた声がした方を見やれば、十字架にかけられたような格好で、半透明の巨大な蜘蛛の糸に搦《から》め捕られたエンリケがいた。息を吸う度にヒューヒューと喘鳴《ぜんめい》音が喉《のど》から鳴り、兄弟で同色だったはずの髪は、泥にまみれて見る影もない。汗と涙を流しながら、必死に助かりたいと訴える顔に貼りつき、憐《あわ》れさを誘う。鳩尾《みぞおち》から腹にかけて不自然なほど大きく膨れ、現在進行形で増している。

恐らくもう……。

巣の向こう側にはムカデらしき残骸《ざんがい》もあり、いくらか食い散らかされている。滅多に手に入らない人間《餌》を巡って魔獣が争い、蜘蛛が勝ったようだ。

「……他の者達はどこだ?」

俺達二人は無言で兄弟最期の会話を見守る。

「みん、な……死、だ……」

「確認したのか？」

「う、あ……し、かし」

いや、兄弟の会話ではない。次期当主とその臣下の会話だ。尋問するその声は、学園で教師達と話していた時の声音。弟の苦しげな喘鳴も、憐れな姿も次期当主は気に留めない。

「正直に言え。それなら何故索敵魔法に最初に分かれた幾人かの者が、今も引っかかっている？何故上級生のリーダーだったお前が、それを把握せずに離れたこの場にいる？　索敵魔法でわかるのはせいぜいが人か、魔獣か、動物かくらいの違いだ。この魔法で個を特定できる者は、魔力察知能力がずば抜けた者になるだろうが、そうでなくともずっと追っていれば状況は自《おの》ずとわかる」

完全に夜が明け、はっきりと見える同級生の表情は、断罪される者のそれだ。その先に続く言葉は既にわかっているんだろう。

「仲間を囮《おとり》にして逃げたな。間近に分かれた者の魔力が、先程消えた。死んだ者は引っかからないが、少なくともお前の魔力と分かれてから暫《しばら》くは生きていた。つまりはそういう事だ。初めに大きく二手に分かれた時、大方お前はニルティ家に縁故のある二人と連れ立って、他の学生達を囮にして逃げた。そしてその二人を囮にして、また逃げたな」

「……あ……こわ、く、……ゲホッ、うぐっ、ぉえっ」

そこでヒュッと息を詰まらせたかと思うと、何かがせり上がってきたかのようにえずく。

いつの間にかめくれあがっていた服からは、もう少しで破裂する、パンパンに膨れ上がった腹が見えている。皮膚の下では何かが蠢《うごめ》いているが、本人は気づいていないようだ。

「ミハイル」

レジルスに名を呼ばれて酷な事だと思いつつも、治癒魔法ではなく回復魔法をかける。

「そもそもお前は何故、チームの者達をこんな場所に転移させた？」

「ちが、う。俺は、やってない」

「そうだな、お前はしていない」

体力の回復で酷かった喘鳴がいくらか鎮まり、はっきりと否定を口にする。兄にそれを肯定されたからか、安堵《あんど》の色を浮かべるも、続く言葉で顔色を無くす。

「そんな力量はないからだ」

「あ、兄上……俺は……」

俺達からは、ウォートンがどんな顔をしているのか見えない。しかし正面にいる弟が今、どんな兄の顔を見ているのかは容易に想像できる。

「誰に唆《そそのか》された。お前の目的は？　言え。さもなくば見捨てる。五秒やる。五、四、三……」

時間が無いのはウォートンもわかっていて、カウントが些《いささ》か速い。

「まって、無才無能……性悪、シエナを、また昨日、泣かせ、た、から……あの、悪女、使えなく、して、シュアに相応《ふさわ》、しい……真の公女、シエナ、婚約者に、王子妃にしたかっ……」

聞いた瞬間、殴りつけたい憤怒の衝動に駆られ、一歩前に出る。が、レジルスに落ち着けと肩を掴《つか》まれ、思い止《とど》まる。あの蠢く腹を見れば、この愚か者には時間が無い。話せる程度に回復させた体力も再び底を突いた。

この愚行を強行したのは、昨日俺が生徒会室を出た後、義妹がこいつに泣きついたからか。ある意味では義妹に踊らされたと言えなくはないが、今の一言で既に憐れむ気持ちなど霧散している。

さっさと終わらせて早く実妹の元に行き、もう大丈夫だと言ってやりたい。そんな兄としての感情が胸を占める。

あの異様な腹に目をやり、実妹がくれた危険極まりない短刀を、いつでも投げつけられるよう構える。もちろん鞘からは抜かない。

「けど、はめ、られた。あの魔獣避《よ》けの、毒……魔獣寄せ、だった！」

「ほう、詳しく」

その言葉に興味を持ったのか、ウォートンは先を促す。

「ムカデだ、兄上！　ムカデの、毒液……魔獣避けとして、使えると！　だ、が、あいつらがやったよう、毒、を、風に乗せ……撒《ま》いた、ら、ムカデ、ムカデより、強い魔獣……寄ってきた！　改良した、と言っ、た、奪った魔獣避け、機能、しなかっ……。はぁ、はぁ……。あいつらは俺達が裏切るように仕向けてわざと魔獣寄せを持たせるようにした！」

兄の表情がいくらか和らいだようにでも見えたのか？　現実が見えずに取り繕うのが滑稽《こっけい》だ。最後は絶え絶えになってきた息を整えて言い切った。

「……んぐっ」

だがその直後、何度目かのせり上がる何かを堪《こら》えるような素振りを見せる。

「なるほど？　つまりお前は自らの意志で、機能していたはずの魔獣避けを奪い、使えていたはずの毒液も奪って立ち去った、と？」

「……ぅ、え、……は、い！　おれ、は……っぐ、被害者、だ！　騙《だま》され、っ、おぇっ」

こみ上げるのは吐き気か、他の何かか。もう正常な判断もできていない。

「それで？　転移は誰がさせた？　被害者のお前を唆したのは誰だ？」

弟の時間の無さを感じ取り、話を合わせつつ先へ促す。

「フード……の、おんな……っげ、おっ」

言葉の途中で不意に口から塊を吐く。ビチャリと水音をさせて地面に落ちたそれは、カサカサと動いて細く節のある脚を伸ばした。

「…………へ？　ヒッ、ひあ、あ、ああああんんんんん‼」

初めこそ何を吐き出したかわからず呆《ほう》ける。しかし蜘蛛だと理解した途端、小さく叫び、驚愕《きょうがく》したものの、口からは蠢く塊が次々に飛び出し始めて悲鳴はのみこまれた。

「んんんんん！　ん――――‼」

腹の蠢きも激しくなり、目を大きく見開いた瞬間、明らかに質の違う悲鳴を漏らせば、とうとう腹を食い破って一回り大きな無数の蜘蛛が頭を出す。

俺はそれに向かって短刀を鞘《さや》から抜き、即座に投げ、サクッと刺さり……あ、爆発はしないのか。

どうやらあの時の爆発は本当に暴発だったらしい。刺さって動かなくなった蜘蛛の下からは更に無数のそれが這《は》い出てくる。

「ウォートン」

レジルスが警鐘を鳴らせば、すぐさま踵《きびす》を返し、直後にレジルスの結界魔法が覆う。飛びこもうとした蜘蛛にも残りの短刀をお見舞いした。

――ボン！

……こっちは暴発するのか！

「さあ、今度こそミハイル君の妹ちゃん達の所に行こうか」

軽い口調でそう提案するその後ろでは、蜘蛛が宿主《しゆくしゆ》を覆い、食らい始める。

「いいのか？」

「ああ、アレの罪と死は確認した。既に家からは遡《さかのぼ》って除籍してある」

「随分と用意が良いな」

こいつ、やはり最初からそのつもりだった。もう弟とも呼ばないらしい。

「当然の事だ。責任の全てをアレが被《かぶ》っても、死んでしまえば誰も余罪は追及できないさ。あの縁故の二人の生死や、どこからか増えた者が気にならなくはないが、そこはどうとでもなる。第一王子も多少の収穫があった以上、責任の所在については協力してくれそうだ」

「そうだな。フードの女だと言った以上、エンリケとの面識はないのだろうが、少なくとも手がかりが手に入った。調べるのにニルティ家が出てきては面倒だが、家門から放逐した者をどう調べようと口は出さない。だろう？」

既に双方が取引を成立させているから、白々しさしか感じない。

「もちろんだとも。ニルティ家に何の沙汰《さた》もなければな」

「ああ、既にそちらとは関わりがない者だ。それは無い」

腹黒同士が悪い顔で頷《うなず》き合う。

「ロブール家の次期当主は最初から口を出さないと約束しているし、アレが元弟だった事に責任を感じて俺が捜索に協力した事も認めてくれるだろう？」

「……ああ」

最初の約束だ。もちろん守るが、だからウインクは飛ばすな。

「後はチーム腹ペコとウジーラ嬢が全員無傷で帰還すれば、アレの元兄としても満足さ。さあ、急ごうか、諸君」

その言葉にやっと妹を迎えに行けると安堵した。

ところが……。

「「「‼」」」

再び前触れなくザワリと大気が揺れ、今度は巨大なエネルギーの塊が存在感を顕《あらわ》にした。全員がほぼ反射的に上空を見上げて息をのむ。

真上には巨大な塊が浮き、こちらを見下ろす金の散った藍色《あいいろ》の瞳《ひとみ》と目が合った。

それは朝日に反射する煌《きら》めく青銀の鱗《うろこ》に覆われた、長くしなやかな体躯《たいく》に、白銀の鬣《たてがみ》が首元から背中を走り、尾を彩り、荘厳な美しさを放つ存在。

「「「……聖獣」」」

無意識の呟《つぶや》きが重なる。

あの稀代《きたい》の悪女が悪魔と契約しようとした時、聖獣達はこの国のあらゆる者との契約を破棄し、以来全ての王族と四公の当主となる者には、加護すら与えなくなった。その姿は加護を与えた者に気まぐれに見せるのみ。

だから姿を文献や口伝で聞いた事はあっても、聖獣を目にしたのは初めてだ。

それでもわかる。知識として外見を知っているからだけではない。思わず跪《ひざまず》きそうになる程に、纏《まと》う魔力が清麗かつ清浄が故だ。

ふとこの場に来る前に感じた大きな魔力は、聖獣だったのかと思うも、すぐに否定する。目の前の魔力とは明らかに質が違っていた。

「古巣が騒がしいから来てみれば、人の愚かな争いをここに持ちこむとはな。挙げ句、悪魔の片鱗まで」

視線は聖獣から外せず、だが最後の言葉にレジルスが大きく息をのむ気配がした。

「実に不快。去れ、愚者の末裔《まつえい》らよ」

聖獣がどことなく実妹を彷彿《ほうふつ》とさせる藍色の瞳をカッと見開けば、突如体が上空へと乱暴に引っ張り上げられ、聖獣と同じ目線の高さで一度静止する。

と思えば、向こうから一団がどういう原理でか、飛んで来て数秒で合流した。

すぐに気を失っている妹達のチームだと認識する。しかし……。

「お待ち下さい！　妹が、ラビアンジェがいない！」

そう、そこに一番助けたかった実妹の姿はなかった。

「黙れ。まともに魔力を持つ人はこれで全て。あとは知らん！」

言うが早いか、俺達はまとめて何処《どこ》かへ飛ばされる。体に強い圧が加わり、それ以上話す事も目を開ける事もできず、為《な》す術《すべ》もないまま、ただ飛ばされる。

途中、レジルスの舌打ちが聞こえたような気がした。

※※※※

「こざかなさかなおおざかな～、ふんふんふんふん～」

自作のお魚ソングを歌いながら、魔法でテントや残った魔獣避けをパパッと収納魔鞄《マジックバッグ》に収納する。

もちろんムカデのお肉も忘れない。

鞄《かばん》はローレン君のだから、ちゃんと返さなきゃ。

後はあそこで眠る皆をラグちゃんが…………早速バビュンと飛んで行ったわ。勢い強すぎない？

首を寝違えなければ良いのだけれど。

索敵魔法を展開しつつ、私は川辺りに転移する。お目当てはナマズ。

追加の兄達も無事外に……あら、一人消えた？　落っことしたの？　うっかりさんね。

ちなみに前々世の私は、この箱庭が古巣のラグちゃんだけはフリーパスで出入りできるようにしてある。もちろん今世の私もフリーパス。来たのは初めてだけれど、過去の自分の魔法くらいどうとでもできる。

なんて思っていれば、別の場所に移動した魔力に気づく。もしかしてこれは……転移？

『ラビ、一人消えた』

「素早い報連相《ホウレンソウ》ね。場所はさっきまで私がいた場所よ。随分と荒い転移魔法ね」

転移魔法は熟練していない人が咄嗟《とっさ》に使った時、時空の狭間《はざま》に引っかかって、最悪体がバラバラになっちゃう危険と隣り合わせの魔法よ。

『邪魔だな。殺《や》るか。俺はもうお願いは聞かんぞ』

「ふふふ、ありがとう、ラグちゃん。とっても助かったわ。日も高くなってきたし、私には唐揚げと鰻重《うなじゅう》任務があるから放っておくわ。私の気配がそれとなくする日中なら、蟲達もいくらか大人しいでしょう。それに装備もそれなりにしているようね。かなりの魔法の使い手みたいだから、日が陰るまでなら自衛もできるはずよ」

今日は何だかずっとそっち方面にヤる気があるのね。暴れん坊将軍になりたいの？ これ以上お願いはしない方が誰かさんの為ね。

それにしても、こんな危険で無謀なチャレンジをしたのは誰？ 兄もやり方さえマスターすれば転移はできるようになるでしょうけれど、この魔力は別人。

「ん？」

不意に前方から、ごく微細な索敵魔法の気配を感じる。つま先をトントンと地面にノックして自分の魔力を周りの自然物に馴染《なじ》ませてぼかす。下手に遮断すると、そこだけ穴がぽっかり空いたような不自然さを感じるからよ。

それにしてもこの人は魔力量が多そう。索敵範囲が広いわ。今世では父以来の逸材かしら。

考えられるのは……王族？　もちろん孫じゃない。四公の直系にここまでの魔法が使える人がいるなら、聖獣ちゃん達や眷族《けんぞく》の誰かが何かしら話題にあげたでしょうけれど、今まで聞いた事はない。王族とはいっても、もちろん王妃達でもないはずよ。彼女達は王族や四公の直系ではないもの。

私がまともに会った事のない魔力の多いだろう王族は、国王陛下と第一王子と王女。

こんな所に兄とのこのこ来そうな王族がいるとしたら……第一王子？　兄とどれくらいの面識があるのかは謎だけれど。

ナマズ釣りと王子かもしれない対策に、自分の鞄から少しゆったりサイズのローブを取り出す。外套の上から羽織ったら、二つの鞄は転がしておく。王子かもしれない誰かがいる以上、亜空間収納に入れておくのは得策ではないもの。

それよりこのローブ、非売品だけれど、売ればきっととってもお高い買い取り価格を叩《たた》き出してくれる代物よ。それもそのはず、魔力遮断と気配隠し、擬態機能という三つの機能がついた優れものの！　お値段以上、ラビ印！　私のお手製！

見た目も今風にスマートな感じにしたし、外側だけじゃなく内側にも用途別のポケットがあって、戦闘中の動きも妨げないから機能的。

『あの時の蝶《ちょう》で作ったローブか？』

「ええ。ラグちゃんのお陰で色々とストックできたわ」

作ったのは去年の夏頃。ラグちゃんお気に入りの人里離れた森の一つで、蝶型魔獣が大量発生したって教えてくれたの。

夜中に魔法で作った明かりでおびき寄せたのだけれど、魔獣だから羽を広げるとかなり大きいし、地味な蝶からカラフルな蝶まで、中には光る鱗粉《りんぷん》を撒《ま》き散《ち》らす種もいて圧巻のメルヘンな光景だったわ。その時狩った羽根を加工して作ったのが、この自信作。

女子らしさを求めて、カラフルなローブもあるの。機会があればとカルティカちゃん用に色の綺《き》麗《れい》なものをこっそり持ってきたわ。

外側が黒と綺麗なエメラルドグリーン、内側はマゼンダピンク。擬態機能は低めだけれど、魔力遮断と気配隠しは問題ない。

でも贈るのはまた今度ね。せっかく持ってきたのに機会がなかったのがとっても残念。

私のは擬態機能を重視した地味な焦げ茶色。けれどまだうら若き乙女だから、内側は女子らしさを追求して淡いコバルトブルー。

『俺はそろそろ行く』

自作ローブを自画自賛していれば、ラグちゃんは帰宅宣言。

「ええ、饅重と唐揚げを楽しみにしておいて」

『わかった。チビ達は食材にするな。絶対食うなよ』

「私の食欲には分別が備わっているから安心してちょうだい」

『……………わかった』

えへんと胸を張って主張したのに、どうしてかしら？　間が長くなかった？　あら、ラグちゃんの気配が消えちゃった。

自分の鞄から釣り竿《つりざお》、疑似餌、ほのかに光る粉入りの小瓶を取り出す。粉は疑似餌に軽くふりかけてから針に装着するの。蝶型魔獣の鱗粉で種類によって毒や痺《しび》れなんかの諸症状を引き起こすものや、こんな風に光るものがあるから、色々とブレンドして使うのよ。

蝶の鱗粉の本来の役割は水を弾く事。疑似餌の表面はベチャベチャ加工で、鱗粉の撥《はっすい》水効果も相まって、水中では剥《は》がれない。

「レッツフィッシング‼」

――ぽちゃん。

ちょっと間の抜けた音ね。糸を垂らしたまま川辺りに腰かけて待ちましょう。

――クイクイッ。

ふふふ、きた。でもまだよ。つついているだけで食いついていないもの。釣り竿を少し小刻みに動かしてみる。

――グインッ。

「きたー！」

嬉々《きき》としてバッと立ち上がり、サッと瞬時に身体強化魔法で引きずりこまれないように踏ん張って耐える。

――ビクビクッ。

そろそろね。釣り竿からは痙攣《けいれん》したような手応え。水中へと引っぱる力がふっと消える。

――ぷかぁ。

前世のシャチサイズの巨大ナマズが、痙攣しながら水面に浮かび上がった。

「私の勝ちね」

未《いま》だにビクビクしているナマズに勝利宣言して、釣り竿の糸を手繰り寄せ、身体強化したままナマズの口を掴《つか》んで一気に引き上げて疑似餌を外す。

水の中で外すと、ナマズの口から体内に取り込まれた、ラビ印の鱗粉が水中に流れかねない。といっても、この鱗粉は光と痺れ効果しかないのだけど。

――ビチビチビチッ！

あ、痺れ効果が切れちゃった。この巨体に手の平サイズの疑似餌にまぶした鱗粉では、こんなものよね。もし鱗粉が水に流れてもここは川だし、ほとんど影響はないはず。

パチンと指を鳴らしてナマズの頭にピンポイントに魔法で雷を落とす。ナマズ型魔獣には肝に毒を持つ種もあるし、何より内臓に傷をつけると身が臭くなる。ここからは魔法で絶えず水をかけながら水刃でサッと切り身にしていくわ。

泥抜きはしなくても大丈夫。その為にナマズの釣りスポットを沼じゃなく、川にしたんだもの。でもあちらの世界でも一〇匹に一匹は身の臭みが強かったから、切り身を空中に浮かせたまま、クンクンしておきましょう。

うん、大丈夫。

前世で旦那《だんな》さんとナマズを釣って、土用の丑《うし》の日《ひ》に蒲焼《かばや》きにして食べた事もあるのよ。初めては子供達全員が結婚して巣立った、土用の丑の日。事前に捌《さば》き方から泥抜きまで調べて釣って食べた、旦那さんとの懐かしくも愛《いと》しい記憶。

普通に美味《おい》しいし、タダだし、色々試して、今の釣り場選びや調理方法に辿《たど》り着《つ》いたの。この世界でも通じた方法よ。世界が違うし魔獣なのに通じるとか面白い。

さてさて、ナマズ三枚おろしが完了したところで、念の為に索敵魔法を展開して人がいないか確かめる。移動していないみたい。結界魔法で自分を囲っているようね。休憩中？

それなら、とやや上空に亜空間収納の出入り口を作って、かなり大きな箱をドサッと落とす。そこに魔法で水を満たして、バシャバシャ、ドボドボとお酒やスパイスを亜空間から大量投入。最後に空中の切り身を更に半分にしてドボンと浸す。箱のサイズもぴったりね。

そうして釣りを再開。何せ本来のラグちゃんの体に合った鰻重を作りたいもの。

抱き枕サイズにもなってもらえるけれど、今回はお・も・て・な・し。前世日本人のおもてなしの心で、私の胃袋の分別を見せつけなくっちゃ！

なんて言ってる間にまた一匹。今度は次の釣りと同時進行で処理。そうして全部で五匹釣りあげて処理したわ。合間にギザギザの歯がついた鯉《こい》っぽいのも釣ったけれど、そういうのは川へ返却。乱獲は駄目。

脳内モザイク処理にかけてまとめておいたナマズの廃棄部分は、大小の魔石だけ抜き取って魔法で一気に灰にする。

「次は蒲焼きね」

またまた亜空間から大きな石を円形に、中に炭を、その上に被せるように大きな網を落として即席バーベキュー台を作り、鰻《うなぎ》屋さんのイメージ通りに焼いていく。完成した物から亜空間行きよ。

その間に少し多めの飯ごう炊飯。葉っぱ皿も作っちゃう。

最後にできた蒲焼きのいくらかは人間サイズに切り分けて、葉っぱ皿に取って完成よ。道具はすぐに魔法でパパッと洗浄&亜空間収納に押しこんで数秒で証拠隠滅。

だってほら。

「ここにいたのか」

蒲焼きの匂いで誰かさんを釣っちゃった。

「あらあら、私の事をご存じなの？」

何故かしら……見覚えがある？　とりあえずいつも通り微笑《ほほえ》んでおきましょう。

「ああ。違う形でなら会った事はある。俺が何者か、そなたはわかるか？」

こちらの出方を窺《うかが》うように朱色を細める。

銀を纏《まと》う髪、ベリード家の特徴がある瞳《ひとみ》の時点で察するのが普通だけれど、無才無能な公女として白《しら》を切るべき？

「そう、ですわね？」

彼の魔力を探って……どこかで……あら？　微《かす》かだけれど覚えがある。つい最近……そう、そうよ、治癒魔法。まあまあ、何という事でしょう。彼は学園の保健医よ。

これで何となく覚えた違和感の理由がわかる。王族という立場だからそう感じたのね。

とっくに卒業した彼が身分を隠して保健医として学園にいるのなら、何かを探っているという事？　お昼休憩の時に出くわす廊下は人気《ひとけ》がないもの。

在学中の王族としての権限は、卒業と同時にあの孫に移行したから、何かの任務。独断で潜入する事は立場上ほぼ不可能。国王の許可を得ているわね。

秘密裏に王族が学園を探り、ここに第一王子が来た理由。何よりあの転移陣の細工……これ以上は関わらないわ。ラグちゃんに悪魔の関わりをほのめかすようにお願いしただけでも、普段の私からすれば上出来よ。

悪魔の関わりを感じた理由？　小さな理由は多々あれど、前々世の死の原因となったのが悪魔だったからこその、勘。大きな理由は転移陣だけれど。

でも第一王子、ひいては王族の秘密裏の関わりで、小さな確信を得る。それなら、やる事は一つ。

三十六計逃げるに如《し》かず！　君子危うきに近寄らず！

世界が違っても先人の言葉には素直に従うべきよ。関わらない、これ一択。

「第一王子殿下でいらっしゃいますわね」

「ああ。会った事があるのだが、覚えておらぬか？」

どこぞの孫と違って口調は穏やかね。そういえば彼も孫になっちゃうわ。

「残念ながら、登城も婚約の際に一度だけ。王子殿下とは入れ違いで入学致しましたから、私の記憶ではお会いした事はございませんわ」

学園の保健医だなんて口が裂けても言わない。

「……そうか……本当に、一度も会った記憶はないか？」

でもどうしてかしら？　もの凄《すご》くしゅんとしたかと思えば、また顔を上げて食い下がる。

「ええ、全く」

もちろん淑女スマイルできっぱり宣言よ。

「それより随分ボロボロですのね。ちょうど火を起こしましたわ。椅子はありませんから、そこらにお座りになって？」

「ああ、そうしよう」

耳と尻尾《しっぽ》が生えていたら下に垂れ下がっていたんじゃないかと思うくらい、落ちこんで何だか面倒そうな空気が漂い始めたから、話を変えてみる。あえてつっこまなかったけれど、彼の服はあちこち破れて、そこそこの量の血が滲《にじ》んでいたわ。傷はもう無さそうだから、腰に下げた収納魔鞄《マジックバッグ》の中の治癒ポーションを使ったのね。

慌てて慣れない転移をして、死にそうになったのが見て取れる。うっかりさんかしら。

それともラグちゃんが浮遊させていたあの状況で、よく転移ができたものだと感心するべき？

まだどことなく心が沈んだ感を醸し出しているから、孫呼びではなくズタボロ王子と命名しましょう。

「美味《うま》そうな匂いだが、そなたが作ったのか？」

「左様でしてよ。少し多めに作ってしまいましたの。お一ついかが？」

「良いのか？」

チラチラと葉っぱ皿に目がいっていたけれど、とうとう無言の空気を破ったわ。若者に手料理を振る舞うのはお婆《ばあ》ちゃん、嫌いじゃないの。

鞄《かばん》からフォークを取って蒸らしていたご飯を葉っぱ皿に。香ばしく焼けたナマズを載せて、タレもかけて……はい、鰻重《うなじゅう》もどきの出来上がり。

「これは何の肉だ？」

「ナマズですわ」

「……そうか」

引かれてしまったかしら？　そういえばお米と違って王族がナマズを食べるって聞いた事ないわ。ベルジャンヌの頃も、食べた事はなかったような？

けれどフォークを添えて手渡せば、ズタボロ王子は素直に受け取って、恐る恐るパクリ。

「……美味い」

あらあら、朱色の瞳がキラキラよ。ガツガツ食べ始めて若者らしいわ。背も高くて体も鍛えているのか、それなりの体格。足りないかしら？

けれど少なめに残していたご飯で作る鰻重もどきは、私のもの。パクリとして懐かしのあのお味にご満悦。美味しゅうございます。

葉っぱ皿にはあと四枚残したの。モグモグしながら鞄から次の料理の為にフライパン等を取り出す。少し多めの油を入れて熱するわ。

がっつき男子にはかさ増しこってり料理よね。

「他にも何か作るのか？」

わくわくした様子のズタボロ王子に軽く微笑みを投げかけて、パクリ、パクリと自分も食べつつ、取り出したカチカチのパンとチーズを葉っぱ皿の蒲焼きの上で魔法を使って粉砕する。蒲焼きについているタレで纏わせたらまずは三枚をフライパンでジュワッ。揚げ焼きよ。

更に取り出した容器をパカリと開ければ、中には白いクリーム状の調味料。マリネしたお野菜の切れ端を小さく刻み、ゆで卵と自家製マヨネーズを混ぜた、そう、これはタルタルソース！

前世の旦那さんと余ったナマズの蒲焼きを、翌日はこうやって食べていたの。出汁《だし》を入れてワサビをそえて食べるのも美味しいけれど、育ち盛りの孫やひ孫は翌日の蒲焼きフライ・タルタル載せが気に入って、土用の丑の日の翌日、うちに突撃訪問する子もいたの。ふふふ、前世懐かしの、夏の恒例行事ね。

「何を思い出している？」

「え？」

蒲焼きを三枚焼いて葉っぱ皿に盛ったところで、声がかかったわ。

「笑みが自然なものになった。何かを懐かしむような顔だ」

目ざといわ。私もうっかりさんね。でも仕方ないじゃない？

「幸せな夢を思い出しただけでしてよ」

だって前世の記憶は、いつでも私の心を温かく満たしてくれるのだもの。でもそうね、デフォルトの微笑みに戻しておきましょう。

「……そうか」

どうしてかしら？　なんだか残念そう。

とか思いつつも、手はしっかり同時進行中。例によって食べ終えた葉っぱ皿は火の中にポイッ。残りの一枚をジュワッとしつつ、魔法で洗浄したフォークを使って容器から小さな魔石を抜いて、タルタルソースを半分そえる。残りは別のお皿に移しておくわ。

魔石は保冷剤効果を付与したクズ石。少ない魔力をこめれば、何度か繰り返し使えて便利なの。入れてないと食材が傷んでしまうから、キャンプのマストアイテムね。

「さあ、どうぞ」

そう言って差し出せば、彼も食べ終えた葉っぱ皿を火にポイッとして、またまた素直に受け取ってすぐに食べ始めた。

「これも美味い。公女は料理が得意なのだな」

基本的に愛想を振りまくタイプではないのでしょうけれど、嬉《うれ》しそうなのは見て取れる。私の婆心も喜んでいるわ。

けれど毒見とかしなくていいのかしら？　もちろん毒入りなら手遅れでしょうけれど。

確か同母妹の幼い王女が主役の、同年代の子供達を集めたお茶会。そこで毒殺未遂事件が起きていたって小耳に挟んだの。つい数か月前のお話よ。そんなに時間が経っていないのだけれど、彼の警戒心が心配ね。

なんて思いつつ、やっぱり手は動かしているのよ。フライパンを振って、最後の小さめの一切れをクルンとひっくり返し、空の容器と魔石を洗浄して片づける。

「手際もいいな。普段からよくやっているのか？」

「ええ。訓練では料理担当ですもの」

出来上がったフライをお皿に載せて、フライパンも綺麗《きれい》にしてから片づければ、心置きなくフライをパクリ。

うん、この酸味を醸し出す野菜のマリネにゆで卵の風味が最高ね！　それにサクサク食感の合間に感じる蒲焼《かばや》きのタレの甘辛さとの味のハーモニーもクセになる！

二人して無言で食べ、無言で食後のお茶も飲んだ後、本題に移る。

「それで、ここで何してらっしゃるの？」

「そなた達を助けにきた」

……さすがあの孫と兄弟ね。

「それは第一王子殿下というお立場からも、随分無謀では？」

もちろん淑女らしくは微笑んでいるけれど、内心呆《あき》れちゃう。

「ミハイルとニルティ家次期当主と共に来た。装備も整えてきたし、実力的にも問題はない」

「まあまあ、お兄様も？」

知っているけれど、それでも……いえ、王子に限っては救出が目的ではないはず。彼が学園に今も居る理由はわからないけれど、今回の件の真相次第では、その行動もある意味正当化できない事もない……かも？　まあ褒められた事ではないけれど。

ニルティ家の次期当主は弟を物理的に消しに来たのね。先に金髪組と会っていたら、そちらも消していたんじゃない？

兄は……何しに来たの？　今回の件には恐らく義妹が何かしら関わったんじゃないかと思うけれど、それを有耶無耶《うやむや》にしたかった、とか？　でもせいぜい家格君を焚《た》きつけたくらいじゃない？

まさか私を助けに来たとか言わないわよね？

「全てを覚悟して、そなたを助けようとしていた」

まさかだったわ。兄、ニルティ家の次期当主、ズタボロ王子の誰が欠けても、この箱庭に入らなかったでしょうけれど、上手《うま》く三人が揃《そろ》ってしまったのね。何だかため息が出そう。

「そろそろ移動しよう。日が高い内が良いだろう。確実ではないが、ここから出る方法があるのだ」

「左様ですのね。それでは早速行動致しましょうか」

淑女の微笑みで快く了承して、立ち上がる。

そうだ。ちびっこ蛇ちゃん達にこっそりお願いして、帰りに蛙《かえる》型魔獣をおびき寄せてもらいましょう。ラグちゃんに唐揚げも振る舞わなきゃだもの。それに今ならきっと、ズタボロ王子が狩ってくれるはず。

※※舞台裏※※　暴力的な王子の仕上がりと自己紹介（ミハイル）

「「ぐっ」」

ドサッと放り投げられたような衝撃で呻《うめ》いたのは、俺とウォートンだ。

チーム腹ペコとウジーラ嬢もすぐそこに転がっていたが、眠っていた彼らと違い、俺達は手荒に扱われたらしい。

朝日に明々と照らされたあの箱庭が、目の前にあった。どうやらあの美しい竜に、箱庭の外へ追い出され……。

ハッとして立ち上がり、倒れて眠る彼らの中に実妹を探すが、やはりその姿は無い。

いや、レジルスもいない!?　そういえばあの舌打ちが聞こえた直後、彼の魔力の高まりを感じたが、何をしでかした!?

「ミハイル君、まさかというか、やはりというか……あの馬鹿は……」

「無理矢理あの箱庭に居残ったらしい」

「……はあ、面倒な事に……」

さすがの食えない腹黒も、事の重大さに大きなため息を漏らす。仮にも王子を馬鹿呼ばわりしたが、反論する気力は起きない。

と、視界の端に捉《とら》えていた彼らが身じろぎし、思い思いに呟《つぶや》き、全員が一斉に目を覚ました。

すぐにガバッと飛び起き、転がる面々を確認したのは、ガタイの良い二年男子。恐らくチーム腹ペコのリーダーだ。メンバーを確認し、近くに実妹がいない事に即座に気づいたんだろう。更に周囲を見渡す彼と目が合った。

「公女は⁉」

俺達が誰かよりも実妹を気にするその姿勢は兄として好感が持てる。俺へ投げた切羽詰まった声に、他の三人もハッとしてリーダーの視線の先にいる俺を見た。

「ロブール公子……ニルティ先輩も……」

小さく呟いたのはウジーラ嬢だ。俺だけでなくニルティ家次期当主の姿に何かを察したんだろう。仮にも国王陛下の弟である大公の娘だからか、この腹黒がいる意味は理解できたらしい。すぐに顔を顰《しか》めた。

「やあやあ、ウジーラ嬢は久しぶりだな。他は初めまして。俺はニルティ家の次期当主だ。残念ながらロブール公女はいない。そしてあの箱庭でウジーラ嬢を除く、元愚弟と君達との間に何があったのかは大方察している」

相変わらず飄々《ひょうひょう》と語るが、弟の扱いが既にニルティ家と縁が切れた扱いになっている。名を名乗らないのは、彼らが下位貴族や平民だから。既に学園を卒業し、四公の次期当主の立場に身を置くなら当然だろう。

「私達が君達を助けに箱庭に立ち入り、君達を確認した時には既に妹の姿はなかった。君達は恐らく魔法で眠らされていたんだろうが、箱庭に入ってからの経緯を詳しく教えてくれ」

「そうそう、元愚弟とその取り巻き達の件も包み隠さず伝えてくれよ」

その言葉で二年生達は本能的な警戒心を顕《あらわ》にした。

そうだった。彼らは全員Ｄ組《クラス》だ。真実を話すなと釘《くぎ》を刺されたかのように感じたのを察する。

「おや、しまった」

それにはこの腹黒も、少しばかりすまなそうに苦笑した。

「違う、言葉そのままの意味に取ってくれ。私達は何が起こったのかを正確に知る必要がある。それからこれまでの事で誤解しているだろうが、私は妹のラビアンジェを助ける為《ため》に彼とあの危険地帯に入った。だが結局見つけられていないし、妹は生きていると信じている。君達と行動を共にしていたと思っていたが、違ったのか？」

聖獣と第一王子の事は伏せて話す。必要の無い事まで話すつもりもないし、下手に話せば何の後ろ盾もない彼らが危険に曝《さら》される。魔力が低く、悪評ばかりが先行している実妹とチームを組んでくれているばかりか、こうして純粋に心配してくれる彼らを巻きこむつもりはない。

そしてあの箱庭での経緯を全員が座って話す。全て聞き終えた時には、随分日が高くなっていた。

その後下した、俺達次期当主組の決定は、同じだった。

「君達はすぐに私と学園へ戻るんだ」

「そうしてくれたまえ。俺は登城して状況を説明せねばなるまい。いやはや、面倒な事になってしまったよ」

ニルティ家としてはかなり面倒な事になっただろうが、彼は先に第一王子と示し合わせて動いていた。その分、俺よりも詳しく説明できるだろう。

先程までの彼らの話を頭の中で反芻《はんすう》する。やはりエンリケとその取り巻き達は、ここにいる者達を囮《おとり》に使ったようだ。

彼らが迫る蟲《むし》の集団から無事でいたのは、直前に妹が調合したという蟲避《よ》けの煙が立ちこめていたからではないかと言ったのはリーダー。

実妹お手製の蟲避けは、煙の量を調整すれば、危険度Bはもちろん、時に危険度Aの魔獣すらも忌避すると聞いた時には驚いた。危険度Cまでの蟲避けなら市販されているが、そんな高性能な蟲避けは聞いた事がない。あの暴発する短刀も含めて、実妹の作る物が色々な意味で常識を上回っている。

しかしそれならまだ生きている可能性もある。

『黙れ。まともに魔力を持つ人はこれで全て。あとは知らん!』

ふとあの時の聖獣の言葉が蘇《よみがえ》る。直前に実妹は料理で魔法を使っていたというし、魔力保持量がかなり低くて取りこぼされたんじゃないだろうか。

「待って欲しい。まだ公女が……」

「公女はどうするつもりだ」

俺達二人に異を唱えようとしたウジーラ嬢の言葉を遮って、リーダーが静かに、しかしどこか凄《すご》みのある無表情で堂々と問いかけた。

この男は本当に下位貴族なのか？　普通なら四公の、それも次期当主である俺達が揃えば萎縮《いしゅく》するものだ。それにウジーラ嬢は俺達より家格は劣るものの、上級生でA組、侯爵令嬢であると同時に家系上は国王陛下の姪《めい》。その言葉を遮っても尚《なお》、平然とした面構え。実際他の二人は緊張した面持ちで俺達のやり取りを見守るだけで、発言は一言もしない。

だが実妹を心から心配してくれているのだけは全員から感じていて、不快ではない。

「今はもう一度入る事はできない」

事実だけを伝えた。もしここに第一王子がいても、いくらか魔力を消費した以上、万全とは言い難い。

「そうか」

それだけ告げると彼は踵《きびす》を返して何処《どこ》かへ、いや、あの箱庭の方へ歩いて行く。ウジーラ嬢がすぐ後に続き、二年生の二人も慌てたように追いかける。

「待て！　入れば死ぬぞ！」

思わず年齢に比べて逞《たくま》しく発達した肩に手をかけて止めた。

「なら公女を見捨てろと？　まだ生きているのに？」

顔だけをこちらに向けて放ったこの男の言葉に、グッと何かがこみ上げそうになる。根拠はわからないが生存を確信しているかのような言葉に、しかし今は苛立《いらだ》つ。

「仕方ない」

何とかそれを抑えれば、思っていた以上に声が低くなってしまった。

「相変わらず、血の繋《つな》がった方の妹には冷淡だな」

「何だと」

どこかため息混じりの言葉に頭に血が上るのを感じる。

この男も肩を掴《つか》む俺の手をどかそうと掴んだ。その時だ。

「あらあら、喧嘩《けんか》ですの？」

とてつもなく能天気な声が間近に聞こえた。

「違う。彼を止め……え？」

もみ合いになりかけた俺達の横に、実妹ラビアンジェ。

厳密には、明らかに女物の色合いのローブを羽織り、それぞれの手に一つずつ大きめの鞄《かばん》を持って仁王立ちした、第一王子レジルス＝ロベニアのすぐ後ろからひょっこり顔を覗《のぞ》かせている。

目深に被《かぶ》ったフードを下から覗けば、王子は何とも言えない気まずい表情をして、二つの鞄をそっと下に置き、後ろに下がってフードを深く被り直した。

それは、まあ確かにそうかもしれない。首元からもう一枚茶色っぽいローブがはみ出しているし、背も高く、体つきも細身ながらがっしりしている故か、ローブがピチピチだ。

ちょっと色々と、視覚的に王子らしからぬ暴力的な仕上がりとなっている。

転移魔法か？　しかし魔力の気配が何も感じられなかったし、今もどことなく存在感が薄い。

よくよく視《み》れば、ローブに何かしらの効果が付与されている。

「やあやあ、暫《しばら》くぶりで。突然現れて驚いたよ。ところでそちらがミハイル君の妹ちゃんかな？

初めまして。俺は……」

飄々とした様子でウォートンが実妹に近づきながら声をかける。

主語も敬語も抜かしてサラッと王子への言葉を流した腹黒は、そうやって意識をそらす。

「うちの妹に近づくな」

だが何となく気に入らず、華奢《きゃしゃ》な腕を引いて王子からも腹黒からも距離を取って背に隠す。

「おやまあ、何ともつれない。自己紹介をしていただけだぞ？」

「必要ない」

腹黒の言葉を受け流していれば、後ろが急に騒がしくなった。

「「公女！」」

「ロブール様！」

「んぐっ」

この二人と距離を取ったせいで、逆にチーム腹ペコ達には近づいた。気心が知れているだろうチームの者達まで近づくのを阻止するつもりはそもそも……おい。

何故《なぜ》リーダーが実妹を抱きしめている⁉

振り返れば実妹はリーダーに前から抱きしめられ、サブリーダーと眼鏡の女生徒に斜め後ろから抱きつかれて挟まれていた。勢い良く突進されたからだろう。蛙《かえる》が潰《つぶ》れたような声を出していたのは。今もなかなかの力で、前後から締め上げられている気がしないでもない。

ウジーラ嬢も同じチームとはいえ、仮にも四公の公女への彼らの行動には驚いている。

「ごほっ、ま、まあまあ？」

いつもの淑女然とした表情は無く、珍しく困惑した様子だ。

「怪我《けが》は？」

やがてリーダーが腕を弛《ゆる》めてそう問えば、他の二人も体を離す。

「していないわ」

「本当か？」

リーダーも今度は華奢な二の腕に大きな手を添えて、体のあちこちを目視し始める。先程までの冷静で、どこかどっしりと構えていた雰囲気が完全に霧散した。

が、兄としては不愉快だ。だが本人は特に気にした様子もない。

「本当よ。それより皆の方こそ寝違えたりしていないかしら？」

「寝違えて？」

眼鏡の少女がきょとんと聞き返す。

「ふふふ、何も異常がないならいいの」

にこにことと、自然に微笑《ほほえ》む姿にほっと胸をなでおろす。特に大きな怪我もなく、恐ろしかっただろう蟲に心を傷つけられた様子もない。

「やあやあ、感動の再会に水を差すようで申し訳ないが、どうやってここに現れたのか教えてもらえないだろうか？」

「あらあら、どちら様？　ご挨拶《あいさつ》が遅れてしまいましたわね」

完全に淑女らしい微笑みに切り替えた実妹が、そっとチームの者達を後ろに押しやり、前に出る。

「初めまして、公女。俺はウォートン＝ニルティ。元愚弟のエンリケとは血縁上では兄となる」

「左様ですのね。ラビアンジェ＝ロブールですわ。こちらのミハイル＝ロブールとは全てにおいて、実妹でしてよ」

弟のエンリケをニルティ家から放逐したと暗に示す腹黒に、俺の妹はわかったと了承の意を含めて自己紹介を返した。

エピローグ　書き上げゾンビハイ

「ふふふ……ほ、ほほ……ほーっほっほっほっ」

ついに、ついに完成したわ！

窓から差しこむ初夏の日差しはまだ柔らかくもあり、連日の徹夜明けの目には少し眩《まぶ》しい。

書き上げたばかりの紙束を両手で持ち、頭上に掲げ、さあ、続きの高笑いよ！

「作家ラビアンジェは永久に不滅！　おーっほっほっ……」

「はいはい、そこまで」

ふさふさ尻尾《しっぽ》で後頭部をぱふん、とはたいて高笑いを中断させたのは九尾のお狐《きつね》様こと、聖獣キャスちゃん。

もちろん尻尾に物理的殺傷能力はない。視覚的には致死レベルの萌《も》えを発揮するけれど。

「ラビ、小説を書き上げた直後の、その高笑いまでがルーティンワークなのはわかってるけど、今回は特に酷《ひど》い顔だよ。隈《くま》が凄い。顔洗って、もう寝なよ」

言うが早いか手にした小説の束を奪って、手の届かない天井付近にぷかぷか浮いて行ってしまう。

「ああ！　キャスちゃん⁉　もう少し余韻にひたらせて！　今回はあの箱庭の帰還直後から色々忙しかったのよ⁉　なのにこの燃えたぎる、いえ、萌えが滾《たぎ》りっ放しの情熱が、不眠不休で書けとお尻《しり》ペンペンして机に向かわせたのよぉ！　お陰でひと月に三冊も書き上げちゃった！　よい～ん、余韻プリーズ‼」

「書き上げハイがウザいよ、ラビ！　あと上から見てると、あっちの世界のゾンビ映画だよ！　自粛して！　もう校正するからね！　他の聖獣も皆楽しみにしてるんだから、邪魔しないで！　今日はここ最近では久々に何もない休みでしょ！　もう寝なさい！」

「そ、そんなぁ……」

うちの聖獣様ったら、何とご無体な……。

「読むのは僕が一番のりしたいんだ。愛《いと》し子の一番になりたいって思っちゃ……駄目なの？」

「くっ、可愛《かわい》いが暴発してるわ！　何なの、その首の角度！　わざわざ下に降りて来てからの、見上げる瞳《ひとみ》のうるうるがたまらん！　神！　あざと可愛さが神々しく降臨とか、神か！　お婆《ばあ》ちゃん、萌え死んじゃう！　もう、そんなに楽しみにしてくれていたなら仕方ないわね」

我ながらチョロ過ぎ⁉　でも抗《あらが》えない！　だって白いもふもふ様が、つぶらな瞳で訴えるのよ？

九つのふわふわ尻尾が揺れてるのよ？

もふもふ様の幸せこそが、下僕の幸せ！　もちろん下僕は私！

大人しく顔を洗いに行く間に、キャスちゃんは最近入った白いソファに寝そべる。白が同化しているけれど、これはもちろん計算よ。いつか隣に座って気づかなかったと見せかけてからの、押し倒してあの腹毛を吸う……。

「ラビ、顔が物騒」

「ほ、ほほほ、どうしてかしら？」

あら、高笑いの余韻が残っていたわ。

それにしてもゾンビや物騒って、うら若き乙女に失礼じゃない？　中身は通算約一世紀のお婆ちゃんだけれど。

やだ、そのジトッとしたつぶらな瞳も誘っているかのよう。でも別居宣言されたくないから、我慢、我慢。

気を取り直して、洗面所で顔を洗う。新調した水回りのお陰で蛇口をひねるとちゃんと水が出るの。雨漏りもドアも改修されて、箱庭から帰ってひと月経《た》たずに、兄からの慰謝料はしっかりと支払われた。もちろん保護魔法も盗難防止魔法も、ログハウス全体にかかっている。

その上ついでとばかりに、ログハウスの周りに柵《さく》と門を設置して、魔法で私が許可しない人は中に入れない仕様にしてくれたの。最初は物々しい門戸を設置しようとするから、それは阻止。あちらの世界のガーデニングでよく見る、欧風アイアンフェンスと門扉よ。可愛らしいでしょ。

——コンコンココン。

あら、玄関ドアに変化球ノック。これは兄ね。

※※※※

「どうぞ」

コトト、コト、と自家製の紅茶を注いだ二つのお客様用カップを置いて、私は二人の対面に座る。

カップは兄から改修祝いと称して贈られた、夜空に星が煌《きら》めいてる図柄。探してくれたみたい。綺麗《きれい》だから、こうしてお客様用に使う事にしたの。私のは自分専用マグカップよ。

兄の強い希望でテーブルも新調。お陰でとっても残念な事に、こうして三人で腰かけても問題ない広さになってしまった。

「ありがとう。そなたの淹《い》れる茶は箱庭の時同様、やはり美味《うま》いな」

「お褒めにあずかり光栄でしてよ、第一王子殿下」

兄の隣に座る第一王子に、いつも通りの微笑みで対応する。

「今日の紅茶はいつもより蜜《みつ》の甘みが強いな。それでいて、後味はすっきりしているから飲みやすい」

「左様でしてよ。食べられる花弁を、同じ種類の蜜に漬けて、乾燥させたものを茶葉に混ぜて使っていますわ。お二人共お疲れのようですから」

「そうか」

そう聞いて嬉《うれ》しそうに頬を弛める兄には申し訳ないけれど、嘘《うそ》よ。私がお疲れなの。

変化球ノックを聞いてすぐ、回復魔法でドーピング。一時的にしゃんとしたけれど、体力ゲージは地味に削られ中。睡魔カウントが始まりそう。でもキャスちゃんの言うゾンビ顔からは脱却したはず。

カーテンをつけた寝室から微《かす》かに気配がするから、キャスちゃんはベッドの上で小説を校正してくれているみたい。

「心遣い、礼を言う。今日こちらに来た理由を話しても良いか？」

「もちろんですわ」

と返事はしたものの、王子が兄と連れ立ってここに来た事に、何だか違和感。

「まずは今回の経緯だが、転移陣の書き換えを直接行った者の、正体や狙いは未《いま》だにわからない。この件に関わったのが判明した、元ニルティ家公子のエンリケ、ペチュリム＝ルーニャック、マイティカーナ＝トワイラの周囲を調べたが、痕跡《こんせき》が見つからなかった。ただ、その三人が愚行を犯したのはそなたが理由だ。共に箱庭にいた者達は、その三名がそなたを狙って仕掛けていたと証言している」

あらあら？　仕掛けられたって、何を？　首を傾《かし》げてしまう。

「特に何も？　ああ、誰かが未然に防いでくれたのかしら？　それとも第二王子の取り巻きとして、当たりが強かった事？　特に実害もありませんでしたし、適当に聞き流していますもの。今更過ぎて気にするほどのものではありませんことよ」

「………そうか」

何故か口ごもる王子はともかく、兄のお顔が無言で騒がしくなった。そうね、言うなれば……。

『え、何言ってんの、コイツ』

みたいな？　未知の生物を見るような感じ？

「まあそこは置いておこう。その三名の内、転移陣の書き換えを行った何者かと接触したのは、エンリケだけだった。しかしフードを被《かぶ》った女だという事以外の情報がなく、現状としてはこれ以上の調査が難しい」

「でしたら仕方ありませんわね」

「それから、そなたの婚約者……いや、第二王子は側近候補であったヘインズ＝アッシェを伴って蠱毒《こどく》の箱庭に侵入していた」

そうそう、その二人。わざわざ話をするって事は、何か沙汰《さた》があったのね。

「これによりヘインズ＝アッシェは、決定していた学園からの騎士団入団の推薦状、及び、騎士団からの引き抜きの話のどちらも無くなった。卒業後は何かしらの成果を出すまで、アッシェ家の公子を名乗る事を許さず、それを広く周知するとアッシェ家当主から王家へ報告があった」

まあまあ、やっぱりそうなったのね。弟を即座に切り捨てたニルティ家次期当主といい、世知辛い世の中だこと。

チラリと兄を見れば、目がバチッと合う。

「護衛対象を、それも王位継承順位の高い者を止めず、ましてや城へ知らせもせずに共に赴き、危険に曝《さら》し、痕《あと》が残るような傷を負わせた。それも本人は無傷であったとなれば、護衛として体裁も整わない。当然の結果だ」

「左様ですわね」

兄の補足に相槌《あいづち》を打ちつつも、内心ため息を吐《つ》く。彼の酷い火傷《やけど》を跡形もなく治癒させたのは私。前世の記憶がなければ、当然の結果としか思わなかったのに……。

前世では普通に家族に愛されて、普通に家族を愛して、日本人の平均寿命くらいでその普通に感謝しながら人生の幕を下ろせたわ。前々世の時とは比べ物にならない程の、たくさんの普通を享受できたからこそ、まだ十九歳の、あちらの世界の孫と同世代の坊やに、ささやかな後ろめたさと、同情を覚えてしまう。

「もちろん騎士やそれ以外の道も閉ざされていない。話をしたが、本人は騎士になる事を諦《あきら》めていないし、一般の入団試験には間に合う。アッシェ家から籍を抜かれるでもなく、家名を名乗る事を禁じられただけで、実力さえ確かな物にすれば、再び家名を名乗る事もできるだろう」

あらあら、私の僅《わず》かばかりの後ろめたさを感じ取りでもしたの？　王子は一応フォローしているけれど、あのお供君の実力でそれが簡単だとは考えていないでしょう？　だから騎士以外の道をそれとなくほのめかしたのよね？

「そして次に主犯の三名について。エンリケはそなたを害し、シエナ嬢を第二王子妃にしようと目《も》論《く》んだと自白後、死亡した。ただニルティ家からは、学園内外での彼の言動が公子として相応《ふさわ》しくなく、改善の見込みも無しとして事件よりも前に、既に除籍されていた。調査した結果、ニルティ家がこの件に関与した事実は見当たらず、そちらへの処罰も無しと決定している」

「左様ですの」

王子の言葉に兄を見れば、少なからず菫色《すみれいろ》の瞳が揺れる。きっと私を助けに箱庭に入る為に、力を借りようと裏取引したのね。

「エンリケの指示とはいえ、今回の転移騒動の主犯でもあるペチュリム＝ルーニャック、マイティカーナ＝トワイラの両二名にも、厳罰を与える必要がある。仮にも四大公爵家の公女に、危害を及ぼそうとしたのだからな」

「左様ですわね」

もちろん王子の言葉には同意するしかない。学園内での社会の縮図を学園外と混同してしまったのだもの。

でも、わかっているのかしら？　そうさせたのは、他ならぬ貴方《あなた》の異母弟よ？

「しかしあの二人は蠱毒の箱庭で蟲に襲われ、大怪我を負っていた。第二王子達が救出したらしいが、箱庭の外で捜索にあたった騎士が四人を発見した時には、マイティカーナ＝トワイラは既に亡くなり、ペチュリム＝ルーニャックはかろうじて命を取りとめた状態だった」

そう。金髪ちゃんは死を選び、金髪君は生を望み、孫はそれを叶《かな》え、お供君も従った……浅はかね。

「ペチュリム＝ルーニャックは、既に修道院へ送られている。あの者が今後表に出てくる事はない。体には障害が残り、蟲の毒で外見もかなり酷い。両名共に家門の当主からの除籍処分の申請もあったが、棄却した。事を起こした後にそれは認められない。それぞれの家門が罰として、公女が望むだけの慰謝料の支払いや、それ以外の物も必要であれば可能な限り融通するよう命じている」

なるほど。ある意味ニルティ公爵家からの、トカゲの尻尾《しっぽ》切りね。

けれどデフォルトの笑みはそのままに、思わず無言になる。

だってあまりの丸投げっぷりじゃない？　私の望むだけ？　融通？　私の気持ちを優先させてい

ると見せかけながら、それとなく私を表に出すなんて。無才無能は私の専売特許だってわかっているの？　無責任万歳、敵前逃亡至上主義な私よ？　頭大丈夫かしら？

目の前の美形男子達は、私の返答をどういう気持ちで待っているのかと、改めて確認する。

片や何かを見定めるかのような朱色の瞳。

片や……何かを期待する菫色の瞳？

そこで改めて我に返る。まあまあ、何という事でしょう。そうよ、そうなのよ。私は出来の悪い公女。対して兄は出来の良いロブール公爵家次期当主。

あっちからの丸投げ様子見サーブは、レシーブ&トス！　兄にアタックを打ち込んでもらえば良いんだわ！　ふふふ、前世では一時期、ママさんバレーをしていたの。

「ねえ、お兄様？　お兄様なら、どうするのが最善だとお考えになって？」

「ん、そうだな……」

兄が何だか嬉しそうにいそいそと答え始めた。

王子は何となくむすっとする。いい気味。無才無能な私に、何を期待したのかわからないけれど、応える事そのものから全力で逃走よ！

兄の言葉を要約すれば、概《おおむ》ね私が望んだものだった。

一つ目。それぞれの家門で私以外のチームメンバーと、凛々《りり》しいお孫ちゃん全員に慰謝料を支払う事。平民や下位貴族だからと不当に慰謝料を下げる事は許さない。ずっと私への慰謝料のお話ばかりだったから、気がかりだったの。

二つ目。ニルティ家はエンリケの除名を、縁故関係にある家門に周知する義務を怠り、結果彼の命令に金髪組が従った事は否めない。よってその慰謝料の一部はニルティ家からの補填《ほてん》を求める事。

金髪組の生家はこれ幸いと協力を求めるでしょうし、ニルティ家も彼らに協力しやすいわ。そこらへんの関係性にも気づいているんだぞとロブール家が釘《くぎ》を刺す事にも繋《つな》がるし。

とはいえ、これらはある意味予定調和かもしれない。だって兄達三人は、示し合わせて箱庭に足を踏み入れたのだもの。

「さすがお兄様。それがよろしいわね。あ、でも支払うのは複数の高位貴族の家門。私は今後もD組《クラス》で学びますの。お兄様が仰《おつしや》った通り、私と他の人達との金額に雲泥の差をつけて、後々の人間関係に水を差す、なんて事はくれぐれもなさらないで下さると嬉しいわ」

「……わかった。そうするよう王家からも取り計らおう」

「ありがとうございます」

これくらいなら、自分勝手な無才無能の範囲の発言で許されるわよね。

なんて思っていれば、お兄様が王子に少し厳しい目を向けたわ。

「王子、学園側の責任はどうなさるのです？　転移陣の管理方法の見直しはもちろんですが、今回それぞれの学年の成績優良とされるA、並びにB組の一部の生徒達が、訓練中の事故に見せかけてD組への暴行を行っていたと調査で明らかになりました。本人がどう思っていたとしても、妹が被害に遭った兄として見過ごす事はできません」

まあまあ？　それってお供君への課題の一つなのだけれど？

「もちろん今回の被害は転移陣の書き換えさえ無ければ起こらなかった。検証した結果、管理不足とまでは言えないが、今後はその方法を変えるだろう。そして公女。そなたはこの資料を見た事はあるか？」

そう言って差し出したのは、要注意人物リストのコピー。合同討伐で他者に危害を加える可能性が高い全在校生のリストよ。私達が一年生の時に、当時の卒業生が合同研究を成功させたお礼にってくれたから、今の一年生は対象外。

「どなたかから回ってきた資料ですわね。私達D組はご存じの通り、下級貴族や平民が大半。学園は貴族社会の縮図ですもの。一部の生徒には身分はもちろんの事、学力差からもD組の者を蔑《さげす》む方がいらっしゃいますわ。それは昔からある事でしたし、学園が王立でこの国に身分階級制度がある以上、無くす事はできないでしょうね」

どこまで伝えるべきか迷うけれど、卒業生達が公女であり、第二王子の婚約者でもある私に時々向けた物悲しいお顔を思い出してしまう。

そうね、私にも責任はあるわ。面倒だけれど、仕方ないのね。

「過去に大きく表面化しなかったのは、在学中の王族方が生徒達をある程度管理されてらしたからでしょうね」

一瞬、王子の瞳《ひとみ》が揺れるわ。私が何を言おうとしているか気づいたでしょう？

「あからさまな蔑みや、まして他者に傷をつける行為の理由が、身分や学力が下だからというのは、身分も学力も上位である者こそ恥ずべき事、と自らの言動で示されていたとお聞きしておりますわ」

お兄様は少し目を伏せる。そうね、私達公子公女もそれに倣《なら》うべきだもの。

「けれどどうやら第一王子殿下のご卒業後からは、そうした事を恥と思わない方々が多くなった上に、行動も増長して目に見えた怪我人も出ていたようですの。当時の卒業生達もこのままでは各学年のD組への危険が増すと考え、資料を作ってくれたようでしてよ。ほら、合同討伐では魔獣を相手にする分、些細《ささい》な事も命取りになりますでしょう？」

あらあら、美男子二人がシュンとしてしまったわ。ふふふ、言いたい事は伝わったみたいね。それならもういいわ。

「そんな事よりも私達が箱庭から帰還後に、学園からの指示でお休みしていた間の扱いは、どうなっておりまして？　密《ひそ》かに皆勤賞を狙っておりますのよ？」

「そんな事……皆勤賞……」

まあまあ、どうしてかしら？　兄が形の良い頭を抱えてしまったわ。

「左様ですわ。そもそもその資料が既に王子のお手元にあるのなら、ある程度調べはついてらっしゃるのでは？　王族在学中は生徒の細々した管理は王族のお仕事でしてよ。けれど第二王子殿下が在学中に、どうにかなさる方がよろしいのではなくて？」

「……何故だ？」

あらあら、さっと顔色を変えた王子はともかく、兄はまだ私の事をわかってないみたい。

「王族不在の間は、誰が生徒の問題に対処するとお思いでして？」

「……在学する公子公女の中の最年長……」

兄の顔色が変わる。ふふふ、私に同級生の公子公女はいないわ。

「その資料、原本は既に誰が持っているのかわかりませんの。つまり複製だらけ。そして誰がその資料を作ったのか、特定する事は困難でしたでしょう?」

何をどうしたって、卒業生達の責任問題にもできない。孫が卒業して私にお鉢が回ってくる頃には、消息不明の卒業生だっている。だって彼らの半分は危険と隣り合わせの冒険者や傭兵《ようへい》となっているもの。

「でも私がその手の事を解決できると思いまして? これまでの王族も対処しきれなかった上に、増長しておりますのよ?」

困ったような顔を作ってこれまでの王族の一人である王子を見つめれば、諦めたように息を漏らす。兄も露骨に顔を顰《しか》めちゃった。

「それならいっそ、嫌でも他のどなたかが対処しなければならない状況を作って、丸投げしてしまう方が、とっても有意義な対処になると思いませんこと? だってほら、私達は無事でしたけれど、次は被害者に死人が出るかもしれませんもの。幸いと言うべきか、残念と言うべきなのか、その資料の複製は今更根絶やしになどできませんわ。今のところ表に出回っていないのは、ひとえに各学年のD組の口が固くて、情報をある程度管理しているから」

「まさか二年生以外にも!?」

兄は驚きすぎでは?

「D組の卒業後の主な職業は、労働階級層の何かが大半。彼らの仲間意識は王族や高位貴族よりも、強固で義理堅いものでしてよ？　何も無いうちはそうでもありませんけれど、身内や仲間に何かあった時の団結力は……ね？　何かしらの大きな事故が起こる前に、もしくは問題を丸投げして逃げてしまう、無才無能な無責任公女に任せるなんて恐ろしい事になる前に、王家や四公の威信をかけて既に増長した問題の鎮静化……できるとよろしいのだけれど？」

そう、お供君の行動なんて端《はな》から期待していない理由は簡単。

四公や高位貴族なんていう、ありきたりのプライドを持ち合わせていない私が最年長になった時、資料を学園の屋上からバラ撒《ま》いてしまえば、運悪く風で街まで飛ばされちゃうはずよ。

「……そなたはやはり色々と爪を隠しているようだな」

改めて深いため息を吐いた王子が、小さく苦笑した。

「嫌ですわ。魔法具科の私の爪は、いつでも短く丸く整えておりますの。それで、私達の今回の欠席はどうなりまして？」

「結局そこに戻るのか」

「ふふふ、お兄様ったら。皆勤賞には学食の幻のメニュー、S級《クラス》給仕オバサンと呼ばれるマリーちゃんが考案した、SSS《トリプルS》定食を三回食べられる賞品つきですのよ。各学年のD組には、狙っている学生も多いとご存じありませんの？」

「「……何だそれは」」

どうしてか美男子達の声がハモッたわ。

「春休み期間中に一度いただきましたけれど、とっても美味《おい》しゅうございました。お休み中も補講者や寮生の為に食堂は開いてますから、ゆっくり味わうにはそこが狙い目ですわ」

「『食べたのか』」

男子達の声が再び重なる。仲良しね。

「あと二回をいつ食べるか虎視眈々《こしたんたん》と窺《うかが》っております。それ以外に今は興味ございません」

「今回の事による療養や事情聴取での授業の欠席は出席扱いにしてある」

「それはようございましたわ」

王子がやっと教えてくれる。さっさと教えてくれれば良いのに、随分もったいぶるのだから。

「ところでそなたの婚約者である第二王子の事は気にならないのか？」

「全く。皆勤賞の前には吹けば飛ぶ程度の些事《さじ》ですわ」

「……そうか」

何かしら？　気の毒な何かを思い出すようなお顔をされてしまったわ。

「お互い名ばかり婚約者と認識しております」

「はあ……今まで気にしていた俺は……いや、何でもない。そなたは俺が何故ここに来たか、本当の理由に気づいているか？　俺にとってはある意味今日の本題なのだが」

あらあら？　ため息を吐いてからの、王子の言葉が何だか不穏。

「どういった理由ですの？」

今まで話してきた事なら、ぶっちゃけ第一王子殿下なんて立場の人間が来る必要はないの。ずっと孫の処遇について話がないのも引っかかる……逃げちゃう？

「まず今回、第二王子の責任は重大だ。謂《いわ》れのない言いがかりで、常にそなたを公衆の面前で蔑み続けた。いや、あらゆる意味で教育や勉学から逃走を図るのは言いがかりではなかったが」

まあまあ、結局素直に聞いているのに、何もそこを今言い直さなくてもいいんじゃないかしら？　本当の事過ぎて何も言い返せないじゃない。

「それでもその期間はあまりに長い。異常と言っても過言ではない。そしてそれを目の当たりにし続けた者の一部は、公女という身分であっても、そなたになら何をしても良いと思うようになった。その上、そなたが所属するＤ組への差別発言や偏見をも助長させた。中には政略関係である己の婚約者への暴言を、第二王子になぞらえて正当化させていた者までいた。俺の卒業後に思い上がりを増長させた者が増えたのは、そうした身分社会の頂点たる第二王子の、許されざる言動が招いた背景が濃い。そして遂《つい》には公衆の面前でそなたに直接的な暴力を振るい、怪我までさせている。今回あの者がそなた達を助けに蠱毒《こどく》の箱庭に入ったのも、事の重大さに気づき、己の言動の責任を少しでも軽くしようとした保身からだ」

そうね。私達の関係はとってもドライ、というよりも関係そのものが無いに等しい。なのに私の為に蠱毒の箱庭に助けに来る、なんていう理由付けそのものに無理があったの。

王子の想《おも》いがどうとかキャンキャンと吠《ほ》えていたお供君は、孫の表面上の理由に騙《だま》されてしまっていたみたいね。

「そして今回の件でロブール公爵より婚約破棄の申請があった」

……あの父が？　一体どういう心境の変化かしら？　それも解消ではなく、破棄？

「解消ではなく、破棄だったのか？」

さすが兄妹《きょうだい》。同じ事に同じタイミングで引っかかったわ。

「ああ。だがこれには側妃が異議を唱えた」

そうそう、昔から孫母は私達をくっつけたがっていたのよね。普通ならとっくに向こうから破棄されて良いはずなのよ？

「色々ともめた……」

王子は何だか遠い目ね。色々巻きこみ事故に遭ったのが窺えて、ちょっぴりお気の毒様。

「最終的には婚約の解消で落ち着いた」

「慎んでお受け致しましたわ」

「軽いな」

「あらあら、残念でしたわ？」

「待って欲しい。まだ先がある」

むむっ、王子とのやり取りに、ビビビッと逃走センサーが強く反応！

「それは聞かなくても問題ないのでは？」

兄、ナイスアシスト。私もどうしてか本能的に同意しちゃう。

「いや、ある。聞いてもらえないと俺が……泣く」

「「……何故⁉」」

うっかり兄妹揃《そろ》ったじゃない。けれど兄はドン引きなお顔でフリーズ⁉　そんな場合ではない

わ！　何だかよくわからないけれど、妹のピンチよ‼

「俺としては長くそなたを想ってきたのだ」

王子が立ち上がって近づいてくる。そういえば箱庭でも昔に会った事があるような事をほのめかしていたわね。もっと真剣に記憶を掘り起こす努力くらいは、すれば良かったかも⁉

なんて思っている間に、そっと私の手を取って……片膝《かたひざ》をついた？　これってラブロマンスとかでよくある求婚のポーズじゃ……。

「どうか俺と婚約して欲しい。後々は婚姻を結びたい」

まあまあ、お顔の良い人がやると随分絵になるのね。キラキラのエフェクトが見える。

でも流されてあげない‼

「これは命令？　それともお願いですの？」

「公爵からはそなたの意志を尊重すると言われている。国王陛下もそれに倣うと仰った」

何てこと！　今日ほど父を素敵に感じた事はないわ！　ほっとした途端にテンションが上がるけれど、仕方ないと思うの！

そんなのお返事は決まっていてよ‼　キラキラなエフェクトなんて余裕の無視！

「もちろんお断り致しますわ」

「即答……泣いて良いか？」

「他所《よそ》でおやりになって」

にっこり微笑めば、王子は泣くまではいかないけれど、しょぼくれながら席に戻る。

……次の小説の題材はズタボロしょぼくれ王子にしようかしら？

「そうか。また求婚するとしよう。その権利は公爵から認められている」

なんて思ってる間に復活⁉　立ち直りが早すぎよ！

「どんな権利だ……」

私も兄に激しく同意。父への大暴騰したお株が大暴落したわ。乱高下が激し過ぎる。

「念の為お聞きしますけれど、血筋を保つ以外に、そうされる意図は何かありまして？」

「ない。むしろ血筋も何も俺の気持ち以外にこれといった理由はない。そなたの逃げ癖は魔力以前に、血筋の正しさをも軽く凌駕《りょうが》する悪癖だ」

キリッとした顔で、随分な言われようね。そこまでの悪癖持ちのどこがいいのよ。趣味が悪すぎじゃない。本当の事過ぎるから、もちろん何も言い返さないけれど。

「側妃殿下は何故妹と第二王子殿下の婚約にこだわっていたかご存じですか？」

「それは俺にもわからない。俺のそなたの妹への婚約の打診を知って、あの方にしては珍しく取り乱していた」

「……何故？」

「さあ？」

美男子達は首を捻《ひね》る。私も一緒に捻ってみる。

うーん、側妃、または妃《ひ》殿下と呼ばれる彼女は確かアッシェ家の傍系にあたる、元伯爵令嬢よね？　来年学園に入学予定の第三王子も産んでいる。

「いや、それよりも殿下は何故そこまでうちの妹を？　以前にどこかで会っていたのですか？」

「それは……」

何かしら？　私をじっと見つめたわ。と思ったら、視線をふいっとそらされちゃった。

「秘密だ。それから、一応元婚約者の第二王子の状況なのだが……」

「え、興味ありませんわ」

「いや、一応聞いてくれ」

「……はあ、まあ、一応？」

王子の申し出なら仕方ないわ。

「そんなに不服そうに……そこまで興味ないのか……本当にシエナの言っていた事は真実とほど遠かったんだな」

兄の呟《つぶや》きがもろ聞こえね。

「ゴホン、それでだな……」

王子の頑張りで説明された事を要約すると、第二王子は心身の療養を兼ねてしばらく休学。これは実際言葉そのままの意味で療養みたい。

身体的には蟲の毒で軽い麻痺《まひ》と痛み、皮膚の引き攣《つ》りと変色痕《あと》が残り、精神的には金髪組との命のやり取りが絡んで自信喪失、呆然《ぼうぜん》自失状態。これまでの言動がいかに愚かで無責任だったのかを、彼らの無惨な状況を前に身につまされたらしいわ。

私との婚約解消はすんなり受け入れたけれど、嬉々《きき》としてではなく、粛々と受け止め、次の婚約者を療養後に改めて探す事に同意しつつも、大好きなはずの義妹は候補から外して欲しいとお願いしたみたい。お似合いだったのに、残念ね。

それから側近候補から脱落したお供君の処遇について、全て自分のせいだとお手紙で国王陛下とアッシェ家の当主に情状酌量を訴えたらしいの。どちらも取り合わなかったけれど。

それ以外は特に何もしていない。言ってみればお願いのお手紙送りつけただけで、ハイ終わり……まあ予想通りね。

最後に第一王子は特例で全学年主任として、第一王子の身分を隠さずに城から派遣勤務にあたるんですって。今後は王族の権限によってD組《クラス》の危険人物リストを精査し、何らかの沙汰《さた》を下すらしいわ。お供君の課題の一つは、彼に引き継がれてしまったのね。

彼の課題は残りあと一つ。オトモクン、ガンバ。

「全学年主任だから、以前よりは話す機会もある。もし学園で何かあれば頼ってくれ」

「ええ、そう致しますわ」

保健医の次は全学年主任。忙しい転職活動ね。絶対関わらないから安心して。もちろんいつもの微笑みで適当に相槌《あいづち》ね。

「それでは妹への話も終わったようですし、お帰りいただこうか。ラビアンジェ、疲れただろう」

今日の兄は気が利く男。素敵よ。

「ええ。色々と情報過多で……」

ちゃっかり困り顔で乗っかるわ。やる事もあるし、ドーピング効果なんて、とっくに切れているから嘘ではないのよ。ゾンビ顔が復活してなければ良いのだけれど。

「そうか。求婚は本気だが、愚弟と婚約を解消してすぐで混乱させたな。それから学園でそなたを愚弟から庇《かば》う事もせずに、ずっと傍観していてすまなかった」

まあまあ、視線を落としてしまったわ。隣の兄も同じく。そろそろ他所でやってくれない？

「私が学園側に傍観するようお願いしていた事でしてよ？　仮に殿下がいらしても、立場上は学園側の人間でいらしたはずですわ」

「だが私は違う……」

「お兄様には伝えなくて良いとお話ししておりましたもの。私が王子の婚約者の座に固執云々《うんぬん》の、誤った情報しか得られなかったのですから、仕方ありませんわ。それも含めて慰謝料をいただきましたの。その件は蒸し返さなくて結構でしてよ」

「「しかし……」」

仲良く重なる低音ボイスも、今は耳汚しね。そろそろ眠さもピークでイライラしちゃう。

「しつこいですわね。特にお兄様、くどい謝罪はむしろわざとらしいと以前にも話しましてよ。それに私、眠くなっておりますの。ご用件が終わったのなら、もうお帰りになって」

「「え、待て、ちょっ、」」

微笑みはそのままに、勢いよく早口でまくし立てて二人の手を引き、立たせたら背中をグイグイ押して外に追い出してドアをバタンと閉める。貴族男性は、やっぱりこういうモードに弱いのね。気配も遠ざかったから、もう戻ってこないでしょう。

「さあさ、キャスちゃん？　校正は終わったかしら？」

事件のオチもついたし、これから校正された原稿をチェックして出版社に届けたら、心置きなく惰眠を貪《むさぼ》ってやるのよ、オーホッホッホ！

【書き下ろし】ラルフの追憶

「ラルフ君、約束していたお弁当。今日のお昼の足しにしてちょうだい」

「ああ、唐揚げと鰻重《うなじゅう》だったか」

「ふふふ、そうなの。美味《おい》しく出来たわ」

目の前でニコニコと微笑《ほほえ》む様は、学園で見せる貴族令嬢の笑みとは違う、同い年の少女の笑みだ。

今日は俺が冒険者として数日間討伐に向かうと知って、わざわざ冒険者ギルドまで弁当を届けに来てくれた。もちろん彼女からすれば同じチームのリーダーに、諸用のついでで差し入れに寄っただけの事だが、素直に嬉《うれ》しい。

そんな彼女は少し前、蠱毒《こどく》の箱庭という生還者〇《ゼロ》の森に一人取り残されたものの、自前の魔法具と豊富な知識によって無傷で帰還した、ラビアンジェ＝ロブール公女だ。

危険な森にもかかわらず、普通にナマズ釣りを楽しみ、途中でこの国の第一王子も昼飯で釣り、ちゃっかり蛙《かえる》型魔獣を狩らせ、ついでに肉を捌《さば》かせてから持ち帰ったと聞いた時には、度肝を抜かれた。相変わらず人使いが荒……使い方が上手《うま》い。

公女と共に魔獣を討伐するチームを組むようになり、この一年を振り返れば、第一王子には少しばかり同情を覚えなくもない。

思い出すのは一年前。この学園に入学してすぐにあった、初めての合同討伐訓練からしばらくしての、課外補習訓練。他に二つのチームが来ていたが、訓練場所は俺も良く知る塩害のあった土地。それなりに広い領地だったから、他のチームと出くわす事はない。引率は教師ではなく、新米冒険者が各チーム一人ずつついていた。

学生を気遣う安全な訓練というよりも、卒業後に危険を伴う仕事に就く可能性が高い、D組の生徒の将来を見据えた実戦を学ぶ為《ため》のスパルタ訓練。塩害地を選んだのは、卒業研究の対象場所に発生した危険な魔獣の駆除に、一役買いたいという意図があったから。

引率するのがまだ駆け出しの新米冒険者だったのは、学生の為に協力してくれた冒険者ギルドに、所属する新米冒険者の経験値を上げたいという意図があった為だ。

当然実戦に近いから、大怪我《おおけが》をする事もある。

公女を含めたこのチームで初めての合同討伐訓練は、今振り返っても恥ずかしい黒歴史だが、その後にあったあのスパルタ訓練の方が、俺には余程鮮烈な記憶として残っている。

ローレンやカルティカもきっとそうだろう。

※※※※

「あ、何ですか……あんな魔獣見た事……」

霧が立ちこめる中、木立の合間に滑りこみ、隠れながら様子を窺《うかが》うローレンは、驚愕《きょうがく》して立ち竦《すく》んだまま呟く。

「あれは……」

同じく木陰から垣間見る《かいまみ》俺。悠々とどこかに向かって進むあの一体の馬鹿デカイ魔獣は、見覚えがあった。生家の領地がハリケーンに曝《さら》された、俺が七歳のあの時だ。

土地柄か、ハリケーンは定期的に起こるから、珍しくはない。

しかし災害に見舞われると、何故《なぜ》かその土地に魔獣が発生しやすくなる。それをこの国の教会に所属する神官達は、大地が魔素に侵されたと言うが、原因ははっきりしていない。

大抵はすぐに教会から神官が派遣され、土地を浄化して魔獣の発生を抑えてくれるものだが、領収が少なく納める寄付金が減ると、派遣するまでに何かと理由をつけて後回しにされていく。

ハリケーンは一度起こると複数の領地に被害を与えるから、危険な魔獣が増えても国からの兵士の応援が間に合わず、領民達は生活ばかりか、命が危険に脅かされる。

あの時もそんな要因が相まって、領民が多く住む場所にまで魔獣が侵入するようになり、周辺の領主達が手を組んで自治に当たっていた。

俺達の前に現れたのは、父を始めとした腕に覚えのある者達が数人がかりで倒した、危険度Bの魔獣だった。

このチームではまだ対応できない。まさか領民がいる村にほど近い場所に、ここまでの魔獣が現れていたとは。これでは魔獣避《よ》けがあっても領民が襲われかねない。

森の雰囲気がおかしいと、俺達は引率の冒険者に待機を命じられていた。あの冒険者も、予想外の事態だろう。一度見回りをしてくるからと側《そば》を離れているが、すぐに逃げて落ち合うべきだ。

俺のやや後ろで震えて木陰に隠れ、腰を抜かしているのはカルティカ。最悪の場合は身体強化して、ローレンもカルティカも担いで逃げるしかない。

公女も足元に鞄《かばん》を置き、木の陰から……何となく身を乗り出していて、危ないな？

そう思い、硬い殻に弾《はじ》かれて折れた剣を腰の鞘《さや》に仕舞った。魔獣の不意をつけたから、こうして全員が無事に隠れられた。ただ買い替え代金が、正直痛い。内心ため息を吐《つ》いた、その時だ。

「ラルフ君、向こうの茂みに点々と群れている危険度Cの火蜥蜴《とかげ》が見えるでしょう？　あれをおびき寄せて、生け捕りにしましょう！　大丈夫！　全部で二〇体くらいいるけれど、火蜥蜴は比較的臆病《おくびょう》だし、自分より強い魔獣があぁして闊歩《かっぽ》しているから、全部がこちらに来ることはないわ！道具を使って私達が連携して動けば、怪我もほとんどせずに捕獲できるはずよ！」

「……何故？」

公女はこの状況で、突然何を言い出した？　無才無能で魔力が低く、学力試験の結果も公女と思えない程良くないと有名だ。状況がわかっていないのか？

「だってあれは伝説のアンモナイト……いえ、アモイカツムリ！　美味《おい》しくいただくなら、急がば回れよ！」

「……美味しく？」

食べる発想になっているのは気の所為《せい》か？　そもそもアレは食えるのか？

「ふっふっふっ。しかも大きいから、私達がいくらか食べても孤児院への寄付に回せるわ！　その上コリコリプリプリ食感だから、食べごたえも抜群！　イカ部分の骨は新鮮なうちに高火力で炙《あぶ》れば、さっき折れちゃったその剣より、ずっと切れ味も耐久性も抜群な剣に早変わりよ！　これだけ大きいなら、良質な魔石が上手く育っているに違いないの！　その魔石を使って、剣に細工できるはず！　そしてあのカタツムリ的な殻！　貝殻だからそれこそ焼いて水をかければ貝灰になっちゃう！　そこら辺の土に混ぜれば、土壌改善！　石鹸《せっけん》も作れるから、きっと孤児院でお小遣い稼ぎにも役立つわ！　一石……うーん……とにかく何鳥かになっちゃうお得な魔獣よ！」

キラキラと藍色《あいいろ》の瞳《ひとみ》を輝かせて話す公女は、年相応の少女に見えた。正直、破壊力を持った可愛らしさだ。

立ち竦んでいたはずのローレンが、ポッと顔を赤らめるのも無理はない。

カルティカ、それとなく変態臭を感じさせるその顔を引き締めろ。いつからか巷《ちまた》で流行《はや》っている小説を、学園の昼休憩中に読みながら妄想に興じているだろう女子と、一部の男子達が時折見せるヤバイ顔だ。俺も気をつけている。

「さあさあ、ローレン君！　一緒に火蜥蜴をおびき寄せる餌になりましょう！」

「ん⁉　え、餌ですか⁉」

「そうよ！　これ、こないだ仕入れた蝶《ちょう》の鱗粉《りんぷん》その他諸々《もろもろ》を火蜥蜴好みにブレンドしたの！　そ〜れ！」

言うが早いか、こちらの意向はお構いなしにローレンの懐に潜りこみ、いつの間にか手にしていた小瓶をぶち撒《ま》けてキラキラと光る粉を頭から被《かぶ》る。

「わわ！　公女まで被りましたよ⁉」

「そりゃそうよ、一緒に餌になるんだもの！」

「何でそんなに嬉しそうなんですか⁉」

そうだな、目に見えて浮かれている。

「だってあのお肉にありつくのは久々ですもの！　大丈夫よ！　鱗粉は多少の火なら弾く防火仕様だから！　それにローレン君は火属性の魔法が得意なはず！　火の耐性は比較的強い方だし、それにほら！　特製耐熱グローブ！」

「何素材ですか、これ⁉　やけにキラキラしてません⁉」

公女は太ももに備えつけてあった大きめのポケットから、白銀のグローブをさっと取り出す。どうでもいいが、随分機能的なズボンだな。

「一セットしかないから、片方ずつ利き手にはめて使いましょうね！　竜の鬣《たてがみ》の抜け毛をせっせと集めて編んだの」

「りゅ、竜⁉」

今とんでもないレア素材を口にしたな。

「サラツヤなキューティクルで手触り最高でしょう！　集めるのに一年もかかったわ！」

「たった一年で⁉」

そのサイズのグローブを編めるくらいの量を、どうやったらそんな短期間で……。

「内側は蝶型魔獣の羽根の余った切れ端をパッチワークしたのよ！　だからとってもカラフルでキ

ユート！」

「む、無駄に綺麗《きれい》……」

見せてきた裏地はピンク、水色、緑、赤ととにかくカラフルだが、布地としてなら女子が好みそうだ。しかしそもそも、それだけの種類の蝶型魔獣をどこで集めたんだ。その羽根は何に使って余ったのかも気になる。

「火蜥蜴が火を吹く直前にこの特製耐熱グローブをはめた手で、口の中にグーパンチよ！　グーがピッタリ収まるお口をした火蜥蜴を狙うのがコツね！　小ぶりなのは逆流して内側を焼くから、すぐに気絶するわ！　もちろん自分の火だから死ぬまではいかないの。安心して！」

「何に対してですか⁉」

ずっとツッコミを入れ続けたローレンは、目を白黒させ始めた。そろそろ情報量と、その規格外な発想についていけなそうだ。

「カルティカちゃんは……」

「ひゃ、ひゃい⁉」

「うふふ、可愛《かわい》いお返事ね」

矛先が突然自分に向いて驚いたんだろう。ビクッと返事を返せば、微笑ましい何かを見るような目線を向ける。ちょっと死んだ祖母を思い出した。

「砂山を土の魔法で作れるかしら？」

「ええっと……はい……」

「じゃあ私とローレン君の動きをサポートする感じで、私達が火蜥蜴を相手にしている間、他の火蜥蜴の視界を遮るように砂山を素早く作って。視界を遮るだけだから、人が隠れる大きさで十分よ。ラルフ君はカルティカちゃんに砂山を出すタイミングを合図しつつ、気絶した火蜥蜴をあの貝の殻と身の隙間に風の魔法で補助しながら投げこんでちょうだい！　目は前側についているから、死角になる斜め後方から近づいて、素早く斜め前に走りこめば反応が遅いわ！」

——ガサガサッ。

公女がそう言い終わった直後、遠くから何かが這《は》う音がすれば、ビクッとしたローレンを正面から見つめて手を取った。

「ほらほら、来たわ！　んふふふ、うまくいけば火蜥蜴で火消し壺《つぼ》も作れそうね！　さあ、ローレン君、行きましょう！」

「こ、公女⁉　手を繋《つな》がなくても行きます！　行きますから－！」

「ふふふ、緊張しなくても大丈夫よ！　魔獣は慣れよ、慣れ！」

「ち、違います！　そっちの緊張じゃ……力強いですね⁉」

顔を真っ赤にしながら喚《わめ》くローレンの手を引いて、普段よく見せる貴族令嬢の冷たい微笑みとは打って変わった、無邪気な笑顔のまま、いそいそと行ってしまう。

あれが流行りの小説の一節にあった、ギャップ萌《も》えというやつかと合点がいく。若干、ローレンが引きずられているが、萌えにやられたな。

「カルティカ、準備しろ」

「は、はい……あの……公女は大丈夫でしょうか？　その……仮にも四大公爵家の公女様ですし……何かあったら私達……」

四大公爵家の公女が怪我をした場合、同じチームの俺達に何らかの沙汰《さた》が下されないか心配になったんだろう。

あの黒歴史的合同討伐の前、誰も公女をチームに引き入れなかったのは、それを懸念したせいだ。俺達が同じチームになったのは、全員が組《クラス》に知り合いがおらず、四人共にあぶれた寄せ集めだったから。

「公女からは何が起きても家が絡まないようにと、一筆したためた念書を手渡されている。実際のところ、俺はあの公女が身分を笠《かさ》に着るような浅はかな人間だとは思えない」

そう、公女は自分がどんな立場か最初からわかっていた。そんな物を申し訳なさそうに渡してきたくらいには。

この後公女は火を吹きかけようと口を開けた火蜥蜴に意気揚々と、臆《おく》する気配など微塵《みじん》も見せずに、グローブをはめた手を突っこんで気絶させていった。思っていたより公女の動きが機敏で驚いた。

ローレンも初めは挙動不審だったが、公女の動きを真似《まね》して次第に呼吸を合わせるようになった。思っていたより動ける奴《やつ》だったらしい。

カルティカも自分が安全圏にいると思えたからか、恐怖心でガチガチに固まり、まともに使えなかった魔法をすぐに使えるようになった。元々土属性の魔法に適した森だった事もあるだろうが、砂山が出るタイミングも合い、それもほぼ一瞬で出現させている。彼女も思っていたより魔法を使いこなせているらしい。

どうやら俺はチームの実力を見誤り、自分が何とかしなければと気負い過ぎていたんだろう。

公女の言った通りの方向から近寄れば、確かにアモイカツムリの反応が遅れた。指示通りに渦を巻いた貝殻と、蠢《うごめ》く脚の隙間に火蜥蜴を放りこんでいく。

一〇匹を超えた頃だ。

「あの、赤くなってませんか⁉」

ローレンが魔獣を見て叫ぶ。

見れば貝殻からはみ出た顔と無数の脚が赤くなり、苦しそうにのたうち回る。

「そろそろね！　気絶した火蜥蜴が中で目を覚ましたの！　イカが飛び出すから気をつけて！」

公女が言い終わった数秒後、スポン、と殻から本体が勢い良く飛び出して大木にぶつかり、なぎ倒して止まる。やがてクルンと巻いていた頭のような部分が、ゆっくりと真《ま》っ直《す》ぐに伸びていけば、正にバカデカいイカだ。

唯一違うのは、イカの軟骨のような半透明の細長い骨が、外側についている事くらいだろう。人が縦に三人くらい並んだ長さだ。

——バシャバシャ！

「えっ、冷た！　えっ、水⁉」

「ふふふ、鱗粉を流したの。もう火蜥蜴はいらないわ」

自分も頭から水を滴らせながらそう言って、放置していた鞄を拾い中から短刀を取り出しながら、巨大イカに歩み寄る。ピクリともせずに、それとなく湯気の出ているイカを短刀の刃先でツンツンとつつく。生死を確かめているんだろう。

「美味しそうなイカ……」

公女はうっとりとそれを見ながら呟《つぶや》くと、半透明の長い骨を大小合わせて何等分かに切る。片側を剣先のように尖《とが》らせたら、全て身から切り離し、地面に纏《まと》め置いた。鞄から更に燃焼用の魔石を取り出し、骨の上に魔石を等間隔に一〇個並べた。

「カルティカちゃん、これを囲むように土釜《どがま》を作って！　ローレン君、高火力で燃やしちゃって！」

「「はい！」」

ゴウッと音を立てて魔石に着火すれば、半透明が白味を帯び、見るからに硬質化していく。

「さてさて、男子二人は身体強化して、このイカを解体できる？」

「やってみよう」

「わかりました」

そうしてイカのように腸《はらわた》や墨を取っていった。

カルティカが地中から魔法で石を取り出して円台を作る。中心に炭を置き、ローレンが火を点け、台に網をセットしてイカを炙《あぶ》る。調理はもちろん、必要な指示や道具は全て公女が担当してくれた。

「「んー、良い香りー！」」

女子二人が歓喜の声を上げるほどの、香ばしい匂いが立ちこめる。

小腹を満たしつつ、なかなか戻ってこない引率の冒険者を待っていれば、匂いにつられて戻ってきた。

後で知ったが、どうやらあの霧はこの魔獣が作り出した幻影を見せる霧だったらしい。

あのまま俺達が逃げていれば、結局は魔獣の餌食になるか、もしくは魔獣を連れて領民のいる村まで降りてしまった危険があった。そして危険度の高い魔獣の焼ける匂いが立ち込めた事で、近くに隠れていた魔獣の大半が村から離れた山の方へ逃げていた。

この時はまだ俺達は三人共、公女の判断がたまたま良かっただけだと思っていた。しかしこの後も公女とチームで動くようになり、そうではなかったと徐々に身を以《もっ》て知る。更に公女の美味《うま》い手料理に魅了された俺達は、魔獣であっても命に敬意を表する気持ちが生まれ、自主的に討伐知識を深め、実戦を進んで積み、【命に感謝を】、【美味《おい》しくいただきます】と掛け声をかけるようになった。

※※※※

「昼飯が今から待ち遠しいな。今日はこのまま孤児院に？」

当時をふと思い出し、腰のベルトに引っ掛けた小さな剣に触れながら、尋ねる。

あの時の熱した骨は磨き上げ、今の愛剣になった。他の二人も短刀や剣として使っているようだ。

この愛剣は数えきれない程の魔獣と対峙《たいじ》したのに、未《いま》だに切れ味は衰えない。

そう、ベルトのこれだ。あの時のイカの目に入っていた魔石とイカ墨を用いて、公女が柄《つか》に魔導回路を描きこみ、顕現自在となった。大剣なのに持ち運びしやすい。実は俺の手の平にもそのイカ墨で剣との親和性を高める陣を描いているから、特に魔力を通さなくても意志一つで顕現できる仕組みだ。

無才無能なはずの公女からは、それも含めて自分の事を秘密にしておくよう言われた。言われなくてもそうするつもりだったから、問題はない。

ちなみにあの貝に投げこんだ火蜥蜴《とかげ》は、空になった貝殻の中で息絶えていた。火に耐性がある皮は焦げ一つ無かったが、密閉空間で一〇匹を超える火蜥蜴が一斉に炎を吐いた事により、互いの身の内を焦がし合ったようだ。公女は火消し壺ゲットよと、手を叩《たた》いて喜んでいた。

後日その皮を加工した炭入れが、公女から俺達全員に贈呈された。かなり重宝している。

「ええ、やっとうちのチームとして寄付しに行けるわ。ローレン君の鞄《かばん》を借りたから、ムカデのお肉の他にも色々持って行く事にしたのよ。カルティカちゃんは先に行って待ってくれてるはず」

「そうか。できれば一緒に行きたかったが……」

「仕方ないわ。箱庭から帰ってしばらくは、学園から自宅待機を強制されたんだもの。その間働けなかった分は、取り返さなくっちゃ」

「そうだな、助かる。カルティカにもよろしく伝えてくれ」

「もちろん」

そう言うと、公女は足取りも軽く出て行く。子供好きだから、孤児院に行くのを楽しみにしているんだろう。

学園には一口に平民の富裕層や貴族がいると言っても、貧富の差は大きい。下手をすれば、下級貴族より平民の富裕層の方が、財力だってある。

だが入学して最短四年通う間に同じ富裕層でも、急に生家の家業が立ち行かなくなる場合もある。

だから学費の減額、免除や生活の援助等の制度がある。学園への何かしらの貢献と引き換えに。

貢献内容は群を抜いて優良な成績、有益な研究成果、将来性を見込める魔法に関する論文、有益な魔法具の開発、優れた情報統制力等が認められ、階級社会の上位者たるに相応《ふさわ》しい能力を社会にアピールできるなら、言う事はない。

だがD組になる人間は、能力的にも経済的にも難しい。だからこそ手間と時間がかかる奉仕活動という選択肢を選ばざるを得ない。

そしてそんな学生は貢献度が低いと判断され、援助のうち幾らかは返済の義務を負わされる。

代々塩害に悩まされる田舎の貧乏貴族の次男である俺は、正にそんな学生の一人だ。ローレンやカルティカも、学費の減免や生家の為に学業の合間に働いている。

もちろん貴族が学園に通う事は、国の定めた義務。利子をつけるわけでもなく、完全に全額返済でもないから、非道徳的とは言い切れない。

また一部、個人で事業を興す学生がいる。彼らの半数以上は学園に寄付もしているから、余計不平不満を出し難《にく》い。そんな学生の大半は高位貴族で、そもそもの教育や資金、コネが大きいだろうと言っても、通じるはずもない。

「ラビちゃん、久しぶりに見たな。事故に巻きこまれたって聞いて心配してたが、元気そうで良かったよ。学園で同じ組、同じチームなんだろ？　大事にしてやってくれよ」

「ああ」

公女の自称保護者その一が出てきた。Ａ級冒険者のオッサンで、公女に子供でも狩れる魔獣の知識を与えたらしい。

俺が公女とチームを組んだと知って以来、特訓と称して暇さえあれば色々な魔獣の前に放り出してくれている。実力は上がった。いつかやり返すヤる気も上がった。

「ラルフ、うちの子に手を出したら……わかってんだろうね」

威嚇するのはオッサンと同じパーティー、同じくＡ級冒険者のオバ……お姉さんだ。公女の自称保護者その二でもある。

面倒見が良い人柄だが、公女からの弁当を食っている時は要注意人物と化す。高確率で横から手を伸ばすハイエナだ。最初の頃は半分以上食われた。お陰で反射神経は良くなった。今日こそ全て死守せねば。

「……ああ」

そもそも俺達は卒業後、身分によって確実に将来を分かつのに、手を出すはずもない。内心ため息を吐《つ》く。

この二人だけじゃない。城下の人気店の店主達からも時折釘《くぎ》を刺される。

たまたまだったが、初めて公女と城下で買い出しをした時の【うちのラビちゃん】についての釘刺しは圧巻だった。

そして皆が皆、公女との思い出を口々に語ってくれたが、まさか幼少の頃より身分を隠して城下の複数の店で日雇いとして働いていたとはな。当時邸《やしき》の使用人だった者の手引きがあったにしても、四大公爵家の公女が、と驚いた。

聞けば当時着ていた服も、かなりくたびれたお古。その上、体に不自然な傷もあったらしい。公女だと気づいた大人達もいたが、気づかないふりをして世話を焼いていたと聞かされた。本人は未だにその事実を知らないようだが。

公女の兄や義妹、婚約者だった第二王子の日々の言動を知らなければ、にわかには信じられなかったかもしれない。それも邸にいながら食う物、着る物に事欠き、見かねた使用人が手を差しのべて外に連れ出す程だったとは。

そんな幼い公女に手を貸していた大人達の一人に、他国でも名を馳《は》せるリュンヌォンブル商会の会長がいる。

昨年度卒業した四年D組は、俺達の組と合同の卒業研究を発表した。当初は卒業生だけの研究で間に合わないとすら言われていたそれを、俺達の組と合同という形にして軌道に乗せたのは、この商会長がフォローしてくれた事が大きい。ちなみに研究は俺達が引き続き行い、卒業研究として最終学年で発表する事が決定している。

俺も含めて組に卒業生の弟妹がいたから、表向きはその関係で自然に合同研究として引き継いだように見えるが、間違いなく公女が裏で何かしら暗躍している。

この会長からも、チームリーダーとして公女の事をくれぐれもよろしくと念を押された。公女の影に気づいた一因だ。

あの研究は卒業生が単独で行っていた時には、塩害を受けた土地の回復だけがテーマだった。しかし合同研究にする時、更に大きな塩害地域の復興がテーマとなってしまった。正直、当初はほぼ全員が無理だと思っていた。

だが商会長だけでなく、城下も含めていくつかの個人商店の店主、古株の冒険者達が手を貸し、学生達のそれぞれの得意分野や生家の家業との連携が想像以上に上手《うま》く噛《か》み合って目処《めど》が立った。

その上、貢献度が低いはずの奉仕活動が、寄付と復興を関連づけて効率的に行い、その貢献度がいくらか高まった。そうなるきっかけや援助する外部の大人達の協力の端々に、公女の存在が隠れている。卒業生や、同級生の中にも、それに気づいた者が少なからずいて、全員が公女に心から感謝しているが……皆口を噤《つぐ》んでいる。

公女がそれを望んでいるからだ。

一部の王族や高位貴族のせいで稀代《きたい》の悪女ベルジャンヌの再来とまで言われる悪評がついて回っているが、本人はそれすら利用して無才無能でいようとしている。

公女が同級生でいる間は、俺の手の届く場所にいる間は、望んでくれている間は……自由でいようとする女の子を守る一人でいようと思っている。

あとがき

初めまして、嵐華子《あらしはなこ》です。この度は本書を手に取っていただき、心よりお礼申し上げます。

今作が私のデビュー作となりますが、皆様いかがでしたでしょうか。少しでも楽しいと感じていただけたなら、本望です。

前々世は、過酷な環境で終えた短い人生。次の人生でその傷を癒やしたら、図太い神経になって、一度目の世界に帰還。聖獣達と楽しく過ごし、今世は意図せず周りを振り回す。本人にその気はないけどコメディに、コミカルに何（誰）かにリベンジ。そう感じていただける作品へ、成長していければと思っております。今後とも応援して下さると、嬉《うれ》しいです。

イラストレーター、八美《はちび》☆《す》わん様。カバーイラストのミステリアスなラビアンジェ、最高です！ラフ画ですら、初めて拝見した時もうニヤニヤが止まりませんでした。本書のイラストも含めて、神感がハンパない。ありがとうございます！

右も左もわからない私に、根気強く付き合って下さった編集様。何か色々と、本当に申し訳ない。そして本当に、本当にありがとうございます！

最後に、本作に携わっていただいた全ての方に、そして本書を手に取っていただいた方に、改めて心からの感謝を！

カドカワBOOKS

稀代《きたい》の悪女《あくじょ》、三度目《さんどめ》の人生《じんせい》で【無才無能《むさいむのう》】を楽《たの》しむ

2023年７月10日　初版発行

著者／嵐《あらし》　華子《はなこ》

発行者／山下直久

発行／株式会社KADOKAWA

〒102-8177
東京都千代田区富士見2-13-3
電話／0570-002-301（ナビダイヤル）

編集／カドカワBOOKS編集部

印刷所／大日本印刷

製本所／大日本印刷

※定価（または価格）はカバーに表示してあります。

●お問い合わせ
https://www.kadokawa.co.jp/（「お問い合わせ」へお進みください）
※内容によっては、お答えできない場合があります。
※サポートは日本国内のみとさせていただきます。
※Japanese text only

Printed in Japan
ISBN 978-4-04-075033-0 C0093

新文芸宣言

かつて「知」と「美」は特権階級の所有物でした。

15世紀、グーテンベルクが発明した活版印刷技術は、特権階級から「知」と「美」を解放し、ルネサンスや宗教改革を導きました。市民革命や産業革命も、大衆に「知」と「美」が広まらなければ起こりえませんでした。人間は、本を読むことにより、自由と平等を獲得していったのです。

21世紀、インターネット技術により、第二の「知」と「美」の解放が起こりました。一部の選ばれた才能を持つ者だけが文章や絵、映像を発表できる時代は終わり、誰もがネット上で自己表現を出来る時代がやってきました。

UGC（ユーザージェネレイテッドコンテンツ）の波は、今世界を席巻しています。UGCから生まれた小説は、一般大衆からの批評を取り込みながら内容を充実させて行きます。受け手と送り手の情報の交換によって、UGCは量的な評価を獲得し、爆発的にその数を増やしているのです。

こうしたUGCから生まれた小説群を、私たちは「新文芸」と名付けました。

新文芸は、インターネットによる新しい「知」と「美」の形です。

2015年10月10日
井上伸一郎